中華古籍保護計劃

成　果

《書目題跋叢書》工作委員會

主　任：饒　權

委　員：吴　格　張志清　陳紅彦　俞國林　林世田　王紅蕾

李　雲　李國慶　劉　冰　劉　薔　羅　琳

《書目題跋叢書》編輯委員會

主　編：吴　格　張志清

副主編：陳紅彦　俞國林　林世田

常務編委：馮　坤　鄭小悠　劉　明

編　委：陳先行　杜澤遜　眭　駿　孫　彦　王紅蕾

曝書雜記
甘泉鄉人題跋

〔清〕錢泰吉　撰
馮先思　整理
吴　格　審定

書目題跋叢書

中華書局

圖書在版編目(CIP)數據

曝書雜記;甘泉鄉人題跋/(清)錢泰吉撰;馮先思整理.
—北京:中華書局,2020.12
(書目題跋叢書)
ISBN 978-7-101-13638-8

Ⅰ.曝… Ⅱ.①錢…②馮… Ⅲ.①日記-作品集-中國-清代②題跋-作品集-中國-清代 Ⅳ.I264.9

中國版本圖書館 CIP 數據核字(2018)第 279687 號

本書出版得到國家古籍整理出版專項經費資助

責任編輯:劉 明

書目題跋叢書

曝書雜記 甘泉鄉人題跋

〔清〕錢泰吉 撰

馮先思 整理

吴 格 審定

*

中華書局出版發行

(北京市豐臺區太平橋西里 38 號 100073)

http://www.zhbc.com.cn

E-mail:zhbc@zhbc.com.cn

北京瑞古冠中印刷廠印刷

*

850×1168 毫米 1/32 · 11½印張 · 2 插頁 · 220 千字

2020 年 12 月北京第 1 版 2020 年 12 月北京第 1 次印刷

印數:1-1500 册 定價:56.00 元

ISBN 978-7-101-13638-8

《書目題跋叢書》編纂説明

中華民族夙有重視藏書及編製書目的優良傳統，並以「辨章學術，考鏡源流」作爲目録編製的宗旨。

漢唐以來，公私藏書未嘗中斷，目録體制隨之發展，門類齊全，蔚爲大觀。延及清代，至於晚近，書目題跋之編撰益爲流行，著作稱盛。歷代藏家多爲飽學之士，竭力搜采之外，躬親傳鈔、校勘、編目、題跋諸事，遂使圖書與目録，如驂之靳，相輔而行。時过景遷，典籍或有逸散，完璧難求，而書目題跋既存，不僅令專門學者得徵文考獻之助，亦使後學獲初窺問學門徑之便。由是觀之，書目建設對於中華古籍繼絶存亡、保存維護，厥功至偉。

上世紀五十年代，古典文學出版社、中華書局等曾出版歷代書目題跋數十種，因當年印數較少，日久年深，漸難滿足學界需索。本世紀初，目録學著作整理研究之風復興，上海古籍出版社、中華書局分别編纂《中國歷代書目題跋叢書》及《書目題跋叢書》，已整理出版書目題跋類著作近百種。書目題跋的整理出版，不但對傳統學術研究裨益良多，與此同時，又在當前的古籍普查登記、保護研究等領域發揮了重要作用。

二〇一六年，經《中國歷代書目題跋叢書》第四輯主編、復旦大學吴格教授提議，由國家古籍保護中心聯合中華書局及復旦大學，全面梳理歷代目録學著作（尤其是未刊稿鈔本），整理目録學典籍，將其作爲調查中國古籍存藏狀況，優化古籍編目，提高整理人才素質的重要項目，納入中華古籍保護計劃框架。項目使用「書目題跋叢書」名稱，由國家古籍保護中心統籌管理，吴格、張志清兩位先生分司審訂，中華書局承擔出版。入選著作以國家圖書館所藏書目文獻爲基礎，徵及各地圖書館及私人藏本，邀請同道分任整理點校工作。出版采用繁體直排，力求宜用。

整理舛譌不當處，敬期讀者不吝指教，俾便遵改。

《書目題跋叢書》編委會

二〇一九年五月

整理説明

錢泰吉（一七九一—一八六三），字輔宜，號警石。浙江嘉興人。廩貢生，官海寧州訓導。後掌教海寧安瀾書院。與從兄儀吉（字藹人，號新梧，又號衎石），以學問相切劘，時號「嘉興二石」。

泰吉平生好聚書，精賞鑒，深於校讎之學，丹鉛未嘗離手。讎校經籍，日有定程，治一書必貫其首尾，朱墨雜沓，點勘或至十數周不倦。於《史記》、《前》《後漢書》、《元文類》用力尤深。有《甘泉鄉人稿》行世。

《曝書雜記》一書，爲錢泰吉著作中最爲人所熟知者，其書多記錢氏藏書、讀書、校書、鈔書之見聞心得。初爲兩卷，道光十九年（一八三九）蔣光煦刻入《别下齋叢書》。咸豐四年增補一卷，收入《甘泉鄉人稿》卷七至卷九。咸豐六年蔣氏補刻一卷，是爲《别下齋叢書》三卷本。太平天國間，《甘泉鄉人稿》書板不幸焚毁。同治七年（一八六八）杜文瀾重刻三卷本於蘇州。同治十一年（一八七二），錢泰吉之子應溥，在其父學生陳錫麒資助下，重刻《甘泉鄉人稿》，其卷七至卷九《曝書雜記》，即採用杜文瀾重刻三卷本之板片。光緒十一年（一八八五），錢泰吉之孫志澄重修同治本《甘泉鄉人稿》，又按全書行款重刻卷七至卷九，《續修四庫全書》所收《甘泉鄉人稿》即此本。此外《曝書雜記》還有光緒間刻《式訓堂叢書》、《校經山房叢書》本等。本次整理，以咸豐四年《甘泉鄉人稿》本爲底本。中國國家圖書館藏清人劉履芬、李慈銘、吴梅批校《曝書雜記》，其中劉、吴兩人批語間或相同，今亦一併載之。三家合計百餘條，各附相關條目之下。

《曝書雜記》三卷以外，錢氏其他著述如《甘泉鄉人稿》、《甘泉鄉人邇言》、《甘泉鄉人餘稿》等書，以及現存錢氏手跡之中，散見題跋亦復不少，今删其要，録其有關藏書、校書之文，輯爲《甘泉鄉人題跋》。本次整理以咸豐四年《甘泉鄉人稿》本及《續修四庫全書》影印同治本所附《餘稿》爲底本。

清咸豐四年《甘泉鄉人稿》附録有唐兆榴撰《可讀書齋校書譜》一卷，逐年記録錢氏校書事甚詳。今據咸豐四年刻本整理，列爲本書附録。

目録

曝書雜記

曝書雜記卷中

曝書雜記卷下

甘泉鄉人題跋卷三

曝書雜記卷上

劉履芬批：是書卷帙不少，然余見往往有出此書外者，而中所載者轉未及盡見，安得身遊瑯嬛福地，一暢襟抱耶。同治癸酉清明記。【泖生手校】朱方

吴　梅批：是書卷帙所載不少，然余所見往往有出此書之外者，而卷中所録亦未能盡見。因録記眉端，徐徐訪求也。霜厓。

過庭録

葉氏《過庭録》曰：古書自唐以後，以甲、乙、丙、丁略分爲經、史、子、集四類。承平時，三館所藏不滿十萬卷，《崇文總目》所載是也。公卿名藏書家，如宋宣獻、李邯鄲，四方士民如亳州祁氏、饒州吴氏、荆州田氏等，吾皆見其目，多止四萬許卷。其間頗有不必觀者，惟宋宣獻家擇之甚精，止二萬卷，而校讐詳密，皆勝諸家。吾舊所藏僅與宋氏等，而宋

氏所未見者，吾不能盡得也。自六經、諸史與諸子之善者，通有三千餘卷，讀之固不可限以數，以二十年計之，日讀一卷，亦可以再周，其餘一讀足矣，惟六經不可一日去手。吾自登科後，每以五月以後，天氣漸暑，不能泛及他書，即日專誦六經一卷，至中秋時畢，謂之夏課，守之甚堅。宣和後始稍廢，歲亦必一周也。每讀不惟頗得新意，前所未達者、其先日差誤，所獲亦不少，故吾於六經似不甚滅裂。《南史》記徐盛年過八十，猶歲讀五經一遍，吾殆不愧此。前輩説劉原父初爲窮經之學，寢食坐卧，雖謁客未嘗不以六經自隨，蠅頭細書爲一編，置夾袋中，人或效之。後傭書者遂爲雕板，世傳「夾袋六經」是也。今人但隨好惡，苟誦一家之説，便自立門户，以爲通經，内不求之己，外不求之古，可乎？後生諗習，聞見所以日趨於淺陋也。《文獻通考》卷一百七十四《經籍考》引。

石林葉氏與諸子講説之語，其中子模編輯之，爲《過庭録》二十七卷。《直齋書録解題》「雜家類」録其書。此論藏書、校書、讀書之法，有志讀書者所當玩味其言也。泰吉承先世餘緒，藏書號稱二萬卷，以資博采則不足。然非聖畔道之書，先人所戒，泰吉小時即屏棄不收也。每以不能浹洽，有負世業爲恨。夏日曝書，就所聞見，隨筆寫録，以授學徒。葉氏語素所服膺，録諸簡端，俾子弟知向學之方爾。

十三經字數

鄭耕老《勸學》所述《九經》字數，《周易》二萬四千二百七字，《書》二萬五千八百字，《詩》三萬九千二百二十四字，《禮記》九萬九千二十字，《左傳》一十九萬六千八百四十五字，《周禮》四萬五千八百六字，《論語》一萬二千七百字，《孟子》三萬四千六百八十五字，《孝經》一千九百三字。從孫聚仁從武英殿記《乾隆石經》字數，《易》二萬四千四百三十七字，《書》二萬七千一百三十四字，《詩》四萬八百四十八字，《禮記》九萬八千九百九十四字，《周禮》四萬九千一百五十六字，《儀禮》五萬七千一百一十一字，《春秋左傳》一十九萬八千九百四十五字，《公羊》四萬四千七百四十八字，《穀梁》四萬二千八十九字，《孝經》二千一百十三字，《論語》一萬六千五百九字，《爾雅》一萬七百九十一字，《孟子》三萬四千六百八十五字，《十三經》共六十四萬七千五百六十□字。石經《九經》字數與鄭耕老所記多寡懸殊者，或但數正文，或連篇目字，或記録有誤。荒經者每日能温熟一千字，兩年可畢，即有他務間斷，亦兩年半可畢。乃因循歲月，一經未治，殊爲可惜。姜西溟謂，東方朔三年誦二十二萬言，每年正得七萬三千三百餘言，以一年三百六十日成數算之，則一日所誦纔得二百零三言耳，蓋中人最下之課也。余謂曼倩誦四十四萬言，遂上書自誇，然其所誦半屬《孫吳兵法》，固不若六十四萬餘言之皆聖賢經訓也，果能用兩年半功夫，胸中藏六十四萬餘言，足傲曼倩矣。

武英殿仿宋本五經

宋岳倦翁刊《九經三傳》，以家塾所藏諸刻，併興國于氏、建余仁仲本，凡二十本，又以越中舊本注疏、建本有音釋注疏、蜀注疏，合二十三本，專屬本經名士反覆參訂，始命良工入梓。其所撰《相臺書塾刊正九經三傳沿革例》，於書本、字畫、注文、音釋、句讀、脱簡、考異，皆羅列條目，可見其詳審矣。乾隆四十八年，武英殿仿刻《五經》，泰吉於嘉慶庚辰始得敬藏。卷首御撰《五經萃室記》，每經前御製詩一首，每卷後附考證，詳審精確，勝岳氏原刻不啻倍蓰，有志讀經者，不可不家置一編也。

吴　梅批：嘉靖仿相臺本亦佳。

李慈銘批：仿刻本頗有改從今本者，此説未確。

怡親王巾箱四書五經　果親王刻春秋左氏傳

孔平仲云：《齊宗室傳》：衡陽王鈞嘗手自細寫《五經》，置巾箱中。「巾箱五經」自此始也。《經義考》卷二百九十三引。泰吉於杭州書肆得乾隆七年和碩怡親王明善堂刻巾箱本《易本義》、《詩集傳》、《書蔡傳》、《禮記陳氏集説》、《春秋胡傳》，字畫紙墨極精。歲癸未，潤齋叔父畀以所藏雍正十三年和碩果親王校刻《春秋左傳》，較怡府所刻《五經》板式闊大，字畫紙墨亦極精。前有序文云：三傳之文皆後之作者所不可及也。按以經義，則《公》《穀》之合者爲多，而《左氏》所載事物之變尤備。藴義閎深，故自古以爲經世之文，有專治此書而達於政事、威懾鄰敵者。余少讀而好之，雖事之殷，少有餘暇，未嘗不翻覆而流連也。余於古書常專誦本文，而别考其訓釋，蓋以方誦其文，旋考其釋，則意有所間，而一篇之神理會於吾心者不全。杜氏之注尚矣，然訓釋典故而辭未别白，及失其事與言之本指者，十猶一二。近世學者苦孔疏之繁猥，以宋林氏之説合焉。不知林氏所見尤狹陋，其當者蓋無幾，不若孔疏猶能通杜氏之意，而貫一事之始終，使學者有所開解也。其疑義散見於群書，及並世人所考訂，頗有能補《註疏》所不逮者。余嘗欲會萃增損，别爲集注，而無暇也。乃先刻經傳本文，以便把玩，而略加點定，以三色别之，使學者辨其辭義之精深，叙事之奇變，及脈絡之相灌輸者，要以資於文事而已。至於究事物之變，而深探其義，以濟其實用，則觀者各自得焉，固無俟於余言也。

劉履芬批：古香齋袖珍本《四書五經》，四子書有注，《五經》僅白文。《春秋》則有注無傳。

吴　梅批：古香齋袖珍本《四書五經》，四子書有注，《五經》僅白文。《春秋》則有注無傳。

陽城張氏宋本禮記

嘉慶十一年，陽城張古餘太守敦仁影鈔吴門顧之逵抱沖所藏宋本《禮記》鄭氏注二十卷付梓，乃淳熙四年撫州公使庫刻本也。每卷後記經若干字，注若干字。第二十卷後記

「凡二十萬一千九百九十二字」。經九萬七千七百五十九字，注一十萬四千二百三十三字。卷尾有「撫州公使庫新刊注禮記二十卷并釋文四卷」，「福州鄉貢進士陳寅校正」，及「修職郎司户參軍權教授趙善璿」等銜名。張公謂此本經文與開成石本每合，與相臺岳氏刻本互有不同，自爲《考異》二卷，後有顧廣圻千里跋。千里爲抱沖從弟，近時校書推千里。黄蕘圃所刊仿宋本書，及胡中丞刻《文選》、《通鑑》，皆其所校也。此書張公官南昌太守時以贈潤齋叔父，余得有之。

劉履芬批：此書鄂局有繙本，惜寫宋體字，不及原本精工。○千里校書，亦有肊改者，此習惟蕘圃不染。

吴　梅批：鄂局有飜本，惜是坊體字，不及原本之工。○千里校書，亦有肊改處，此習惟蕘圃無之。

鮑刻四書五經

近時揚州鮑氏所刻監本《四書五經》，字大可便誦讀。《四書》及《四經》，視汲古閣及崇道堂所刻不甚相懸，沿訛之字亦未能盡正。《春秋》則録三傳，并恭録欽定《春秋傳説彙纂》，較之十笏堂亦揚州本也。所刻爲詳密，不知出何人之手。表弟吴公謹鐵琴所贈也。

劉履芬批：鮑刻《四書五經》，爲浙局繙刻本，其原板聞亦覓售，惟主尚未得也。

吴　梅批：鮑刻《四書五經》，浙局有繙刻本。其原板在同治間欲出售，今不知藏何人許。

删義疏繁文

唐人義疏，讀者每病其繁。魏氏《九經要義》其僅存者，世亦罕見。然以删讖緯爲主，恐於繁文亦未盡節也。武進臧氏琳欲仿《史通》點煩之法裁翦義疏，别爲《九經小疏》，舉《禮記·樂記》、《周禮·大司樂》二則以爲例，見所撰《經義雜記》第十一卷。嘉慶癸酉，余與味根、從孫聚仁有讀義疏之約，相與節鈔《詩疏》，僅取與《集傳》異義者，以便應試耳。歲甲戌，聞味根佐蕪湖繆承香丈校義疏，余謂《禮疏》闕文爲多，乃録《校勘記》及《七經孟子考文》於重刻汲古閣本《禮記正義》，又從朱絳槎編修借武英殿本以分句讀。時館樂壽堂，課姪之暇，日校數葉，校至第十八卷以試事輟業。忽忽二十餘年，經學日荒，每一展卷，不勝憮然。暇日欲用南昌新刻本校完此經，精力日衰，恐未易遂。若仿臧氏《小疏》，則更非一人旦夕之功。味根一行作吏，此事遂廢矣。聊記斯語，以示學者。吴江沈氏彤有《儀禮小疏》，乃取《儀禮·士冠禮》、《士昏禮》、《公食大夫禮》、《喪服》、《士喪禮》五篇爲之疏箋，各數十條，與臧氏所言之體不同。

劉履芬批：鶴山《毛詩要義》刻本向見於丁中丞所，惜鈔補不少。

吴　梅批：鶴山《毛詩要義》聞藏丁日昌家，今不可知矣。

臧氏經義雜記

臧玉林先生爲諸生三十年，未嘗一日不讀經。偶有所得即記録，間附他説，積久成三十卷，名《經義雜記》，大都深於漢唐訓詁之説。太原閻氏一見，歎爲學識出唐儒陸、孔之上。先生不求人知，他人亦無知之者。殁後九十餘年，而元孫鏞堂、禮堂以經學見知於時，其書始刊行。第各條隨所得先後，未嘗編次。余於甲戌夏日爲纂一目，曰《易》，曰《書》，曰《詩》，曰《春秋》，曰《左傳》，曰《公羊》、《穀梁》，曰《周禮》，曰《儀禮》，曰《禮記》，曰《大戴禮》，曰《論語》，曰《孟子》，曰《孝經》，曰《爾雅》，曰音訓，而以「雜論」終焉。每條下各注原卷次第，以便檢尋，然二十餘年來亦未能細讀此書也。

劉履芬批：《經義雜記》近有繙刻，殊惡劣，蓋備習經解所須。

吴　梅批：《經義雜記》有繙刻，但惡劣不堪，蓋備習經解者爲兔園册用也。

陳簡莊所藏經籍

海昌陳簡莊孝廉鱣博學好古，尤喜收書，其所得諸經舊本，《周易注疏》則宋刻大字本十三卷，李氏《集解》則影宋嘉定本十卷，朱子《本義》則宋咸淳吴革本十二卷，《尚書孔傳》則宋婺刻巾箱本十二卷，蔡氏《集傳》則宋刻本六卷，《毛詩傳箋》則宋刻監本二十卷，《注疏》則元刻元印大字本二十卷，《周禮注》則宋小字本十二卷，《儀禮鄭注》則明繙宋刻本十七卷，《禮記注》則宋淳熙刻本二十卷，即張氏重刊本。《注疏》則宋刻本七十卷，陳氏《集説》則元文宗時建安鄭明德刻本十六卷，《春秋經傳集解》則明繙宋相臺岳氏本三十卷。簡莊謂明繙刻有三本，此爲最佳，不言何人所繙。《穀梁傳》則照宋鈔單行疏十二卷，惜缺文公以前。《論語音義》則影寫北宋蜀大字本一卷，《孝經注》則桐鄉金氏翔和書塾繙相臺岳氏本一卷，《爾雅》則宋刻單疏本十卷，《孟子音義》則影寫北宋蜀大字本二卷，《四書》則宋淳祐丙午泳澤書院刻《大學章句》一卷、《中庸章句》一卷、《論語集注》十卷、《孟子集注》十四卷。簡莊云，似係國初時繙刻之本。余來海昌，簡莊已下世，所藏盡散，不知流傳何所矣。戊子春，管庭芬芷湘得簡莊手寫《經籍跋文》一卷於西吳書舫，諸本與今通行本異者皆羅列精詳，余鈔一通藏之，今蔣生沐刻入《別下齋叢書》。

劉履芬批：吳革本《彖》《象》分卷，内府有翻刻本。向朱脩伯曾以見貽，後爲吳仲仙制軍攜去。○光緒丙子，海昌孫銓伯武部寄贈刻本。○顧子長亂前有糊翻岳板《孝經》一卷，曾經借印。○宋刻四書向曾見之，稱《大學章句》《中庸章句》，後均坿《或問》，字大而刻不精。聞爲丁松生所購，向藏葑門蔣氏。

吳　梅批：吳革本《彖》《象》分卷，内府有繙刻。○宋刻《四書》，都中曾一見之。標《大學章句》《中庸章句》，後均坿《或問》。字大而刻不精。聞葑門蔣氏有之，但未見也。

李慈銘批：宋撫州本《禮記》，聞歸海豐吴侍郎式芬，又錢遵王所藏百衲本《史記》，亦歸侍郎。去年辛未冬，其子欲出售，索價千金。又聊城楊中允紹和亦云，有集宋槧《史記》，中有大字、小字者二本最精。中允爲漕督，以增之子。聞其藏宋槧至百餘種，爲海内第一。

南昌學刻十三經注疏

江西南昌學所刻《十三經注疏》共四百十六卷，并附《校勘記》。經始於嘉慶二十年二月，成於二十一年八月。儀徵相公時官巡撫，與僚屬紳士捐貲校刻，董其事者鹽法道盧江胡稷、武寧貢生盧句宣也。以十行本《十一經》及《儀禮》、《爾雅》單疏本爲主，不欲臆改古書，即明知宋版之誤，但加圈於誤字之旁，而附《校勘記》於每卷之末。《校勘記》者，儀徵舊有各經校本，撫浙時屬詁經精舍諸君分撰成書也。《易》、《穀梁》、《孟子》則屬之元和李鋭，《書》、《儀禮》則屬之德清徐養原，《詩》則屬之元和顧廣圻，《周禮》、《公羊》、《爾雅》則屬之武進臧庸，《禮記》則屬之臨海洪震煊，《春秋左傳》、《孝經》則屬之錢塘嚴杰，

《論語》則屬之仁和孫同元。惜南昌刊板時，原校諸君已散亡，刊者意在速成，不免小有舛誤，當檢單刻《十三經校勘記》，并覓舊本審核也。嘉慶二十三年衎石兄之南昌，許爲購《注疏》，未至，余夢兄攜《注疏》歸，字旁有圈，心異之。及得而讀之，果然。蓋余聞南昌新刻《注疏》成，欲得之久矣，其即所謂思夢歟。然余先期未嘗知新刻《注疏》有旁圈也，異哉。

南昌學重摹石經蘇州府學石經

乾隆五十三年，大興翁覃溪先生以詹事府詹事督學江西，合前後所見錢塘黄氏、如皋姜氏、金匱錢氏摹《熹平石經》一十二段，殘字六百七十有五，勒於南昌學宫，凡四石。乙未冬，衎石兄從南昌拓本以寄。覃溪先生刻石始末及辨證文字，詳見《兩漢金石記》。所謂金匱錢氏，乃梅溪居士泳也。《金石萃編》謂金匱錢君泳貽昶重摹雙鉤本，據云檢篋中得之，而不知其所自來，蓋《萃編》所録梅溪居士自跋謂，乾隆五十年七月，偶得雙鉤之本於舊篋中，不詳何人所摹也。戊戌五月，余遇梅溪居士於杭州，得見其《寫經樓金石目》，記重摹漢《熹平石經》殘字云：「乾隆五十年乙巳，余館於吴門陸端夫上舍家。七月初二日，天氣新涼，偶步至元妙觀前，見書肆中有明刻《管子》十五卷，批點甚精，卷首有徐樹丕名印，乃購以歸。次日披閲，書中有零星片紙，皆漢隸雙鉤，再三尋繹，知是《熹平石經》殘字，喜不自勝，取洪景伯《隸釋》考之，皆與符合。凡得《尚書·洪範》篇七十八字，《君奭》篇十一字；《魯詩·魏風》七十三字，《唐風》三十一字；《儀禮·大射儀》三十七字，《聘禮》二十八字；《公羊·隱公四年傳》十八字，《論語·微子》篇百七十字，《堯曰》篇三十九字，又盍毛、包、周有無不同之説，及博士左立姓名十八字，合五百餘字。課徒之暇，親自刻石，三月始成，遂搨三百餘本，寄張芑堂、陸貫夫諸君，從此流傳海内。後北平翁閣學方綱摹石於南昌學宫，長白李太守亨特模石於紹興學宫，而如皋姜氏、吴門劉氏亦有模本，皆從余家所刻本再模者也。徐樹丕，字武子，長洲人。少補諸生。姚公希孟器重之，妻以女。善楷書，兼工八分。國變後隱匿不出，自號牆東老人。康熙初尚存。此本或其所藏耶」。此記所得石經摹本極詳，録之以釋《金石萃編》所疑。乾隆五十八年，居士又於《管子》中得石經殘字三十八字，以意連屬之，蓋《論語·學而》篇也。「抑與之與」作「意予之與」，與洪氏所載同，乃更刻石，覃溪先生賦七言古詩貽之，惜後所得三十八字，南昌學中未及補鐫。梅溪嘗仿《熹平石經》寫《論語》、《孝經》、《大學》、《中庸章句》，文字謹遵聖祖仁皇帝、高宗純皇帝欽定本，初欲勒石於闕里，題曰「闕里石刻」，今在蘇州府學敬一亭。凡一百二十四石。

劉履芬批：光緒乙亥冬，余收得徐武子手纂《杜詩執鞭録》五册，中間楷隸咸備。又有姜如須跋語，王紱卿假以入《蘇州府志·藝文》。〇此石近嵌紫陽書院講堂壁間，石有新補刻者。

吴　梅批：武子曾纂《杜詩執鞭録》，其中楷隸咸備。《蘇州府藝文志》列其名。〇此石嵌紫陽書院。亂後有補刻者，今蘇州中學禮堂壁間可觀也。

周禮讀本

《周禮讀本》以德清袁氏槐校刊本爲善，正文句讀、音切頗清晰，便於童蒙。若欲觀鄭氏注、陸氏音義，則嘉善周氏福禮堂本爲善。嘉慶十七年順德張公青選宰嘉善，重校付梓，是爲清芬閣重刊本也。清芬閣尚有《爾雅》刊本。

邵氏爾雅正義

餘姚邵學士晉涵謂，《爾雅》邢氏疏多掇拾《毛詩正義》，掩爲己説，間采《尚書》、《禮記正義》，更多闕略，爰據《唐石經》、宋槧本及諸書所徵引者，審定經文，增校郭注，兼採諸家，别爲《正義》二十卷，附刊陸氏《釋文》二卷。十載而成，學者謂實出邢疏之上。余所藏者，世父户部公遺書也。邵學士尚有《孟子述義》、《穀梁正義》、《韓詩内傳》，惜未見。見潛研堂墓誌銘。近得《南江札記》四卷、《文鈔》四卷。其子秉華所栞。

李慈銘批：《爾雅》自郝氏懿行《義疏》出，人爭推之，又以爲出邵氏之上。《義疏》刻入《學海堂經解》者，爲嚴鷗盟所删節，非足本。咸豐初元，陸立夫制府所刻，即據學海堂本。楊致堂漕帥刻于淮上者，足本也。近年蘭皐之孫承薇復刻之，承薇由軍功官涿州知州，頗能刊布其祖書。

爾雅圖　列女傳圖

嘉慶辛酉，南城曾公官兩淮鹽運使時，刻元人影宋鈔繪圖《爾雅》三卷，下卷分前後二卷，實四卷。正文有注有音，大字極悦目，圖爲姚處士之麟所摹繪，亦極精，似勝《列女傳》圖也。《列女傳》八卷，爲宋建安余靖庵刻本。乾隆戊申，顧抱沖得之抱沖從弟千里，以宋本重雕而去其圖。道光五年，揚州阮君福重刻於嶺南，圖爲其第九妹季蘭所摹。原本雖未必定出晉人，其爲南宋以前則確然無疑。吾友錢塘汪小米遠孫之配梁端無非《校注列女傳》，可與福山王安人照圓之注並傳。

劉履芬批：《爾雅圖》有之，唯非初印耳。〇汪刻是馮柳東太史校閲本，辛未收得。阮、汪二刻均曾收得，唯顧刻不易覯。至仇繪雖極著名，然畫不核實，亦不足貴。〇汪、王兩《列女傳》余均有之。王本是癸酉六月譚荔村贈。

吴　梅批：《爾雅圖》余有之，但非初印。〇汪刻是馮柳東校。阮刻亦佳，顧刻殊不易得。《四部叢刊》本亦佳。至仇繪雖極著名，但循名核實，不過爾爾。

李慈銘批：梁無非《列女傳校注》版，今尚在汪氏家，已缺數葉。

古周易音訓

余欲求善本吕氏《古周易音訓》，梅里李香子丈告予，仁和宋小茗咸熙嘗校刊此書。小茗下世後，印本漸希。丁酉春日，晤朱少郭以泰，爲小茗同里人，因贈一册。蓋嘉慶戊午冬月從元董季真《周易會通》中采出，因依吕氏篇第鈔録者也。小茗嘗欲合栞吕氏《古易音訓》、宋氏《國語補音》、孫氏《孟子音義》、殷氏《列子釋文》、蕭氏《漢書音義》等書，而《易音訓》獨成。自爲序，歸安嚴氏元照爲後序。

一切經音義

唐釋元應《一切經音義》二十五卷，終南太一山釋氏爲之序，稱《大唐衆經音義》，存釋藏中。乾隆間，任禮部大椿著《字林考逸》、孫觀察星衍集《倉頡篇》，始采及其書。五十一年，武進莊君炘宰咸寧，從大興善寺得善本，乃刊行。其引經則有三家《詩》，鄭康成《尚書》、《論語》，賈逵、服虔《春秋傳》，李巡、孫炎《爾雅》等注；字書則有《倉頡》、《三倉》、衛宏《古文》、葛洪《字苑》、《字林》、《聲類》、服虔《通俗文》、《説文音隱》及漢石經之屬，皆非世所經見。莊君謂其説字則以異文爲正，俗書爲古，泥後世之四聲，昧漢人之通借，引經典、字書以祛其蔽。助之校勘者則嘉定錢君坫、歙縣程君敦、同里洪君亮吉、孫君星衍也。糾正之語，俱附各條下。

劉履芬批：余藏莊刻原本。○莊刻現爲武林一比邱尼重翻。又《粤雅堂叢書》内亦有此一種。

吴　梅批：此以慧琳《正續本》爲最善。莊刻及粤雅堂本無可比也。近丁仲祜據慧本作目録，殊佳，便於繙檢矣。

李慈銘批：莊刻《一切經音義》脱誤不少。吴少宰存義嘗購得盧抱經手校本，甚精。近年杭州一尼募刻是書，曹籀爲據莊本校刻。籀本妄人，不學，又耄惛，其書錯謬，至不可讀。版今臧仁和高秀才騤麟家。譚仲修孝廉近從少宰子假盧校本去，云將校改，不知何如也。

郭氏汗簡

郭氏《汗簡》凡七卷，前六卷分上中下，各二卷，始一終亥。鄭所南序謂：集七十一家之字蹟也。末一卷略叙書傳言古文者，自《易》至昌黎《科斗書後記》止，凡若干條。康熙間，錢塘汪立名從朱竹垞先生得舊鈔本，刻於一隅草堂。竹垞翁喜勸人刻字書，若吴門張氏及曹氏楝亭所刻書，多發於竹垞翁。唐宋人小學書今得傳布，竹翁力也。竊謂字學當以《説文》爲宗，參之郭氏所著《佩觿》及張參《五經文字》、唐元度《九經字様》等書，以正字體。若古文奇字，聊廣聞見則可，倘好奇成癖，將如薛常州之《書古文訓》，令人舌撟不下，亦是一病。竹汀先生嘗辨論郭氏之書，讀者當以爲法。

胡菊圃校勘説文　李香子説文正俗辨字

秀水胡菊圃丈重精於《説文》，其所著書凡十種，金君孝柏爲刻《説文字原韻表》。菊圃嘗得惠半農、松厓父子，及惠氏同邑人胡竹厂孝廉士震，與其子仲澐所校汲古閣本《説文》，其弟子沈茂才世枚以五色筆録於簡端，間附菊圃校語，今在吾友金岱峰衍宗處。余方借録。

劉履芬批：錢遵王《讀書敏求記》亦是胡刻。後阮氏刻較勝。

吴　梅批：錢遵王《讀書敏求記》亦是胡刻。

吾鄉近時講《説文》之學者，梅會里李香子丈富孫尤精，贈余所著《説文正俗辨字》八卷，謂今叚借通用，《説文》自有本字，有得通借者，有不容通借而並爲俗誤者。援據經典以相證契，大旨多折衷於金壇段先生之注，而亦有段注所未及者，讀《説文》之津梁也。

劉履芬批：蘇州徐君承慶曾有糾正段氏以書，只有鈔本，内令段氏心服者亦頗不少。

吴　梅批：劉泖生有校毛本《説文》，今藏許博明處。○吾鄉徐君承慶曾有糾正段氏一書，更在鈕匪石之前。

李慈銘批：惠松崖校本，後昭文張氏刻入《借月樓叢書》，今歸金山錢氏，改爲《式古居彙鈔》矣。

劉氏淇助字辨略

二十年前見苕估持書目，有《助字辨略》，謂是鄉學究啟悟童蒙，俾免杜温夫之誚爾。及得其書而讀之，則先秦兩漢舊籍引據該洽，實爲小學書之創例。撰人爲確山劉淇武仲。凡五卷，自序謂其類三十，曰重言、曰省文、曰助語、曰斷辭、曰疑辭、曰詠歎辭、曰急辭、曰緩辭、曰發語辭、曰語已辭、曰設辭、曰別異之辭、曰繼事之辭、曰或然之辭、曰原起之辭、曰終竟之辭、曰頓挫之辭、曰承上、曰轉下、曰語聲、曰通用、曰專辭、曰僅辭、曰歎辭、曰幾辭、曰極辭、曰總括之辭、曰方言、曰倒文、曰實字虚用。釋訓之例凡六，曰正訓、曰反訓、曰通訓、曰借訓、曰互訓、曰轉訓。班諸四聲，因以爲卷。其書刊於康熙五十年，海城盧承琰撰序，謂所著尚有《周易通説》、《禹貢説》若干卷。謹檢《四庫總目》，俱未著録，則劉君所著鮮傳本矣。後讀陸朗夫先生《切問齋文鈔》第十五卷，録《堂邑志·賦役論》，乃知劉君一字龍田，號南泉，濟寧人，有《衛園集》、《皇朝經世文編爵里考同》。近時王伯申尚書著《經傳釋詞》十卷，其撰著之意略同此書，詁訓益精密。然創始之功，不能不推劉君也。

劉履芬批：光緒丙子收得《助字辨略》。

班馬字類

鄉先哲宋參政婁公《班馬字類》五卷，樓大防、洪容齋爲之序，其例於二史假借之字，第識首出，已見於經子，則疏於下。然亦有漏略，覃懷李曾伯可齋爲補一千餘字。景定甲子自序稱，隨其先君入蜀時，與老儒王撰共成之。見張氏金吾《愛日精廬藏書志》。可齋爲丞相邦彦之孫，所著有《可齋雜稿》、《續稿》、《續稿後》。南渡後流寓嘉興，故於婁公亦稱鄉先哲。竊謂婁公原書但著假借之字，所補不當有一千餘字之多，惜未得其書一爲校核也。

翁氏經義考補正

覃溪翁氏補正《經義考》，凡一千八十八條，爲十二卷。乾隆五十七年爲山東學使時，與歸安丁杰小疋、南城王聘珍實齋共成之。謂《爾雅》類宜備列訓詁、六書諸目，今以顔氏

《匡謬正俗》、張氏《五經文字》等入是書，而「小學」未能自爲一類，宜與「宣講」、「立學」同補，然翁氏亦未有成書。南康謝公啟昆領藩吾浙時，撰《小學考》，分詁訓、文字、聲韻、音義四門，凡五十卷。余但見潛研堂序文，未見其書也。

劉履芬批：翁氏於《通志堂經解目録》亦有糾正，曾刊版，余過録之。

吴　梅批：翁氏於《通志堂經解目録》頗有糾正處，不獨《經義考》也。余藏朱氏原刊初印，極難得。○《小學考》亦有藏本。

李慈銘批：《小學考》原版已燬，今其孫潼商送質卿，刻之關中。

陸魯望笠澤叢書

陸魯望自撰《甫里先生傳》，謂「得一書詳熟，然後寘於方册。值本即校，不以再三爲限。朱黄二毫，未嘗一日去手。所藏雖少，咸精實正定可傳。借人書有編簡斷壞者緝之，文字謬誤者刊之」。可見古人讀書之慎重。海昌許珊林槤用十餘年之力，校勘《笠澤叢書》七卷、《補遺》二卷、《附考》一卷，手寫付梓，以印本見貽，字體仿歐陽率更，良可悦心。

珊林謂，近日士夫過信宋本，明知字句之誤，不肯更易，故此刻雖據宋樊開本，而宋本之誤亦據他刻更正。然尚有可商者，偶讀樊榭山房《西湖春雨》絶句「遥峰隱見黛眉攢，怪底春來無此寒。朋比熏鑪風味淺，有人樓上泥闌干」，正用魯望《春寒賦》中「朋比熏鑪，留連黼帳。相逢置酒則少避酡顔，獨自登樓則偏淩遠望」語。珊林從宋本改「朋比」爲「明滅」，似不若「朋比」爲勝。又余嘗假曹種水所藏碧筠草堂仿元刻本，此本今爲余所得。字體類趙文敏，紙墨俱極精，詩文雜編，合乎原序「不類不次，混而載之」之旨。此用樊開本，雜著、詩歌分編，非叢書舊次矣。

事文類聚

道光戊戌春日，修川朱筱漚鈞以舊刻《事文類聚》見贈。《前集》、《後集》、《續集》、《别集》，皆祝穆和父撰。和父爲朱子母黨子姪，嘗讀書於考亭書院，得聞緒論，故卷首即標「太極」之目，而詳列陸子静與朱子辨論之書，爲他類書所未有。和父嘗撰《方輿勝覽》，故此書不及輿地。《新集》、《外集》爲富大用編，皆詳官制，補和父所未及也。祝淵所編

《遺集》惜無之，他日當與《方輿勝覽》同訪求焉。元人有刻《混一方輿勝覽》者，竹汀翁謂轉不及和父之詳贍。

劉履芬批：《事文類聚》共七集，坊間只有明刊本，却不易得全者。○《混一方輿勝覽》僅上中下三卷，余收得之，有剜去「金」、「元」字者，後印本也。

吴　梅批：《事文類聚》共有七集，坊間只有明刊，且全者極少。○《混一方輿勝覽》僅上中下三卷，其有剜去「金」、「元」字者，轉是後印本。

唐類函

自康熙四十九年御定《淵鑒類函》頒行，而俞氏安期之《唐類函》皆束置矣。然《四庫提要》亦稱其取材不濫，於諸類書中爲近古。余初至海昌，有馬生者以是爲贄，欣然藏之。後讀吴兔床《桃溪客話》，述周芚兮大令語云：宜興故多盜，俞安期輯《唐類函》初成，甞載百十部以出，中道被掠。安期乃更印數百部，以紅字目録印書側釁之。未幾盜書亦出，以無紅字詰之，遂首伏。人多其智，好事者争買紅字《唐類函》，因此乃大售。今世猶貴紅字

《唐類函》，其實與黑字無異也。附録以博異聞。俞氏更有《詩雋類函》一百五十卷，删掇皇古以迄唐代之詩，附以詩話小説，又有《類苑瓊英》十卷，皆未見。

劉履芬批：《唐類函》一書，兵燹前極賤，數金可得。亂後所只見一部張廉卿處。

徐氏喻林

明宣城徐尚書元太《喻林》一百二十卷，採摭古人設譬之辭，彙爲一編，爲自來類書所未有。族子恬齋方伯語予，嘉慶初年，欽命詩賦題往往取此書，一日琉璃廠書肆搜索殆盡，蓋翰苑諸公争購讀也。恬齋嘗摘鈔一册，名《喻林一枝》，余過藥房時取觀焉。近日此書價稍減，乃得有之。每一披覽，古藻滿目，於釋典摘取尤繁富。

劉履芬批：《喻林》一書近不甚重，間見之。

吴　梅批：《喻林》今不多見。曩在都中廠肆見之，索價至五十金，未購也。

唐荆川稗編

唐荆川有《左編》以纂史，《右編》以紀言，《文編》以録文，《稗編》以類事。《左編》梓於浙西，《右編》梓於閩中。茅鹿門撰《稗編》序，謂胡公宗憲、姜公寶所刻也。今皆罕見。四編中要以《稗編》爲最，余所藏者茅一相康伯刻本，世父户部公賜書也。羅列藝文，無所論篹，雖不及章氏《山堂考索》之精核，亦考古者所必資，以之肩隨，庶無愧矣。

山堂考索

山堂之學，當與王伯厚抗衡。《考索》四集共二百十二卷，參處於《通典》、《通考》之間，足以鼎立，鄭氏《通志》所不及也。嘉慶丙子，得於聞川陶氏，聞陶氏得之洙涇程氏，蓋曾爲愛廬侍御所藏，當時以爲元刻，實則明正德時慎獨齋刊本也，有志於古者，當訪求元刻校正之。余嘗欲摘其中論漢事者，合之《玉海》、《通典》、《通考》、《五禮通考》所録漢事，以補徐氏《會要》之未備。暇日當成之。

玉海

《玉海》余所藏者爲嘉慶丙寅江寧藩庫刻本。先是，上元學宫明初刻板至國朝屢修者燬於火，合河康公基田官江寧布政使，張公敦仁守江寧，得浙東至元初刻本，乃屬副貢陳勉甫、上舍胡聖繈參考校讐，序稱補填缺誤二萬餘字，五閲月而刻成，附刻十三種亦完備。道光乙酉，曾假當湖吴氏慎餘堂所藏元刻校對十餘卷，知此刻勝於修板多矣。惜金陵刻工爲下，附刻書益草草，不若張太守重刻撫州本《禮記》，影宋校勘精良也。

劉履芬批：元刻曾見過兩部，中心均爲書估挖去，雖筆畫精工，非庫本所及也。

吴梅批：元刻本見於劉聚卿家，筆畫精工，非庫本所及也。余藏嘉靖刻補本，遜之遠矣。

書籍印本高下

書籍校勘固須精良，紙墨亦宜選料。鄱陽胡公克家所刊《資治通鑑》、《文選》，印於蘇州者極精，江西印者稍遜矣。近聞其家子弟分析書板，合印殊難。余從父撫江右時，摹印十餘部，余得藏焉。

劉履芬批：同治戊辰，江蘇書局翻刻胡鑑，余奉檄赴兩江，購得原板十分之七。原本自道光壬午印行後。乙未遭祝融之厄，其後半部并《文選》板燼焉。此云子弟分析，是傳聞之誤也。○興文署《通鑑》見過兩部，均有缺佚抄補，一竹紙，一棉紙也。筆畫瘦勁而多波折，與胡刻本神情大異。蓋刊工之不及古，嘉慶間已如此矣。○余亦收得一部，中有缺佚，以新刊本補之。○胡中丞尚有《外紀注》一書未刻。○今已刊于蘇局，但脱謬過多，余嘗糾正之，未能重刻。

吴　梅批：《通鑑》自道光壬午印後，至乙未遭火，并《文選》板燼焉。此云子弟分析，尚是傳聞之誤。二書余皆有初印本。

胡中丞刻通鑑注

胡中丞所刻《通鑑》，前有翰林學士王磐序，云「京師創立興文署，署置令丞，并校理四員，咸給禄廩，召集良工，剡刻諸經子史，版布天下，以《資治通鑑》爲起端之首」。亦元時刻書一掌故也。胡身之《新注通鑑序》自署旃蒙作噩，蓋元世祖至元乙酉也。梅磵蠖居者，身之時寓甬上，袁氏之室有藏書窖，己丑寇作，藏書窖中得免。《結埼亭外集·胡梅澗藏書窖記》言其本末甚詳，蓋本於袁清容《先友淵源録》。嘉慶二十一年，胡公官江寧布政使，獲元時官本，開雕於孫伯淵觀察家祠。延文學顧君廣圻、彭君兆蓀及中丞族弟樞司校勘。後附《通鑑釋文辨誤》十二卷，身之辯史炤之誤也。史炤《釋文》嘗見舊刻本，惜未購藏。身之於《通鑑》竭畢生之力，視劉安世《音義》當過之，安世之書不傳可也。然顧亭林、陳少章猶糾舉其誤，凡若干條，注書之難如此。身之固嘗曰：人苦不自覺，前注之失吾知之，吾注之失吾不得而知也。其與王伯厚同居南湖，而不相商榷，謝山嘗疑之。

吴　梅批：與文署《通鑑》余曾見過，筆畫瘦勁而多波折，與胡氏本神情大異。

胡中丞刻文選注

胡公《刻通鑑序》謂別撰《考異》，今所行本未見也。嘉慶十四年刻《文選》，有《考異》

十卷，元和顧君廣圻、鎮洋彭君兆蓀所撰。兩君皆精校勘，辨晰頗詳，所據爲淳熙辛丑尤延之刻於貴池之本，而以吴郡袁氏翻雕六臣本、茶陵陳氏刻增補六臣本校其異同，并詳列何焯屺瞻、陳景雲少章校語，亦多辨正其非。

明新都刻六臣注文選

《文選》余舊藏六臣注六十卷，爲明神宗二年新都崔大夫刻本，有汪氏道昆序，序後有「冰玉堂重校」五字，次録田氏汝成《刻文選序》及昭明小傳。而雲杜徐成位題其後云「郡齋舊有六臣《文選》刻而殘失，山東崔大夫領郡，重爲剞劂。但校讎者鹵莽，中多舛誤，甚以俗字竄古文，觀者病之。余暇日屬一二文學詳校，凡正一萬五千餘字」云云，則神宗六年戊寅也。目録後有「見龍精舍重校」六字。崔大夫不著其名，徐君殆亦宦新都者。刻本字大，白綿紙印，便於老眼，世父户部公所賜也。

吴　梅批：六臣《文選》余有嘉靖見龍精舍本，非萬曆年本也。謇石先生誤。

文選評本

道光壬午得評本《文選》於杭州市肆，乃重刻汲古閣本。評者工於楷法，朱墨粲然，蓋臨義門本，而即似義門手蹟，可寶也。原跋云：辛未十二月望日閲畢，詩是丙寅冬在王駿聞家所閲，六年始畢一至，又無一卷成誦，識余之廢學，爲後來子弟之戒。立歲無聞，實游惰之咎，於人何尤哉。焯識。又跋云：乾隆乙酉夏，寓啟香書屋，得義門先生勘本，依樣畫出，完士侮食，不免有憾，校讎之力，是所望於主人。文漪克紹識。啟香主人及文漪克紹，不知爲何許人。「完士」見王仲宣《從軍詩》，「侮食」見王元長《曲水詩序》。義門證之《史記》，謂「完士」當作「軍士」。「侮食」則引王厚齋語，謂元長沿用《周書·王會解》之誤本。皆見卷中。李介石徵君言，嘗藏義門手評《文選》半部，其半在從孫金瀾廣文所，後同歸於阮氏文選樓矣。未得一見，以審異同。偶取《讀書記》校核數條，詳略互異，不可枚舉，大較此本爲優，蓋作《讀書記》者所見非義門最後之本也。惜此是重刻汲古閣本，正文及注中誤字尚須細校。

文選音義

《新唐書·藝文志》所録《文選》音註，李善、五臣而外，《蕭該音》十卷、僧道淹《音義》十卷、公孫羅注《文選》六十卷又《音義》十卷、曹憲《音義》、卷亡。《許淹音》十卷、康國安注《駁文選異義》二十卷，李善别有《文選辨惑》十卷，今皆不傳。吴縣余仲林撰集《古經解鉤沈》極精博，所爲《文選音義》則體材殊不稱，《四庫提要》詳言之。《漢學師承記》謂，仲林亦悔其少作，别撰《文選雜題》三十卷。今未得見。然《音義》多用直音，便於省覽，載義門校語頗詳，亦初學所不廢也。

劉履芬批：《文選雜題》余藏有不全本，蓋雷甘杞、宗月鋤先後贈者，尚未能完帙也。

紀元通考

近時專考紀元之書，清白士《元號略》爲備，卷一、卷二專號共六百五十八，卷三重號一百八十五，卷四佚號一百三，皆以韻爲次，更有《補遺》一卷。秀水葉兩垞維庚宰江陰時，刻《紀元通考》十二卷，嘉慶九年所撰次也。首歷代正統年號，次分霸，次僭竊，次外國，次擬議不用，次史書異辭，次無甲子可考，次分霸時紀元年表，次依韻類編，次三字、四字、六字紀元，次古今相同，次本國前後相同，次中朝同於僭竊，次年號甲子皆同，次上下兩字無一相同，次一年兩號、三號，次改元最多，次一君不二紀元，次稱舊君年號，而以「總論」二卷終焉。葉君熟精《通鑑》，吾友胡仁圃祥麟記誦亦該洽，常自謂不及也。聞葉君撰著尚多，余僅見此刻。

劉履芬批：《紀元》書最多，萬季野、趙琴士皆有之，李申耆最備最通行

吴　梅批：《紀元》書最多，萬季野、趙琴士皆有之，李申耆最備最通行。

李慈銘批：梁書亦有謬誤，葉書更多舛漏，其識見亦迂謬，不脱邨學究氣，不足觀也。

錢塘梁氏著述

梁山舟先生《頻羅庵遺稿》，詩三卷，集杜二卷，文四卷，題跋四卷，《直語補證》一卷，《日貫齋塗説》一卷，《筆史》一卷。詩文皆工贍。《直語補證》蓋仿《通俗文》而作，雖止一

卷，亦有翟晴江氏《通俗編》所遺者。《塗説》則讀書之筆記。《筆史》自「筆之始」至「筆之匠」，采摭極精博。先生既苦爲書名所役，不欲更以詩文名，故所作多隨手散佚，此遺集十六卷，皆先生身後嗣子玉繩所搜輯者也。玉繩自號清白士，九踏省門不遇，年未四十，遂棄舉業文，而專心撰著。所著《人表考》九卷、《呂子校補》二卷、《元號略》四卷、《誌銘廣例》二卷、《瞥記》七卷、《蜕稾》四卷，合爲《清白士集》二十八卷。别有《史記志疑》三十六卷，刊行後續有增加，則筆之刻本上。子學昌輯爲《庭立紀聞》四卷。清白士家有賜書，父子昆弟自爲知己，一時老宿，如杭堇浦、陳句山、盧紹弓、錢辛楣、孫頤谷諸先生皆得接談論，故與弟處素俱彊識博聞，一時有「二難」之目。處素名履繩，早卒，邃於左氏學，成書六種，名曰《左通》：古注輯存雖富惟合者録，補釋第一。專家詮釋或疏有證者駮，駮證第三。考異則旁蒐及石經群籍之多，考異第二。廣傳則取材在《公》《穀》《國語》而外，廣傳第四。以及風謡卦繇，古音第五。别解軼聞。臆説第六。皆考輯詳審，今惟《補釋》三十二卷已刊行。朱氏文翰作《後案》一篇，於處素撰述大旨發明頗詳。《頻羅庵稿》爲山翁從孫弓子所贈。庚辰余客濟南，弓子方候補鹽場大使也。《清白士集》得於杭州書肆，《左通補釋》則汪小米所贈。

劉履芬批：《通俗編》余曾購得。

李慈銘批：朱蒼湄爲曲阜孔㮚軒氏之甥，而處素則㮚軒氏之妹夫也。今《左通補釋》版尚藏小米從子子用處，已殘缺不完。近浙江開書局，余曾請中丞馬公爲補完之，未應也。但其書亦太雜碎，鮮得精義。子用名曾唯，今往楚北，以知縣候補。

羅昭諫集

《羅昭諫集》八卷，康熙年新城知縣武定張瓚容庵所輯。一卷至六卷爲詩文，第七卷雜著，則《讒書》僅八條、《廣陵妖亂志》四則，第八卷爲《兩同書》。道光甲申，新城知縣平江吴墉整理印行。金岱峰以贈余，余屬潘梧君藹人從《全唐文》鈔補賦四篇、表一篇、序一篇、書二篇、碑一篇、錢氏大宗列傳十九篇、弔文一篇，爲《補遺》一卷，合諸吴兔床拜經樓所刊《讒書》五卷，昭諫之遺著略備矣。

劉履芬批：吴墉印行本，同治癸酉，蘇州坊肆收得。

吴　梅批：《四部叢刊》較吴墉本佳。

羅鄂州小集

《羅鄂州小集》六卷，附《郢州遺文》一卷，歙程哲聖跂輯録，康熙癸巳七略書堂刻本也。道光丁酉夏日，假金岱峰所藏天啟丙寅羅朗刻本校一過。第六卷《汪王廟考實》、《新安志序》爲天啟本所無，亦假岱峰所藏康熙丁亥黄以祚承德堂刻本《新安志》校天啟本。末附羅似臣《徽州新城記》，程氏謂攙附不倫削去，今補録於郢州文後，以見羅氏一家之學焉。

劉履芬批：余所藏者，羅朗本也。記得唐蕉莊購得抱經樓鈔本，尚多選文數篇，惜未向補抄也。

吴　梅批：今有新刻本，余曾取程本校過。羅朗本則未見也。

元遺山詩注

《元遺山詩注》十六卷，連卷首、卷末。烏程施國祁北研輯。於時事極詳，蓋所注自《四史》外，於《中州集》、《續夷堅志》、《歸潛志》、《拙軒集》、《滏水集》、《滹南集》、《莊靖集》、《鶴鳴集》、《二妙集》、《河汾諸老詩集》、《敬齋古今黈》及宋元明人雜書，積年搜采，皆有根據。其注詩中故實，則不逮時事遠甚。自言舊稿燬於火，友人慫恿更聚書注解，七月而成。故實之詳略不得當，職是故歟。道光丁亥余將至海昌，沈蓮溪、雪門兄弟以此贈行。丁酉春日，宜興吴仲倫翁來可讀書齋寓旬餘，將束裝矣，偶及遺山詩，仲倫翁爲選五言古詩若干首。卷中墨筆圈點，仲倫翁筆也。

劉履芬批：周存伯曾以遺余。○施君尚有《元史札記》，板口與《遺山詩注》一律，惜流傳不多，余曾收得之。

吴　梅批：余藏有此書，爲莫楚生舊藏。卷首有「遺山墓圖」，則通行本所無也。

整理者案：香港詹杭倫藏《元遺山墓圖》並《題辭》，有莫楚生棠跋云：右《元遺山墓圖》並《題辭》一卷，光緒乙巳得于廣州，經亂猶存。丁巳二月，補綴破敗，裝諸卷端。莫棠記。

陳侍郎刻陳止齋集

道光甲午，學使陳石士侍郎已更替，奉旨讞獄，留杭州。冬日往謁侍郎，以新刻陳文節公《止齋文集》見贈。侍郎自言治《春秋》，於宋元諸儒，取文節及高抑崇、張元德、趙子常之説爲多，而於文節、子常則服膺尤切。按試温州，得乾隆年刻文節文集，乃與富海帆中丞謀重刻，而屬長興錢士雲任校刊。侍郎撰序，并於卷十七《新歸墓表》後手識云：余讀《三魚堂文》，至《大學説》、《知本説》、《性學説》、《白鹿洞規説》、《東林會約説》，疑其有闕文。《知本説》涇陽語曰「善者性之實也，善存而性存矣」，其下當有辨論而無之。《白鹿洞規》言陽明、涇陽專言性之誤，而無闡發《白鹿洞規》之辭。《東林會約説》「虚言善也」前，「學如不及，猶恐失之」後，皆尚應有文字而無之。疑校刻時未盡考原文而隨手寫入，或清獻公本係讀《涇陽集》時隨手論列數語，未及爲文，後人重是手蹟，全行刊入，而未及詳考之也。余試温州時，得乾隆年間校刊《葉水心文集》，亦有文不全而空數十行，以待後人之補者。校書之難如此。錢生士雲校《止齋集》，以正德本、乾隆本互校，補正誤字數十條，而《新歸墓表》及《答薛子長尺牘》皆能補足闕文，是可嘉也，爰記之於此。侍郎欲於《永樂大典》中搜輯文節《左氏章旨》，校正補刻，又欲重刻趙子常文集，入都未幾即下世，不果成。丙申秋，有以宋本《止齋文集》索售，實正德本也，價甚高，不克收藏。聞蔣生沐有舊鈔本，暇當借校。惜侍郎遽作古人，不獲以異同請益也。侍郎視余甚厚，每觀此書，及爲余撰《清芬世守録序》，輒爲泫然。侍郎受古文法於舅氏魯山木、桐城姚惜抱，治經則承其大父凝齋先生之餘緒。凝齋先生嘗屬海昌祝人齋治《禮記》，而自任《春秋》。侍郎得人齋《禮記注》稿八十餘册，南北行必以自隨，欲爲寫録續成而未果。余訪得人齋遺集，侍郎喜甚，急編次授梓。《春秋》則仿東萊《讀詩記》之例，取諸儒先説之合於己例者，鈔輯會萃，名《春秋屬辭會義》，斷手於襄公而未成。又取近時人嘉言懿行及關於掌故國聞者，爲《衲被録》若干卷。自爲詩文集若干卷。

劉履芬批：石士侍郎集名《太乙舟》。

吴　梅批：石士侍郎集爲《太乙舟》。

明茂陵楊氏刻諸葛武侯書陶靖節集

明神宗四十七年，茂苑楊時偉去奢合刻諸葛忠武、陶靖節二編，《忠武年譜》楊氏所編次，《靖節年譜》則取吴氏仁傑本。《四庫》收忠武書十卷於傳記類，謂其考證詳審。己丑夏日，海昌故家有以書出售者，余先得《靖節集》八卷，盧君大年得忠武書，乃贈余，合爲一。歲癸巳，家夢廬丈從滬上李氏鈔得吴氏《年譜》，亟録其副以畀余，則與楊氏所刻同。夢廬丈少好舊籍，博收數十年而未之見，則此册爲不易得矣。《靖節集》所引張縯《辨證》，今不傳，賴此得見大略。湯東澗注則拜經樓得宋本重刊行。

湯文清注靖節詩

南宋鄱陽湯文清公漢注《靖節詩》四卷，乾隆辛丑鮑以文得宋槧本於吴趨，屬海昌吴氏重雕。石門方孏儒薰爲摹宋，何秘監畫靖節小像，海鹽張芑堂燕昌又於吴江王氏勺山書屋見明人所摹歷代名賢像，鉤得一幅同刻。更有「淵明墓山圖」從宋刻别本摹刻，皆極精。《拜經樓叢書》當以此集與羅昭諫《讒書》爲壓卷也。丁酉夏日，金岱峰示余沈椒園先生屬王孝廉學濂録查他山、何義門兩家評本，乃鈔録一過於卷中，以時諷誦。

劉履芬批：抱經樓刻本，向曾見之。今日書估又以何孟春注《陶集》見示，亦向未見也。同治癸酉三月十一日記。

兩漢策要

《兩漢策要》十二卷，前漢五卷、續添一卷，後漢五卷、續添一卷。《汲古閣秘書目》謂爲元人手鈔者，即此也。丙申夏日，得此於杭州書肆，乃乾隆五十三年贛郡守竹軒張君鉤摹之本。第三卷原缺。前有「如皋子長甫張朝樂較閲」字，後有「玩松山人穆大展時年七十有三刻」篆字木記。翁覃溪、竇東皋、梁山舟諸先生爲之跋，皆以手跡摹刻，恍如名人法帖，不獨全文之爲元人精鈔可愛也。前有金大定乙巳中元日承直郎岳陽縣令雲騎尉賜緋魚袋王大鈞序，謂其鄉常同知彦修宅取舊本《兩漢策要》摹搨刊行，恨其遺脱，嘗欲增廣。二孫承意繼志，將向者遺脱，一一校證添補附入，命工鋟木。今兩漢俱有續添之卷，其即彦修二孫所補歟。後有景祐二年六月丹陽從事阮逸序，謂進士陶叔獻得漢聖之學，稽合衆作，去繁取衷，撮數萬言，編成十卷。王序所謂「舊本《兩漢策要》」者，當即陶氏叔獻之書也。然阮氏序前已標「重雕補注兩漢策要序」，則彦修所摹者非陶氏原本矣。昭文張氏金吾《愛日精廬藏書志》載紹興刊本陶氏《西漢文類》殘本五卷，惜未得校其異同也。陶叔獻有《唐文類》三十卷、《漢唐策要》十卷，見《郡齋讀書後志》。

劉履芬批：余曾收得，惜非初印。中一卷是原佚。

兩漢文删

康熙十五年，宗元豫子發選刻《兩漢文删》二十四卷，每卷後附音釋，卷中句讀極分明。「凡例」謂，司馬相如《封禪文》、公孫宏《對策》、王褒《講德論》、崔瑗《座右銘》或浮諛無當，或陳腐易厭，然必反覆諦觀，方從黜置。可知其持擇之旨矣。自序謂，雖遜梅鼎祚、張采兩家之博，然差有條例去取，詩賦不收者，别有《古詩賦删》也。余得此書於苕估有年矣，丁酉秋日重裝，時循覽焉。子發，揚州府興化縣人。父潮州通判萬化，卒於官。

萬里扶櫬歸，貧不克葬，乃疏食不除服十餘年，始得買地以葬，自是遂不應進士舉。吳仲倫《初月樓聞見録》述寶應王巖巢夫之言，謂子發高節自好，有古人之風，其他撰著惜未得見也。

李慈銘批：若以文言，則《封禪書》沈博絶艷，未可删也。平津《對策》語極醇，尤不宜長。

宋刻漢書殘本

拜經樓吳氏藏宋刻《漢書》殘本十四卷，余嘗之吳氏展觀，記其行款，蓋即何小山所謂建寧書鋪本，刻畫紙墨極精，小山校語謂爲惡本，豈所見非原刻歟。十四卷僅《文三王傳》、《楊胡朱梅云傳》、《趙充國辛慶忌傳》、《薛宣朱博傳》、《翟方進傳》、《谷永杜鄴傳》、《何武王嘉師丹傳》、《循吏傳》爲全卷。《嚴朱吾邱傳》自廿一葉起至《王褒傳》「法五始之要」注「是爲五始」止。《東方朔傳》第五葉注「寄生也」起，至十五葉「先狗馬填溝壑，竊有所」止。《霍光金日磾傳》十六葉「廟重於君」起，至卷末。《傅常鄭甘陳段傳》卷首，至《段傳》「會宗病死烏孫」止。《游俠傳》第二葉注「狗盜而取狐白裘也」。宋祁曰，此注疑是孟康」起，至《郭解傳》「陰賊感槩」。師古曰：陰賊者，陰懷」止。《陳遵傳》注「所擊則破碎也」，正文自「提黃泉」起至卷末。《外戚傳》六十七下卷首，至二十八葉「宮門銅鍰也」。師古曰：鍰讀與」止。乾隆癸丑嘉平，盧抱經跋云：「汲古閣所梓《漢書》當是據北宋本，此疑是南宋本，誤字亦少，汪文盛本殆亦從此出。今世所通行者，顏注尚有脱落，何論蕭該、子京、三劉，而此獨全，可寶也。然余則謂設使當世有重雕者，其款式自當依此。其文字有斷然知其誤者，不必因有宋人校語，而反改不誤者以使之誤，在擇而取之可也。如是將使後人寶我朝之本，轉勝於寶宋本多多矣。余老矣，槎客强力有餘，當急圖之。余亦當矗沒少佐其未成焉。」更有朱氏文藻、黃氏丕烈二跋，槎客自跋，刻入《愚谷文存》。余欲影鈔其副，吴氏有難色，余力亦未暇。姑記此以俟。

李慈銘批：今拜經樓書已都出售矣。去年（丁卯）浙江鄉試時，有禾中書賈來，攜其零種甚多，余未及購一二爲恨，聞其《漢書》則已歸它主。

刻書用宋體字

宋刻《兩漢書》板縮而行密，字畫活脱，注有遺落，可以補入，此真所爲宋字也。汪文盛猶得其遺意。元大德板幅廣而行疎，鍾人傑、陳明卿輩稍縮小。今人錯呼爲宋字，拘板不靈，而紙墨之神氣薄矣。此杭堇浦《欣託齋藏書記》文也。然宋字濫觴於明季，國初刻書多有倩名手楷寫者。侯官林佶吉人寫漁洋、午亭、堯峰三家詩文集，當時印本極精，余僅有《堯峰文鈔》。陳文道所著書，則其子黄中繕寫也。秀水朱梓廬先生《小木子詩三刻》、《梓廬舊稿》，爲同邑辜啟文書，仿柳誠懸體。《壺山自吟稿》，嘉興陳寓新篆書，用文衡山體。《侯寧居偶詠》爲先生兄子聲希吉雨書，體兼顔趙，亦吾鄉一佳刻也。附識於此。堯峰同郡人薛熙半園輯《明文在》百卷，康熙三十一年其門人吴縣倪霱亦雲繕寫付梓，錢大鏞爲「凡例」云：古本俱係能書之士各隨其字體書之，無有所謂宋字也。明季始有書工專寫膚廓字樣，謂之宋體，庸劣不堪。是編鏞輩特請同門生倪子亦雲，用趙文敏公小楷法書之，間有字畫不依洪武正體者，從唐宋名人法書也。余嘗以此言驗所見書，成化以前刻本雖美惡不齊，從未有今所謂宋字者，知《明文在》「凡例」之言不謬。然宋體寫刻之工，亦大有高下，若其佳者尚可觀，必欲如宋元刻書之活脱有姿態，良工亦能爲之，惟工料數倍，卷帙繁重者勢有不能。蓋今之版價、工價倍增於前，而刻工俱習爲宋體書，若欲楷寫，必倩名手，刻工之拙者亦不能奏刀也。

劉履芬批：汪文盛本《前》《後漢》近不易得，聞鄂局擬繙刻，未之見也。○汪刻尚有歐《五代史記》，更少，只見過一部。較《漢書》行款稍大。○古人手書刊版，余只有堯峰、漁洋兩種。文道四種，余收得之《小木子詩三刻》，甲戌冬購得，是陸蓉卿藏本，惜非初印。○光緒丙子八月，孫銓伯武部經葑門，寄到《午亭文編》初印本，惜墨色太淡。

吴　梅批：汪本《兩漢書》聞鄂局有繙刻，未之見也。尚有《五代史》，較《漢書》行款稍大。○古人手書各刻，余皆有之。今歲曬書，偏覓《午亭文》不得，亦一奇也。○此言塙當之至。但成化以後，尚有前輩遺風，至萬曆而漸滅盡矣。

明文在

明文自程氏敏政始爲《文衡》九十八卷，余嘗於書船見之，未及購讀，然其所選，皆成化以前之文。黄梨洲初輯《文案》，繼選《文海》四百八十二卷，搜羅至二千餘家，真一代文章之淵藪矣，然僅有稿本。族子恬齋方伯語余，前在餘姚閲文時，曾從故家借觀數月，不過覽其大略而已。梨洲子百家以《文海》卷帙浩繁，請選其尤者，乃編《明文授讀》六十二卷。嘗見刻本，亦未能購讀也。二十年來，最愛薛氏《明文在》，時置案頭。其自序謂，明初之文之盛，潛溪開其始；明季之文之亂，亦潛溪成其終。旨哉斯言。蓋其書閲十五年而始成，以明潔爲主，於僞體區别甚嚴。余所見極隘，竊謂欲觀唐宋元明之文者，以《文在》繼姚氏、吕氏、蘇氏之後，庶幾塗轍不謬矣。

劉履芬批：中僅有題存而文未傳者，以先得目録，而搜羅刊刻者也。光緒丙子七月收得，價舊蚨十二枚。〇《明文授讀》曾見之，未購。

吴　梅批：中有題存而文注「佚」者，以先有目録，而後搜集本文故也，是爲編輯之大弊。梨洲稿本今藏顧湘舟後人浩臣家，浩臣殁，恐無從假讀矣。

李慈銘批：《文海》鈔本，今在慈谿馮氏。《授讀》余新購得，其中去取多未善，分類亦雜亂，蓋出主一所爲也。《明文在》常熟薛熙孝穆所編，先賦次詩文，各類中又略仿《文選》例，分體編之。名爲百卷，而篇帙寥寥，無不經見之作。其詩選及近體，於前後七子僅各取一二首。而王百穀詩至數十首，至《詠牡丹》之「色借相公袍上紫」，亦采及之，其書可知矣。

宋文鑑

《宋文鑑》世鮮善本，昭文張氏愛日精廬有葉文莊校本，今不知流傳何所。家夢廬丈語余，嘗見不全宋槧本，梁周翰《五鳳樓賦》「臺卑者崇，屋卑者豐」，宋版此二句作小字雙行，今通行本竟脱去「屋卑者豐」一句，其他錯謬不可枚舉。余所藏者得於海昌，乃明宏治時嚴郡太守番昜胡韶因舊版修補，故卷首標題有作「新雕宋朝文鑑」，有作「皇宋文鑑」，有去「皇宋」字但作「文鑑」者。每册前有「河間府印」，乃明時官書也。《五鳳樓賦》但有「臺卑者豐」一句，「屋」作「臺」，與蕘翁所見本又異。修川朱子藍水部贈余一部，則即從此本重刻者，葉水心《習學記言》中有四卷專論《文鑑》，水心雖持論喜爲新奇，然亦爲讀《文鑑》之一助。余未有其書，當訪求。

李慈銘批：山右董觀察文渙爲予言，《唐文粹》《宋文鑑》俱有宋刻本，今歸吴興沈觀察秉成處，紙槧皆極精。

紀文達評文心雕龍

河間紀文達公《文心雕龍》評本，涿州盧公坤與《史通》同刻於廣州，皆嘉應吴君蘭修爲之校刻。《史通》削去繁文，注亦删改。此則書仍黄注原文，黄評用黑色，文達評用朱色。文達駮正注語亦皆備録，紙墨及朱色評爛然可觀，勝姚氏平山所刻多矣。丙申秋日，衎石兄從大梁寄付。銘恕兄客廣州，盧公所贈也。

劉履芬批：《史通》删節原文，不見古人真面目，鄙人所不取也。〇紀評《文心雕龍》

余收得原本，近又有繙刻者矣。○余藏《史通》是明人張之象刻本，但有正文無注。○光緒丙子有收得張刻《雕龍》，與《史通》合刻者也。

吴　梅批：删節原文，失去古人真面，通人不宜有此。○余所藏二書爲明人張之象刻本。

葉去病録紀文達史通削繁

劉氏《史通》體裁仿《文心雕龍》，誠讀史者之津梁也。注之者明有郭延年、王惟儉二家，國初黄氏叔琳之《訓故補》，與浦氏起龍之《通釋》同時並出，而浦氏更爲該洽，惟於原書多回護，即《疑古》、《惑經》諸篇亦無所糾正。紀文達用浦氏本細加評閲，所取者記以朱筆，其紕繆者以緑筆點之，冗漫者以紫筆點之，除二色筆所點外，排比其文，鈔爲一帙，曰《史通削繁》。道光癸巳，涿州盧公坤持節兩廣，從文達孫香林觀察得本付梓，止用朱筆，然其所删紕繆冗漫之文皆有糾正語，亦不可不傳示學者。丁酉秋日，雲和廣文諸暨葉敬去病語余藏有全本，乃屬其生徒爲〔一〕謄寫於《通釋》，從山中遠寄。余假去病所藏《西漢年紀》，亦爲校數百字。吾兩人訂交，當以二書爲縞紵矣。去病學問極博，小學尤精，王伯申尚書校字書，曾引以爲助，卷中訂正紀文達評語及浦氏注文之誤者，皆精當。

〔一〕「屬其生徒爲」五字，底本無，據參校本補。

紀文達評蘇詩

嘉慶甲子冬，先君養痾京師寓廬，授讀蘇詩，乃王氏分類注本。其後從曹榑水假所録前人評本，過録簡端，則宋氏所刻施注也。後見坊刻紀文達評本，未及購藏。今得涿州盧公所刻本，不禁狂喜。乾隆辛卯八月紀公自跋云：余點論是集，始於丙戌之五月，初以墨筆，再閲改用朱筆，三閲又改用紫筆。交互縱横，遞相塗乙，殆模糊不可辨識。友朋傳録，各以意去取之。續於門人葛編修正華處得初白先生手批本，又補寫於罅隙之中，益轇轕難别。今歲六月自烏魯木齊歸，長晝多暇，因繕此净本，以便省覽。蓋至是五閲矣。盧公謂文達尚有手批《全唐詩》，聞藏在陳望之中丞處，惜未見。文達評蘇詩，視初白較嚴，凡涉禪悦語及風議太峭激處咸乙之，學詩者之圭臬也。初白評，余得海昌郭君夢元所録本，可以參觀。

吴　梅批：蘇詩注自王氏《集成》出，可云空前。今浙局有刻本。

海昌郭棐忱所録詩評

郭夢元，字棐忱，號半帆，又號雪鴻。乾隆丙子歲貢，選德清訓導，未任卒。管芷湘茂才《海昌經籍志》謂其所著有《四聲匡謬》一卷、《讀書正譌》十卷、《詩法正軌》三十卷、《吟安軒詩鈔》八卷，皆未見。往年有以其手評唐宋人詩集出售，昌黎、義山兩集爲唐辛山茂才鶚立所得。余得《讀杜心解》、《施注蘇詩》，皆蠅頭細字，眉端行間俱滿，《蘇詩》則全録初白補注，字更細密，前輩用功精力如此，令人慨慕不已。

蘇詩評本

蘇詩評本，余舊有跋語云：此本評註從曹種水言純處借録，種水謂原本在梅里李先生穀處，相傳爲朱竹垞先生評本也。泰吉案：卷端諸條乃查初白先生《補註》中三分之一。

初白與竹垞爲中表兄弟，而視竹垞在師友之間，使謂竹垞取初白《補註》而節録之，則必無是，抑初白有取於竹垞乎。然初白註蘇詩，竭數十年之力，後從宋氏得校補施注，乃更會萃，補其缺遺，正其舛誤，成《補註》五十卷。自稱家少藏書，每借書於朱竹垞、馬衎齋，則僅借書耳，使初白註有取於竹垞，亦必明言之，豈竟掩爲己説乎。天下豈有竭數十年之力成一書，三分之一取於人而掩爲己説者。泰吉疑此本評註皆出初白，較之《補註》三分之一者，蓋得施註後續增歟。不然則評註當出兩手，評爲竹垞，註則後人即竹垞評本，而摘録初白註於卷端。卷一《石鼓詩》明標查註，亦其驗也。又案卷中評語，第十六卷《次韻曹九章見贈》詩云「曾作五十初度兩七律，似與此詩，陽貨似孔也」。四十一卷《和陶貧士》詩云「四皓爲吕氏出，大是失着，余過商山，曾作八絶句惜之」。所謂「初度詩」及「過商山詩」，《曝書亭集》及《敬業堂稿》中皆無之。兩公固宜多集外詩，他日搜兩公佚作，或得此二者，則可以爲證，此時未由定其爲竹垞、爲初白也。録既竟，因誌數語於卷尾。時嘉慶壬申十二月十九日，東坡生日也。

西漢年紀

余讀荀悦《漢紀》，苦其太簡，欲求王氏益之《西漢年紀》不可得。丁酉夏日，居筱園爲傳鈔於文瀾閣。七月，遇諸暨葉敬去病於筱園坐上，言藏有掃葉山房刻本，急遣力渡江，借余校勘。自九月至十一月，校畢一過。益之字行甫，東陽人，其弟象之，撰《輿地紀勝》。卷末弟觀之中甫跋謂，弟儀甫考《西蜀圖志》云云者，即象之也。《西蜀圖志》，觀之漕蘷時所得，見《直齋書録解題》「王象之《輿地圖》」條下，故《年紀》亦刻於嘉定辛巳蘷漕治所學。《文獻通考》卷二百載皇朝劉𦶠撰《晉書指掌》，盧抱經《群書拾補》謂「𦶠」乃「蘷」之俗體。《年紀》鈔本、刻本，觀之跋語皆作「𦶠」。《輿地紀勝》，《四庫》僅載其碑目，近時始有從宋本傳鈔者。吾兄衎石嘗從何夢華鈔一部，余嘗寓目。行甫於《漢書》不去手者三十年，始考置官、置兵本末爲《總録》，晚歲乃成《年紀》。然《書録解題》但載其《漢官總録》十卷、《職源》五十卷，而《西漢年紀》未著録。《四庫》從《永樂大典》搜輯成書，《考異》十卷幸散附《年紀》各條下，參稽互覈，實有出於三劉《刊誤》、吴氏《補遺》之外者，於《荀紀》亦多所訂正。讀《漢書》者，有徐氏《會要》以考一代之掌故，有王氏《年紀》以觀一代之事蹟，則事半古人，功必倍之。自恨精力日減，不能補其闕遺也。行甫所著《鑑論》，惜不存。

劉履芬批：埽葉刻本，余收得之，然流傳已不多。○葑門有新刊本。○此書近粤東有新刊本。○《碑目》一種，近潘伯寅侍郎刻之。往沈均初舍人曾以贈余。

吴梅批：（《西蜀圖志》）鄂局有新刻本。○（《輿地紀勝碑目》）粤東有新刻本。○碑目一種，潘伯寅曾刻之。

荀氏漢紀

荀氏《漢紀》，康熙年襄平蔣毓英與袁氏《後漢紀》同刊，後附《字句異同考》一卷，號稱精審。然此書自宋時已鮮善本，故王氏《困學紀聞》據顔注《漢書》謂，壺關三老脱令狐茂姓名，巽巖李氏跋語謂衍文、助語亂布錯置。蓋《荀紀》雖出於《班書》，而時有改易，況今所見《班書》與荀氏所見本當有不同，校者但據所見《班書》以改《荀紀》，彌失荀氏之舊矣。應劭等注，後魏崔浩所撰《音義》，俱見《新唐書·藝文志》。今亦不傳，更無從考其文字異同，所以校《荀紀》倍難於《班書》也。若其確然沿訛者，余讀《史》《漢》注、《通鑑考異》、《西漢年紀考異》，凡有所得，筆於簡端，亦未敢遽改，以俟考定。

劉履芬批：此書有明黄姬水刻本，今并蔣刻亦不多見矣。

吴　梅批：此書有明黄淳父刻本，今並蔣刻亦難求矣。

鄭康成戒子書衍字

異時讀鄭康成《戒子書》「吾家舊貧，不爲父母群弟所容」，謂康成大儒，出語不應如是。頃讀陳仲魚《元本後漢書跋》，見所刻《綴文》。云，元本無「不」字，與唐史承節所撰《鄭公碑》合。因檢《金石萃編》卷七十六所載史氏碑文，及阮儀徵《山左金石志》跋語云，「爲父母群弟所容」者，言徒學不能爲吏，以益生産，爲父母兄弟所含容，始得去厠役之吏，遊學周秦，故傳曰「少爲鄉嗇夫，得休歸，常詣學官，不樂爲吏，父數怒之」。夫父怒之而已，云爲「所容」，儒者之言也。《范書》因爲父怒而妄加「不」字，與司農本意相反。泰吉按，鄭公心事爲淺人所誣久矣，得此乃大白。有元刻可證，則亦非范史妄加也，校書之有功於先儒如此。義門兄弟皆嘗見元本，而於此無訂正語，豈校勘時疎略歟，抑所見本不同耶。

拜經樓宋本漢書考異

拜經樓宋本《漢書》，今藏槎客先生文孫挈文上舍之璪所。挈文爲小尹先生壽照嗣子，小尹先生與先叔父觀察學士兩公同舉乾隆丙午鄉試，兩家夙有文字緣。戊戌秋日，乃介槎翁從孫讓木茂才之枏借校一過。其與汲古閣本異同者，余撰《考異》詳之。《王嘉傳》中「一日二日萬機」注尾録宋氏語，槎翁有訂正，寫於别紙，今亦録《考異》中。「慎」字多缺避，「敦」字或避或不避，當爲光宗時刻本，而高宗以上之諱亦或避或否，此蓋寫刻者之過。謝山全氏嘗引周平園《文苑英華序》，謂於唐人諱、本朝諱或去或存，以證《成都石經》避諱之不畫一，不必以是爲疑。《外戚傳》童謡云「燕燕尾涏涏」，師古曰「涏涏，光澤之貌也，音徒見反。」《五行志》中之上同。按《玉篇・水部》「涏」字注「徒見切，涏涏，好皃」，《廣韻・三十二霰》「電」紐下「涏」字注「涏涏，美好貌，與口液之涎迴殊」，《類篇・水部》「涏，又堂練切。涏涏，光澤貌」，《集韻・三十二霰》「電」紐下「涏」字注「涏涏，光澤皃」，正用顔氏《漢書》注文也。近刻《漢書》誤作「涎涎」，《經籍籑詁》亦沿訛，於一先「涎」字下引《五行志》及《外戚傳》，賴此《外戚傳》下及汲古閣本《五行志》、《外戚傳》可以訂正。《翟方進傳》「斥事感名」注中，此本亦誤「涎涎」，汲古閣本不誤。《杜鄴傳》「昔文侯寤犬鴈之獻，而父子益親」，事見《説苑》《韓詩外傳》。〔二〕他本《漢書》俱作「大鴈」，獨此正文及注皆作「犬鴈」，真可謂一字千金矣。《循吏傳·黄霸傳》中「霸以爲神雀議欲以聞」下，録蕭該《音義》，有「予見徐鍇本」之語，乃誤以宋景文爲蕭氏，當依殿本勘正。《薛宣傳》中「焉可憮也」下蕭該《音義》引《學林》，《翟方進傳》「多辜榷爲姦利者」下宋祁引《學林》，今皆見王氏觀國《學林》中。王氏爲宋南渡以後人，不獨蕭博士《隋書·儒林傳》。曠代遥遥不相及，宋景文亦豈得引之，然武英殿校刻《漢書》，據慶元舊本録蕭氏、宋氏語亦然，蓋宋氏校語爲南宋人附益不少。景文卒於嘉祐六年，而校語中往往稱熙寧，監本舊刻多不及辨正而録之，亦不得專咎此本也。海鹽張芑堂徵君曾藏《楊雄傳》，與此刻同，槎客先生有跋，惜未影鈔於後，不知尚可得見否。

李慈銘批：南宋陳玉父本《玉臺新詠》作「殿殿」，正「涎涎」同音之借。

《韓詩外傳》卷八作「北犬晨雁」，凡四見。《文選·四子講德論》注引皆同。

〔一〕「事見説苑韓詩外傳」八字，二卷本作：按《太平御覽》卷一百四十六引《説苑》「魏太子擊使趙倉唐緤北犬奉晨鳧以獻」，卷七百七十九引《韓詩外傳》事更詳，此杜鄴語所本也。（《説苑》《韓詩外傳》余無善本，故據仿宋本《太平御覽》。）

曝書雜記卷中

許梅屋書目序

余先世居海鹽之秦溪，宋嘉熙中許梅屋先生種梅結屋之所也。余嘗有舊村讀書之志，欲仿梅屋融春室故事，懸樂天、東坡二先生像，而以梅屋爲配，讀先人遺書於其中，致足樂也。梅屋《獻醜集》刻入《百川學海》，有《梅屋書目序》云：予貧喜書，舊積千餘卷，今倍之，未足也。肆有新刊，知無不市，人有奇編，見無不録，故環室皆書也。或曰：耆書好貨，均爲一貪。貪書而饑，不若貪貨而飽。貪書而勞，不若貪貨而逸。人生不百年，何自苦如此。答曰：今人予不知之，自古不義而富貴者，書中略可考也，竟何如哉？予少安於貧，壯樂於貧，老忘於貧，人不鄙夷予之貧，鬼不揶揄予之貧，書之賜也。如彼百年，何樂之有哉。書目未有序，童子志之。别有《王文書目序》，蓋贈鬻書者。梅屋雜文用意近陸魯望，《樵談》三十則，則似皮襲美。鹿門《隱書》有云「讀孔孟之書而不嗜殺人者，未爲仁人也。讀孫吴之書而不嗜殺人者，仁人也」，至哉斯言。

左禹錫百川學海

古鄮山人左圭禹錫叙文自署如是。《百川學海》，《四庫總目》雜家類雜纂之屬未收，蓋其所輯百種，多已分録其目矣。附《存目》中，但録《廣百川學海》者，辨其託名馮可賓所編也。《彙刻書目》中有《續百川學海》及「再續」、「三續」者，余皆未見。此爲世父户部公所賜，與翠巖精舍《元文類》同爲梧溪吴氏黄葉村莊藏書。三十年來，所見《百川學海》多從陶氏《説郛》抽出者，此雖未必定爲宋刻，要是元明間幡摹宋本無疑，惜多缺葉，無他本可校補。《彙刻書目》所載與此目次不同，知其所見非原本矣。潛研堂有《百川學海跋》云：薈粹古人書併爲一部，而以己意名之，始於左禹錫《百川學海》。其序題「昭陽作噩歲」而不著年號，考錢鶴灘序，稱禹錫爲宋人，余所藏者無鶴灘序，益信其爲宋元舊刻。而此書所録有陳仁玉《菌譜》成於淳祐乙巳，史繩祖《學齋佔畢》成於淳祐庚戌，林希逸之《文房四友除授集》

亦成於淳祐間，胡錡之《耕祿稿》成於寶祐丙辰，《法帖譜系雜説》有景定壬辰跋語，李之彦《東谷所見》則成於咸淳戊辰，以是推之，禹錫製序當是咸淳癸酉矣。余讀《文房除授集》胡謙厚序云：淳祐庚戌客京師，一日於市肆目《文房四友除授集》，制詔各一，誥二，乃青山鄭公代王命也。表三，啟一，乃竹溪林公代四友謝也。倣其體而易其辭者各一，乃後村劉公鳩集隱微以彰其博也。予中表李幾復〔一〕作一奏三狀，代辭免。今所藏本無李氏辭免奏狀。小子狂簡，輒爲彈文一，駮奏三，以附編末云云。則撰者非一人，故卷首目録不著作者姓名。竹汀翁云：林希逸疑未見胡氏序。《彙刻書目》謂鄭清之撰，亦未見原本耳。

劉履芬批：《百川學海》原版曾見之，殊不工整。

吴　梅批：左圭刻有《樂府詩》，余見而未購，至今惜之。

〔一〕「復」字，底本原作「□」，錢氏注云「先大夫名同。泰吉注」。今據錢氏家諱補。

四庫提要論百川學海

《百川學海》，《四庫》雖未列其目，然雜編之屬按語固詳著之，云「左圭《百川學海》始兼哀諸家雜記」。又附存目中王氏《邱陵學山》提要，云「彙刻諸書以擬左圭《百川學海》，然考訂未精，遠遜左圭」，則固深取左氏之書也。

黄葉村莊藏書

黄葉村莊，石門吴孟舉先生之振藏書處，因以名其集。全謝山謂山陰祁氏曠園之書，其精華歸於南雷，其奇零歸於石門，即指孟舉也。詳見《鮚埼亭外集·小山堂藏書記》、《小山堂祁氏遺書記》。

劉履芬批：余收得明刻《宛陵集》不全本，曠園舊籍也。中無孟舉圖記。

李慈銘批：石門似指吕留良，黄吕以此交惡。

西湖書院書目

《元文類》翠巖精舍本、西湖書院本、修德堂本，余所校跋語已言其大略。偶檢《金石萃編》「南宋石經」條下引陳基《夷白集·西湖書院書目序》云：杭西湖書院，宋太學故址也。德祐内附，學廢爲肅政廉訪司治所。至元二十八年，故翰林學士承旨東平徐公持浙西行部使者節，即治所西偏爲書院，後爲尊經閣。閣之北爲書庫，實始收拾宋學舊版，設司書掌之。宋《御書石經》、孔門七十二子畫像石刻，咸在焉。録附於此以備考。

劉履芬批：先大夫舊藏《元文類》是袁壽階勘正者，亂後未知歸何所也。

李慈銘批：《元文類》近尚有原刻本，怡賢親王明善堂所藏板心刻「皇元文類」字。前年怡邸之書盡出，此書不知歸何人矣。

望溪董浦論治經

通志堂所刻宋元經解，望溪嘗用二十餘年之力，删取其精要者，詳集中《與吕宗華書》，不知果排纂成書否。然讀望溪《三禮》、《春秋》諸撰著，可知其宗旨矣。與吕書中言：删偏一經，然後知三數大儒而外，學有條理者不過數家。而就此數家之中，實能脱去舊説而與聖人之心相接者，蓋亦無幾。初讀時詫其持論過高，及觀杭董浦《續禮記集説自序》，謂衛氏《集説》采輯雖廣，大約章句訓詁之學爲多，卓然敢與古人抗論者，惟陸農師一人而已。《永樂大典》中《禮記外傳》，唐人成伯璵撰，藏書家未有也，然止標列名目，開葉文康《禮經會元》之先，他無不經見之書。至元人之「經疑」迂緩庸腐，無一語可以入經解，而《大典》中至有數千篇，益信經窟中可以樹一幟者之難也。堇浦之治經與望溪家數不同，論定古人，則識力不相讓。經生讀之，可知所從事矣。《通志堂經解》余但有零星數種，衛氏《禮記集説》不能得也。杭氏《續集説》，聞武林藏書家有鈔本，當訪求焉。衛正叔《禮記集説後序》云：「他人著書惟恐不出於己，予之此編惟恐不出於人。後有達者，毋襲此編所已言，没前人之善也。」《四庫提要》云「即此一節，非惟其書可貴，其用心之厚亦非諸家所及」。學者讀斯語，可知著書當以正叔之用心爲法，而經學之精深未及望溪、堇浦者，勿妄生高論，蔑視古人也。

吴　梅批：《通志堂經解》今有粵東本。

李慈銘批：陸農師固有獨見，然其學本于王氏，好以私肊穿鑿，故背先儒。衛氏《集説》中雖亦采南宋人空言膚説，而自北宋以前，則勝于農師者不少。大宗之言非確論也。

予却獨有通志堂此一種，極爲難得。

杭氏藁本，聞武林舊家尚臧之。

困學紀聞

梅會里李敬堂先生示學徒讀書法，欲舉讀《困學紀聞》會課，謂十人爲朋，人出朱提十銖，各置一部。丹黄手粿，墨守如心，編爲卷二十，日覽卷之半約十五葉，四十日而畢功。每五日一會，持錢治餐具如文課。人出五條問對，似射覆，似帖經，疾書格紙，俟甲乙既畢，互勘詰難，以徵得失。一會得五十條，十會得五百條，不洋洋乎大觀也哉？其書簡而愈精，其功約而愈博，不出數寸，不踰百日，而得學問之總龜，古今之元鑑，夫亦何憚而不爲也。又爲學規，論課窮經、課經濟，詳見《願學齋文鈔》。先生文孫金瀾廣文遇孫、從孫引樹廣文超孫、香子明經富孫、族人介石徵君穀、次白孝廉貽德，皆學有原本，著述滿家，先生教也。余六經粗畢，即受《困學紀聞》於從兄衎石，蓋即李先生所謂桐川汪承齋别駕雕本也。凡有所得，筆記簡端，余亦隨文點勘。弱冠時説經各條，略能記憶，二十年來，荒棄久矣。往歲閲馬氏雲石山房遺書，有揚州馬氏叢書樓所刻閻氏注本。嘉慶甲子，桐鄉張君錫齡，録各家評注於簡端。云甬上全謝山批，凡硃筆皆是。閻百詩説，此本不載者用硃筆。補何義門説，見汪本，用墨筆鈔。汪本所不載者則用藍筆補之。盛秦川説，用籃筆。又别紙記云「嘉慶甲子客馮鷺庭太史家借全謝山批本」。太史有跋語，略云：乾隆丁未夏四月，京邸阮吾山侍郎有此本，借閲一過，較閻、何兩家説爲長，屬丁孝廉録之，即董東亭所鈔本也。乙丑春，又從陸彝亭秀才借盛柚堂明府爲陸朗夫中丞鈔全批校對，互有錯落，柚堂亦著二十餘條。彝亭，中丞之孫也。八月，又得海昌應氏所藏錢竹汀詹事注本録之。張君以能書名，眉端三色小楷精絶，余愛不釋手，馬甥即舉以贈。近又得翁氏注本，益詳備，惜聰明日衰，不暇細讀。兒輩有能仿敬堂先生會課之例者，則今所見注本，其足爲學問之龜鑑，更勝於李先生所見者矣。願以三年爲期，潛心此書，苟有實得，則讀經史百家識力必大異於前時。

劉履芬批：閻注爲馬氏刊本，余收得之，紙墨精好，後刊《紀聞》本，皆不及。

李慈銘批：翁氏注本今版尚藏其家，已殘缺。予屢與其曾孫已蘭户部言，令其攜交杭州書局，集同志爲之補刻印行，而已蘭終不從，不知何意也。粤東近有翻刻巾箱本，甚錯誤。

翁注困學紀聞

全氏《困學紀聞》三箋本，兼載程易田、方心醇、屠繼序諸家之説，又有黄岡萬氏《集證》，插架中皆未有也。然有餘姚翁方伯元圻注本，則諸家之精藴皆備矣。方伯幼嗜此書，中表邵二雲學士教之詳注，用心數十年，凡三易稿而成，道光五年始刻於家塾，方伯年七十五矣。卷仍王氏之舊，注文數倍於前，讀者欲精熟是書，當以三年爲期，然讀此書既畢，而經史百家皆得其端緒，亦何惜三年之力哉。

劉履芬批：翁注近補全版片印行，余購者即補本也。

吴　梅批：翁注近通行本，即補本也。

鮚埼亭集

吾友金岱峰喜讀《鮚埼亭集》，所藏鈔本乃吾鄉顧樊桐先生校閲者。余於杭州書肆得餘姚史夢蛟竹房所刻集三十八卷、《經史問答》十卷，硃筆點勘，頗雅潔，缺文訛字皆補正。

間有墨筆「鏞案」云云，乃蔣學鏞樗庵，謝山中表弟，而受業於謝山者也。謝山爲蓼厓太史拭之之甥，撰《穿中柱文》，於蓼厓爲人代筆獲譴事不少隱，故蔣君於謝山論撰里中先正之作，謂「隱有抑揚，未可奉爲定論也」，文章下筆之難如此。《外集》五十卷，則謝山弟子董君秉純少鈍編定，手鈔於那地州判官署，少鈍既殁，樗庵重加審定。目録後有跋語，不著姓名，亦不知何人所刻。謂謝山《讀易别録》刊入《知不足齋叢書》。《孔子弟子姓名表》，體例粗具，似非定本。七校《水經注》，就簡端行際細書夾注，叢殘錯雜，理董爲難。《宋儒學案》以補梨洲之遺，梨洲後人華陔大令更爲纂輯，僅有手稿。《續甬上耆舊詩》、《國朝甬上耆舊詩》皆未竟之緒，譌脱亦多。《四明族望表》篇袠寥寥，不能單行。《公車徵士録》最先刻。《漢書地理志稽疑》，朱滄湄比部刻於鄞縣。《經史問答》十卷，杭州萬氏雕版，今歸餘姚史氏。所刻文集三十八卷，原書中蠹蝕悉仍其舊，第二十八卷脱去《李元仲别傳》，亦未校補。余所藏朱筆校閲本，亦未補。此外詩集十卷、《句餘土音》二卷，未付梓。謝山撰著略具是跋。董少鈍所撰年譜，言謝山四十六歲春病甚，姚君薏田謂謝山子不善持志，理會古人事不了，又理會今人事，安得不病。亦劬書者藥石之言也。《宋儒學案》慈溪馮氏開雕，諸味青廣文星杓爲校勘。丁酉秋日，許余刻成即寄讀。戊戌五月，錢塘廣文、慈谿魏君以《鮚埼亭詩集》見贈，乃鄭爾齡菊人所刻。

吴　梅批：詩集有新刻本。○《句餘土音》，則劉翰怡刊入《嘉業堂叢書》矣。

李慈銘批：謝山《水經注》七校本，聞在慈谿盧氏抱經樓，尚無恙。楊理庵檢討爲予言。

黄梨洲父子文集

謝山文多表彰明季死節諸君子，大指與梨洲同，而較梨洲選詞更潔。梨洲集余僅有《南雷文約》四卷，乃海昌張氏藏書，目録上及眉間標注，或謂是退菴筆。梨洲第三子百家，初名百學，有《學箕初稿》《二稿》《三稿》，余舊於岱峰族人所得《學箕三稿》，卷端曰「黄竹農家耳逆草，姚江耒史黄百家《學箕三稿》」。編次自甲至己，文六十餘篇。其後海昌徐庚笙鼎得《學箕初稿》二卷於市肆，卷首署「姚江黄百學主一甫著」[一]，則康熙戊申至丁巳十年之作，凡二十六篇。首爲《續鈔堂藏書目序》，言梨洲保護藏書於兵火之中，道雖窮而書則富，余時喜誦其語。後附李氏文允《葉淑人誌》、鄭氏梁《葉安人權厝誌》，皆爲梨洲夫人作。徐氏秉義《銜恤録序》，則主一居母喪時輯經史中之善事其母者，以志其哀，而徐公序之也。卷二《唐烈婦傳》，乃海寧庠生曹穎洙之女，十八適唐之坦，閲六年而之坦亡，烈婦前後絶食者三，吞灰水、吞錢、吞鹽滷、泗水、服砒霜者屢，皆遇救解，凡歷九十八日而卒死。梨洲講學海昌，聞烈婦泗水死，率同人二十餘人往拜之，既而更生，又絶食，十五日乃自經死。烈婦死時，梨洲已歸矣。主一聞其事而爲之傳，叙述甚詳，輯海昌志者，當與《南雷文約》中《唐烈婦墓誌銘》並録。《學箕二稿》未見。

〔一〕百學，《四庫全書存目叢書》集部第二五七册所收無錫市圖書館藏清康熙間刻本《學箕初稿》作「百家」。

武功志　朝邑志

明時關中地志，共推康對山《武功志》、韓五泉《朝邑志》。五泉志，對山爲之序，蓋同時並作，各竭所長，非若取成衆手，而又絶無觀法者也。阮亭於兩志之外謂王渼陂志鄠、吕涇野志高陵、喬三石誌耀、胡可泉誌秦、趙浚谷誌平凉、孫立亭誌富平、汪來誌北地、劉九經誌鄘、張光孝誌華，皆有《黄圖決録》之遺。前明郡縣之志無愈秦者，諸志余皆未見。《武功志》得道光八年党氏金衡重刊本於杭州書肆，即《四庫》所謂孫景烈評點本也。《朝邑志》會稽屠筱園教授贈余以道光四年南海葉氏夢龍所刊本，紀文達校定者也，紙墨頗精。《四庫提要》謂《武功》體例謹嚴，源出《漢書》。《朝邑》筆墨疎宕，源出《史記》。今觀韓氏於人物中叙「程濟祭碑」、「楊布政騎驢見知縣」事，文實鋪張奇偉，然當時已有病其簡略而爲《續朝邑志》者矣，王學謨撰，見《四庫全書提要》地理附存目。康氏之志稍詳，故《四庫提要》謂後來志乘多以康氏爲宗，而《朝邑志》莫能繼軌也。

劉履芬批：余只藏《武功志》，餘種並未之見。○《朝邑志》，虞山顧氏《小石山房叢書》刊本，見之，較《武功志》更簡。○《武功志》以后稷、唐高祖並列「人物」，余意極其未安，未知有同心人否？

吴　梅批：余僅有《武功志》，餘均未有。○《武功志》以后稷、唐高祖並列「人物」，心竊未安，不知有同心人否？　○《朝邑志》，虞山顧氏小石山房本見之，較《武功志》更簡。

李慈銘批：程濟祭碑事極荒唐，《朝邑志》僅寥寥數葉，而偏記此事，所謂好怪妄而不知體要者。楊布政事，瑣屑小怨，亦不足取。

剡録

宋高疎寮《剡録》，《四庫提要》謂序次有法，簡潔古雅，出《武功》諸志上。疎寮所著《子略》、《騷略》，刻入《百川學海》，《緯略》未得見。《剡録》則道光八年嵊縣知縣合肥李君式圃從山陰杜氏得鈔本，屬山陰朱太史渌校正付梓。友人秀水葛君星垣，時爲其縣教諭，以新刊本寄贈。《子略》乃子部之著録，《騷略》爲自撰擬騷之文，合之《剡録》，則疎寮文筆大略可見矣。《緯略》，《四庫提要》在雜家類雜説之屬，謂勝楊氏《丹鉛》諸録。尚有《經略》、《史略》、《集略》，世鮮傳本。

劉履芬批：《緯略》刻於張氏《學津討原》，較楊氏稍具全文。

吴　梅批：《緯略》刊入張氏《學津討原》，較楊氏稍具備云。

李慈銘批：《緯略》近有活字本，甚錯誤，不知何人所爲。予于昔年里居時購得之。《緯略》余近日購得之，是活字版新出者，不知其所來。其書分條類及，仍如類書之體，但無門目耳。剽舉古書，無所發明，不及《丹鉛録》也。

至元嘉禾志

地志詳其所當詳者，亦莫得而簡也，要須出自一人之手，而又有積久之學識，則繁簡皆可貴爾。《至元嘉禾志》所采碑碣題詠居全書之半，舊章藉以考證，而官師治蹟、經籍目録俱闕焉，竹垞翁嘗惜之。厲氏《宋詩紀事》謂陳直齋嘗知嘉興，余考新修《嘉興府志》官師表，不載直齋之名，蓋前人所闕，非博考他籍不能補也，惜哉。竹汀先生《養新録》卷十四云：厲鶚《宋詩紀事》稱，端平中仕爲浙西提舉，改知嘉興府。考《會稽續志》浙東提舉題名，有陳振孫。端平三年二月初六日，以朝散大夫知台州兼權。八月正除，十月二十六日到任。嘉熙元年五月，改知嘉興府。是振孫由浙東提舉改知嘉興，非浙西也。石門蔡君載樾欲刻《嘉禾志》，余屬管芷湘茂才校一過，缺文頗有訂補，終以未見元刻，不能付梓。味根從孫鈔校者極精審。味根之官四川，其本存余齋。

劉履芬批：《至元嘉禾志》僅見鈔本。

吴　梅批：《至元嘉禾志》僅見鈔本。

直齋書録解題元程棨批注

《直齋書録解題》有隨齋批注，姓氏不著。《養新録》疑爲元時洛陽楊益，以其有《隨齋詩集》也。鄉先哲沈雙湖吏部謂隨齋爲程棨，見《頤綵堂集·書直齋書録解題後》，云録中附有隨齋批注，一時纂修諸公，未詳其人。余按卷三《鄭樵石鼓文考批注》，有「先文簡」字，宋龍圖閣學士、吏部尚書、新安程泰之大昌，謚文簡，曾孫棨，字儀甫，號隨齋，元時人。周益公作文簡墓誌云：「公自宦遊去鄉里，樂吴興溪山之勝而卜居焉，晚得安吉梅溪鄉邸閣山，規營塋域，卒葬其地。子四人：準、新、本、阜。孫三人：端復〔一〕、端節、端履。」文簡自歙遷湖，子孫貫安吉，與直齋同時同里。而批注所云，樵以秦斤秦權有「乑」、「㲉」兩字，遂以石鼓爲先秦物，先文簡論而非之。其説具載《演繁露》，則隨齋爲棨，確然無疑矣。證據鑿鑿，録於此以告讀《書録解題》者。

李慈銘批：沈雙湖名叔埏，字埴，爲秀水人。乾隆四十五年召試舉人，官中書。五十二年進士。官刑部主事。此云吏部，疑誤。

〔一〕復，底本原作「□」，其下注云「先大夫名同。泰吉注」。

咸淳臨安志

《咸淳臨安志》，汪小米以家藏舊本，合之吴門汪閬原士鐘所藏宋槧本校刊，佐以吴氏拜經樓殘宋本、盧氏抱經堂本、黄氏琴趣軒本，更發所藏舊籍三百餘種，屬海昌吴子撰春照、錢塘黄薌泉士珣助其讎校。薌泉爲《札記》三卷附於後，極精審。余未購藏，頃從秀水章益齋廣文金案頭見舊鈔本，乃趙東潛借蟫花居士繡谷亭吴焯尺鳧。藏校本過録者，益齋云以校汪氏新刊本，有可補闕者。卷前有「東潛小山堂趙氏藏本」朱文印，板心有「雨香草堂」四字。卷尾有繡谷主人跋二則，東潛跋一則，當録寄又村，小米之弟名适孫。屬其向章氏借校。小米家藏舊本，亦從吴、趙兩家傳録，益齋所藏者乃小山堂原本也。樊榭山房《乾道臨安志跋》謂，《咸淳志》百卷向在花山馬氏，吴君尺鳧鈔藏尚缺七卷，趙君谷林購得宋槧本之半云云。道古堂《咸淳志跋》亦言之。當即東潛跋中所謂雍正庚戌、辛亥間脩《浙江通志》，開局於南榷關署，以白金一斤從竹垞之孫稼翁購得者。陳簡莊跋《淳祐志》云：《咸淳志》百卷，秀水朱竹垞從海鹽胡氏、常熟毛氏先後購得宋刻八十卷，又借鈔十三卷，尚缺七卷。後歸吾鄉道古樓收藏。錢塘吴繡谷購鈔其半，繼而竹垞孫稼翁又以宋槧十七册售於趙氏小山堂。趙氏又從吴本補録其餘，未及裝整，即歸王氏寶日軒，又轉歸於吴氏存稚堂。乾隆三十八年正月，歙鮑録飲從平湖高氏得宋槧二十二册，中間節次缺失，而盡於八十一卷，每册有季滄葦圖記。據録飲跋云，内第四卷至九卷實季氏鈔補，中偁理宗爲「今上」，應是施愕《淳祐志》羼入。餘二十册紙墨精好，較勝趙氏本，而六十五、六十兩卷又竹垞所未見也。因坼去季氏補鈔施志六卷，就趙本補録，通得九十五卷。未幾，歸於吾鄉吴氏拜經樓。餘姚盧氏抱經堂嘗從吴氏借鈔，今爲余所得者也。簡莊是跋述《咸淳志》流傳原委頗詳，附録於此。

劉履芬批：此書已有新印本。

吴　梅批：此已有新刻本。

李慈銘批：《咸淳臨安志》版亦當在汪氏。今子用已補完印行矣。

乾道、淳祐臨安志

戊戌五月，學使桐城姚公語余：頃試四明，從范氏天一閣、鄭氏二老閣鈔書若干種，獨《乾道臨安志》欲鈔未得。先是，蔣生沐適以《乾道志》及《淳祐臨安志》鈔本見贈，以告姚公，因屬爲鈔校。公旋拜總憲之命，將入都，余乃以蔣生沐所贈本奉公，各繫跋語於後。

《乾道志》云：周淙彦廣《乾道臨安志》十五卷，今僅存三卷。《四庫》所録即杭州孫仰曾家藏本也。詳見杭氏《道古堂集》、厲氏《樊榭山房集》中跋語。道光戊戌三月，海昌蔣生光煦以舊鈔本見贈。六月初旬，假蔣生所藏陸香圃三間草堂鈔本及吴氏拜經樓鈔本，謹校一過。拜經樓與此本大略相同，三間草堂本似稍勝，疏其異同，以俟裁定。

《淳祐志》云：海寧陳鱣仲魚，嘉慶元年舉孝廉方正。三年，本省中式舉人。著述甚富，時同州人吴騫兔牀拜經樓多藏書，仲魚亦喜聚書，得善本互相鈔藏。更有吴門黄丕烈蕘圃爲之助，以故海昌藏書家推吴氏。陳氏此志曾爲乍浦韓氏所藏，仲魚得之吴市，因録贈兔牀，蕘圃亦録其副。三人有唱和詩紀事，仲魚有跋，皆見册中，亦一時佳話也。今仲魚之書散失矣，此志自一卷至六卷，乃從拜經樓傳鈔者，所載事蹟至淳祐止，其爲施諤志無疑。《四庫書目》作施鍔，杭氏、厲氏集中作施愕，仲魚、蕘圃謂當作施諤。見仲魚跋中。州學生員蔣光煦近又得陸香圃三間單堂鈔本，取以校勘，得補闕文數條。卷中校語謂別下齋藏本即是。其分卷自卷五至卷十，當是原目，此本卷第或傳鈔者以意定之，仲魚亦謂其前有闕文也。陸香圃，未知其人，跋云録自王庶常小穀家，則浙東西尚有善本可互校也。南宋《臨安志》，乾道、淳祐、咸淳凡三修，兔牀舊藏《咸淳志》九十五卷，及得《乾道》、《淳祐》二志，則三志略備，刻一印曰「臨安志百卷人家」，所藏書卷中多用之，其風致如此。仲魚又嘗得施氏宿《嘉泰會稽志》，亦《四庫提要》所謂藏書家罕見著録者，今不知爲何人所得。蕘圃之書聞亦流散，獨拜經樓遺籍猶完好云。

劉履芬批：《乾道臨安志》三卷，余曾抄得，蓋從阮文達家舊藏本校録者。○兔床又有印記，曰「千元十架」，藏本以娩蕘圃之「百宋一廛」也。○拜經遺籍至同治初始行散出，余亦收得數種，然皆非精品。

吴　梅批：《乾道臨安志》，劉泖生先生曾據阮文達藏本校録。子庚爲余言，今不知存何人許。○兔床又有印記，曰「千元十架」，蓋娩蕘圃之「百宋一廛」也。○拜經樓遺書至同治初始散盡。

李慈銘批：陸香圃名芝榮，蕭山諸生，世藏書，精校讎。刻有陸農師《爾雅新義》，極精整。

章益齋鈔臨安碑目

潛氏《臨安志》「碑目」一門，闕失已久，益齋於市肆見《天下碑目》鈔本，亟録臨安金石，自周秦迄宋，以補潛志之闕。世有好事者，可梓附潛志之後。

章益齋影鈔宋本樂書

益齋年逾古稀，鈔書不輟。二十年前嘗鈔《樂書》全部，影宋精絶，共計一千二百餘葉，以舊藏宋本更假東津亭馬氏所藏宋本校正，閲兩年而成。圖譜多其長子婦所繪，吾家几山文學善揚之女也。嘉慶二十三年孟冬，益齋自爲跋，頃過其齋得觀焉。自陸丈瓠尊下世後，吾鄉劬書者，章君爲魯靈光矣。《樂書》後有樓大防《正誤》一卷，跋略云：

建昌陳史君刊此書，與《禮書》並傳。取而校之，賴以改定者甚衆，又亦互有得失，併爲質之經傳而是正之。尚□〔二〕數百條。會表兄華文閣直學士陳公之子芾爲南豐宰，因以寄之。南豐欲别刊此編，以補郡本之缺，求書其後。嘉泰二年季夏中澣，四明樓鑰書。

又有陳芾不全跋語云：

右《樂書正誤》一編，芾既得之於尚書樓公，即轉白於郡太守閻公。欣然欲鋟諸木，屬將還，迺以工費俾芾圖之，所以昌文師幸惠後學之意。緊，閻公樂善好施之美也。公名一德，今守泰州，闕。議郎知南豐。下全闕。

劉履芬批：記見過宋本《樂書》，字大如指。又元刻一部，字較小，惜模糊處多。此影宋，未知大小若何？

吴　梅批：曾見宋本《樂書》，字大如指，元刻則較小，而模糊太多。此影宋本未知大小若何？

〔一〕□，《别下齋叢書》二卷本作「二」，《攻媿集》作「三」。

樂書正誤

《樂書正誤》格式頗精，鈔録一葉，以餉校書者。

卷	版	行	字	誤	改
第一卷	四版	十六行	第五字	特	當作待。以此行爲式。
四	一	十七			「簡而無虐，剛而無傲」，當作「剛而無虐簡而無傲」。
五	一	六	十	鼓	瞽
	二	八	十六	楊	揚
		二十	三	筦	莞
	五	十	十七	聲	升
七	二	九	十三	楷	揩
		十	五	楷	揩
	三	四	五	圭	多此一字。多者當挑去之。
		七	七	輮	應。其下「田」字音輮有瞽《詩》應田縣鼓。
八	六	二十二	十六	效	效字書中無「効」字，流俗作「効」。如此等，皆當改正，後倣此。
十	四	十四			勇者苦怯之下添入「疾病不養老幼孤獨不得其所」十二字，用寫本校。

陸瓠尊點勘經籍

陸瓠尊丈名筠，本貫吴江，後寄居秀水，其子孫遂爲秀水學官弟子，吾友金岱峰之婦翁也。好點勘書籍，丹黄一日不去手，年將八十，猶假余所録義門評《後漢書》鈔謄一過，余亦假其所録《三國志》各家評校本，命兒子銘恕及查茂才鼎依式過録。未幾，陸丈下世，書籍多散亡矣。

三國志評校本

趙東潛一清評注《三國志》，地理爲詳，《方輿紀要》、《一統志》細書簡端，字數幾倍本書，今在岱峰處。岱峰欲繕寫清本，未能也。瓠尊翁所録校正訛字及評點處，可觀其大略矣，卷中藍筆、墨筆皆是。墨筆録殿本《考證》，則瓠尊翁手校也。硃筆評點出沈虹舟大令之手。大令本姓李名祖惠，亦由吴江占籍嘉興，以進士任江西高安縣，有循聲。所著《虹舟詩文集》若干卷、《四書講義》二十卷，皆未見。時藝尤有名。

方子春讀易日識

壬辰秋日至武林，與平湖方子春廣文坰同寓艮山門姚氏。子春與余同受知於山陽汪文端公，丙子鄉舉之文，文端語余，以子春爲最。至是始識面，恨相見之晚。是時子春已悔其少作，潛心《四子書》及《周易》，講求儒先心性之學。其權武義學官時，吾兄雲壽與同寮。雲壽兄制行極嚴，然每見子春，必嘆自治之疎。子春在武義，聞繼母赴，即日奔馳數十里始就舟，武義人皆稱爲方孝子也。子春知余喜談古文，乃出其舊所評《震川集》及録吴江張鱸江先生士元評本，畀余録其副。其明年，余訪子春於當湖。子春方居父憂，病甚謝客，聞余至，扶杖出見，贈余以鱸江先生《嘉樹山房文集》。又明年，服除，選授錢塘縣訓導，未及上官，卒於武林。其所著《生齋讀易日識》僅至「无妄」而止，沈小湖侍郎爲編次梓行，凡六卷，多反躬實得之言。子春長子名金彪，弱歲即有聲於庠，早卒。子春嘗欲輯其詩文，屬余序之，未果也。

李慈銘批：《嘉樹山房集》文甚拙陋，不知其於《史記》用力在何處。

時秋鶴治詩經

子春同里人時秋鶴廣文樞，以廪貢選授餘杭訓導，潛心治《詩》，於唐宋儒先之説搜采詳備，大旨以《毛傳》爲宗，間出新意。嘗上書大府，請祀大毛公，格於吏議，時論惜之。今吾友金岱峰於臨安縣學創建尊經閣，將祀漢唐經師於閣中，惜時君前數年卒，不及見也。其所注《詩經》有清本，當就其家借録。秋鶴得黄忠端公遺像，勒石洞霄宫。閩中新刊《忠端集》，即用石本摹勒卷前。精琴律，學中樂器，皆次第修整，教弟子肄習焉。

李慈銘批：同治三年，御史南豐劉慶疏請補祀毛亨、顔芝諸儒，而大毛公竟得祀，今列東廡。公羊高、伏勝之下，孔安國、后蒼之上。

震川評點史記

鱸江評《震川集》，即用震川評《史記》之法。震川評點《史記》，自爲「例意」，略云：「硃圈點處總是意句與叙事好處，黄圈點處總是氣脈。硃圈點者人易曉，黄圈點者人難曉。黑擲是背理處，青擲是不好要緊處，硃擲是好要緊處，黄擲是一篇要緊處。」又謂：「我喜怒哀樂一樣不好，不敢讀史。必讀得來吾與史一，乃敢下筆。」遺筆令其子照本批點〔二〕，蓋其平生精力所注也。壬辰秋日，既從方子春得艫江評《震川集》，又假莊芝階舍人所録震川評《史記》讀一過，未及鈔謄。丙申秋日，乃用海昌徐孝廉開業藏本，手録於汲古閣本。自《樊酈滕灌列傳》後，因病輟業，命銘恕録畢，并書震川評點「例意」於卷首。欲從事古文者從此入手，可用其意，以讀歐陽《五代史》，於此事思過半矣。

劉履芬批：光緒丙子六月，魏慶塘觀察邦慶以蜀刻《歸方評點史記合筆》見貽，王少鶴副都輯者。〇震川評點《史記》，繁略各有不同，當是過録之誤。

吴梅批：震川評點《史記》，以余所見，緐略各有不同，當是迻録之誤。

〔二〕「遺筆令其子照本批點」，二卷本作「遺筆令其子買蘇本一，照高五本批點」。

吴子撰校史記

汲古閣《史記》但有裴氏《集解》耳，司馬氏《索隱》則有單刻本，張氏《正義》亦當訪求善本校核。蓋三家所據本各有不同，單刻爲善，所謂離之雙美，合之兩傷也。吴君春照字子撰，嘗語余，《史記》王本、明震澤王氏。柯本嘉靖四年莆田柯維熊校本。金臺汪諒刻。雖善，惟是《索隱》、《正義》删削過多，難於綴補。《正義》何夢華有精鈔本，今未知在否。《索隱》有至元刊本可據，暇日當校録一通。是時吴君方佐汪小米校《漢書》，未暇及《史記》。吴君與小米相繼逝，此事遂已。惜哉。吴君爲兔牀先生之姪，擩染家學，校讐極精審。其兄醒園昂駒，亦好古籍，近校《敬業堂集》，撰《參正》一卷授梓，老年猶矻矻不倦也。

劉履芬批：桐城蕭敬甫云，姚薑塢先生有《漢書讀本》，句讀極謹嚴，未見。○《正義》單刻本，平生未見。○尚有嘉靖本，與王、柯兩刻，行款均同，唯中縫多日月。光天法廿字，字號，聞之莫子偲，未見。

吴梅批：桐城蕭敬甫先生云，姚薑塢有《漢書讀本》，句讀至爲謹嚴，惜未見也。

班馬異同史漢方駕

《班馬異同》三十五卷，嘉靖丁酉福建刊本，蓋劉須溪評點倪文節公思之書也。道光癸巳衎石兄贈余。倪公嘗爲《遷史删改古書異辭》十二卷，見《直齋書録解題》，今失傳。《班馬異同》，《書録解題》作《馬班異辭》，謂因其異則可以知其筆力之優劣，而又知作史述史之法，可謂得倪公著書之大旨。然以入類書類，殊不協。《四庫》著録正史類，亦稱其有功史學。海昌許黄門相卿苦其細書，文相連屬，但以字形廣狹爲分，不便疾讀，别爲《史漢方駕》。《史》《漢》同者，從中大書；《史》《漢》異者，分左右行書，右《史》左《漢》。《四庫提要》謂其條理井然，較思書爲勝。余得於郡城書肆，蓋黄門既殁而仲君長孺侍御校刊者。侍御爲先太常公女夫，兩世皆以直諫著，黄門與先太常爲道義交，其遺集余亦得藏之。

西漢總類

余初讀《漢書》，執友錢塘吴龢村載和，教以東坡分類讀法，因點勘徐氏《會要》。龢村旋卒，每有疑義，無由相質，尋覽手札，不勝悵惘。其後吾兄衎翁語余，可仿宋沈氏樞《通鑑總類》，編次事迹，以《通鑑總類》目録示余，至今未及爲。然宋人已有爲之者，《郡齋讀書附志》類書類有《西漢總類》二十卷，沈長卿文伯所編，隨事立門，隨門類事，他傳所載，總而歸一，雖注中所取者，亦皆掇拾而裒集之，今其書不傳。

吴穌村鈔金石三例

穌村，吾畏友也，舉動不苟，篤於倫理，朋友有過，規諫必切。常刻日課格以貽相知者，每以無自欺爲戒。余失恃後，所業漸荒，穌村云「弟近日言動異於母在時，非所以報慈母也」。余聞而泣下，穌村亦泣，因勸余日習小楷，曰「此亦收放心之一端也」，且謂余雜學瑣屑，無補於身心，不若專心經義及詩古文詞，他日或有歸宿爾。今余頹廢無成，有負良友，言之憮然。穌村以廪貢充謄録，丁卯順天鄉試副榜，議叙縣丞，没後數年，始選河南淅川廳縣丞。寓居嘉興數十年，禾中績學砥行之士，穌村必訂交，各就所長，勸之成學。嘗手鈔王氏《墓銘舉例》、潘氏《金石例》示余，余以是亦喜觀兩家之書，稍知文律。穌村所爲詩古文未授梓，亦朋友之責也。

金石三例刻本

元潘蒼崖《金石例》十卷、明王止仲《墓銘舉例》四卷，黄梨洲以潘書未著「爲例之義」與「壞例之始」，作《金石要例》一卷，雅雨堂合刻爲《金石三例》。余所藏者嘉慶辛未郝氏懿行重刻本。《墓銘舉例》别有乾隆丙子金匱王氏穎鋭刻本，亦附《金石要例》，乃無錫諸氏洛從程魚門得鈔本以付王氏者，與雅雨堂同時開雕，但無《金石例》。

劉履芬批：余所收集郝氏重刻本。又收得柳東《金石綜例》一册。

李慈銘批：近吴郡李瑶父以活字版合《三例》及郭頻伽《金石例補》爲《金石四例》而行之。

馮柳東金石綜例

竹垞翁嘗欲輯《隸釋》、《隸續》所載碑刻，以補潘、王兩家所未及。近人多有用此意，輯《金石補例》者，吾友馮柳東登府《金石綜例》四卷爲詳。柳東於石經文字疏證最密，有

《石經補考》十二卷，更爲《三家詩異文疏證》六卷、《補遺》二卷，皆刻於四明學舍，以印本寄余。近著《十三經詁答問》十卷、《三家詩異義遺説》二十卷，尚未授梓。柳東詁經頗有潛研，謝山所未及，三家遺説則當勝范氏家相所著書。平生著述不倦，而詁訓之學尤爲專門。

李慈銘批：李香子《漢魏六朝墓銘纂例》四卷，亦本朱氏之言爲之。蔣氏已刻入《别下齋》。嘉慶中，鎮洋吴鎬荆石箸《漢魏六朝金石志墓例》三卷，常熟顧氏刻入《玲瓏山館叢書》。道光末，寶應劉寶楠楚楨箸《漢石例》一卷，搜羅甚富，條例亦嚴整。靈石楊氏刻入《連筠簃叢書》，近年山東有翻刻本。

張堯民禮記地理考

余總角知交，以柳東及張昌衢堯民爲最先。堯民欲專求諸經輿地，先成《禮記地理考》，蓋仿王伯厚之於《詩》也。丙子鄉舉後即下世，所著雜稿皆在其兄子煊處。柳東與余嘗有志搜輯授梓而未能，無以慰良友，言之惘然。堯民以朋友爲性命，吾友之善規我過者，龢村而外，當以堯民及胡仁圃爲最深切。堯民母兄蓮舟，名郁周，初名昌齡。及同里史竹南大動，皆因堯民與余訂交，亦皆能規余者。今久作古人，而余將屆知非之年，索居無助，恐終爲執友所棄，每念規過之言，未敢舍業以嬉也。

史竹南李次白所著書

竹南嘗著《六經詳所未詳》，凡若干條。竹南没後，遺稿不可問矣。與堯民、竹南同里相善而視爲畏友者，莫若李貽德次白。次白於學無不綜貫，嘗佐孫淵如先生成《周禮賸義》、《左傳集解》若干卷。其自著則有《攬青閣詩》、《望春廬詞》及《詩考異》、《詩經名物考》，又有姓氏、輿地諸書，草略未竟。吾兄衎翁謂，《十七史考異》最完善，辨覈諦審，當與嘉定錢氏書並行。次白戊寅鄉舉後，久客京師，與吾兄交最深，余每讀《衎石齋記事稿》中「次白墓誌銘」，及《刻楮集》「送杏村適館東城」五言古詩三首、《旅逸小稿》「廣州客舍不寐作」，輒思次白，并思我堯民、竹南也。

李慈銘批：次白《左傳賈服注輯述》，近年朱九香閣學視學安徽，已爲之刊行。其書甚精博，出洪氏《左傳詁》之上。《十七史考異》已不可得，閣學之子編修逌然嘗爲予言，深歎惜之。

胡仁圃讀周易虞氏義

秀水胡仁圃祥麟，嘉慶癸酉舉人，少聞陸朗夫中丞緒論，喜觀《切問齋文鈔》，講求實學，尤好爲深湛之思。得張臯文《周易虞氏義》及《虞氏消息》，讀之思索累月，幾廢寢食，衍其説爲數萬言以示余，惜未及鈔録。仁圃故善病，至是病益甚，竟不起，道光三年某月日也。仁圃自名其齋曰省過，於朋友之過亦必規，而規余尤切。仁圃没後，遺稿在其妻弟趙實軒明經華恩處，余於《虞氏易》茫然不得其解，不能證明仁圃之書。其所爲古今體詩，則於朋儕中爲最工。先曾祖「直廬問寢圖」中七古一首，可見其一斑。擬約岱峰、實軒相與訂定全稿以傳。岱峰亦自謂，所爲詩不如仁圃之綿麗也。

劉履芬批：此書潘伯寅侍郎刊入叢書。

吴　梅批：此書潘文勤今刊入叢書中。

元和惠氏所著書

漢儒《易》學，賴李氏《集解》存其崖略。至國朝，惠半農父子始大闡發。張皋文專求虞氏義，以傳孟氏之《易》，孤經絶學也。惠氏三世經學，始於硯溪，硯溪父樸庵先生名有聲，以《九經》教授鄉里，與徐俟齋善，硯溪因從俟齋遊，則導源有自矣。初學治經，當從詁訓入，所謂小學也。定宇《九經古義》於漢法詁訓、古字古言，多疏通證明，竊謂讀惠氏書者，當先觀《九經古義》，次讀半農《禮説》、《春秋説》、《硯溪詩説》，而《易漢學》則俟之學成而後。鄙論如此，仁圃亦謂其言爲然。嘉興馬珊林應潮嘗注《九經古義》，頗該洽。珊林没已有年，不知尚有爲收拾遺書者否。

四明萬氏所著書

國初世傳經學者，四明萬氏可匹東吴。萬氏自履安先生泰，以經史分授諸子，使各名一家。充宗之經學，季野之史學，既家有其書矣。而其兄公擇，名斯選，從梨洲遊，謂學者須驗之躬行，方爲實學。晚年涵養純粹，及卒，梨洲哭之慟，曰「甬上從學能續蕺山之傳者，惟此一人」。余嘗欲訪其著述，未得也。履安先生長子斯年之子言，字貞一，以古文名，由副榜貢生預修《明史》，獨成《崇禎長編》。充宗之子經，字九沙，與修《康熙字典》，工隸書，著《分隸偶存》。今其裔孫居嘉興，不知能世其家學者，尚有若而人也。

桐城方氏所著書

大抵爲學必有師承，而家學之濡染爲尤易成就，余前所述惠氏、萬氏皆然矣。若邵二雲之學發於族祖念魯，姚惜抱之學開於世父南青，亦人所共知者也。而其最著者，莫如桐城方氏。密之先生崛起崇禎中，考據精核，迥出有明諸公之上。長子中通，字位伯，精於數學，撰《數度衍》二十四卷，余未有其書。《物理小識》十二卷，則《通雅》之緒餘也，海昌陳棻卿茂才斌以贈余。位伯之弟中履，字合山，著《古今釋疑》十八卷，自序謂，始著此書時甫弱冠耳。蓋親承指授於其父，而又家富藏書，更從儲藏家借觀，所見既博，且有淵源也。余每以不能禀承家學爲愧，族子弟有能黽勉仔肩者，先人所謂增光門户，不在科第仕宦也，跂余望之。

劉履芬批：《通雅》《古今釋疑》《物理小識》亂前均有之，近坊間覓《小識》一書，竟不可得。

讀書分年日程

元儒程敬叔用輔漢卿所稡《朱子讀書法》，修之爲《讀書分年日程》，當時頒行郡邑校官，爲學者式。康熙二十八年，陸清獻公爲直隸靈壽縣，既選《先正制義》數十篇，名《一隅集》，以示時文路徑，更校梓《分年日程》，分給諸生，使以暇日肆力經史。而跋之曰：是編之法，非程氏之法，而朱子之法也。非朱子之法，而孔孟以來教人讀書之法也。蕪湖繆承香丈元益得當湖刻本重刊，與容城孫徵君《孝友堂家規家訓》、《湯文正公家書》、劉蕺山《人譜》、江都方實村願瑛所輯《人譜類記》並行。余置案頭幾二十年，苟能實力從事於此數種書，修身修業，不外乎此矣。

李慈銘批：《分年日程》中多語録，不急之書。

劉蕺山家塾規

十五志學之後，仿《讀書分年日程》治經之法，而稍變通之，常鈔讀御纂、欽定諸經，而輔以古注疏。日課則以《蕺山家塾規》爲準則，附刻《人譜》後。蓋子弟不能不以舉業爲正課。《蕺山家塾規》以三、六、九爲會課之期。午膳後搜講書所及之時藝數篇，擇其佳者閲之。蚤膳後温書。申刻治古書一册。燈下看《通鑑》五葉。朔望考一月課程之勤惰，以行賞罰。考畢學詩歌，歌畢問評古今道理，互相質難。乃假若能如此用功，何患精力之不充，日力之不足，而過亦自此寡矣。以此應舉，庶幾無愧。

湯文正家書擇石齋家書

《湯文正家書》言：二十四日，東宫出閣，講《四書》一章。二十五日，即赴皇太子宫，同郭快老進講。上定東宫回講之例，講書事事從實，非比前代具文。皇太子自六歲學書，至今八載，未嘗間斷一日。字畫端楷，在歐、虞之間，每張俱經上硃筆圈點改正，後判日，每月一册，每年一匣。今出閣之後，每早上親背書。背書罷，上御門聽政，皇太子即出講書。講書畢，即至上前，問所講大義。其講即用上《日講》原本，不煩更作。自古來帝王教太子之勤，未有如今日者也。

族父少宗伯公充上書房師傅時，寄家書云：諸位阿哥皆每日走三四里，然後至書房讀書。下午讀完書，又走三四里，然後回家。若冬天，有走六七里者。皇子、皇孫皆大半如是。蓋我帝皇之家讀書皆如是，一則習勞，一則聚在一處書房，心力易於定，而他務及外務均不得而使之近。此天家之善教也。學者讀此二條，則必思所以教子弟與。子弟之受教者，皆不敢自棄其日力矣。湯文正謂，縉紳家能如此教子，便當世世名卿。國家億萬年有道之長，實基於此。

子弟寶守先世藏書

文正家書云：「家下書籍用心收著，一本不可遺失，有人借當定限取來。近來積書家如浙之天一閣、崑山徐氏，斷不借與人書，欲觀者至其家觀之，欲鈔者至其家鈔之。亂後舊書無版，即有新刻，字多差訛，書册愈舊者，愈當珍之，不可忽也。我國家賴此延年，此要務也。」文正以書籍爲延年，真萬金良藥。子弟收藏先世舊籍者，當以文正之言爲法，然亦不禁傳寫，但須擇人耳。葉文莊《菉竹堂書目》序後附《書廚銘》云：「讀必謹，鎖必牢。收必審，閣必高。子孫子，惟學斆，借非其人亦不孝。」見吴氏壽暘《拜經樓藏書題跋記》。若新刻之書，力所易得者，則於朋友不當吝。《中州集》卷八云：「路仲顯字伯達，冀州人，家世寒微，其母有賢行，教伯達讀書。國初賦學家，有類書名《節事》者新出，價數十金，大家兒有得之者，輒私藏之。母爲伯達買此書，撙節衣食累年。而後致戒伯達，言此書當置學舍中，必使同業者皆得觀，少有靳固，吾即焚之矣。」余每喜誦此事。

小學近思録

余初至海昌，意有所牾，輒覺心悖。蓋家居時，父兄朋友相與無猜。乃竹垞翁《曹文學墓誌》所謂田居往還者寥寥數子，相見肝膽畢露，妄謂天下無不可交之人，無不可言之言也。及病甚，始自悔。因讀《近思録》，於存養、克己諸條，再三涵泳，宿疾頓瘳。文端公每教人讀《小學》、《近思録》，悔不早讀是書，以求變化氣質也。《小學》則吾家女子子皆誦習之，不知能體會否耳。

孝友堂家訓

孫徵君《孝友堂家訓》語永興姪孫曰：「爾祖宰武城，歸里之日，仍以館穀償負債。爾祖母、爾父俱不免於飢寒，聞者見者，莫不憐之。鹿忠節公獨愛而起敬，謂非古廉吏不至此。吾家沭陽公以廉吏起家，爾祖能繩其武，我輩俱爲清白吏，子孫較以金帛田宅遺後人者，榮多矣。爾祖常語余曰，沭陽公一任，止受新生公宴綢二疋，弟今日仍覺於先德有愧也。惟自覺有愧，始無愧耳。留餘忌盡，天之道也。當常處其不足，以爲可增可加之地。若增無可增，加無可加，立刻索然矣。爲爾計，安分耐窮，教子弟讀書，不失禮於宗族鄉黨，法祖在此，立身亦在此。」

泰吉本生祖考安慶府君亦嘗宰沭陽，有惠政。後宰河南之新鄉，至今祠祀不絶。先大夫清宦三十年，一以安慶府君爲法。讀徵君《家訓》所述，與吾家事絶相類，謹録以示後人。常處不足之語，保身保家，無過於此，能如此則可以讀先世遺書，不愧爲清白吏子孫矣。

文端公行廨札記

文端公視學畿輔時，爲《行廨札記》，中有一條云：大凡人家興旺，每一二世必衰。從此後或遲一二世又興者亦有之，總未有赫奕不衰者。譬諸花木果實，連年燦爛稠繁，間一二年必稀，俗名歇枝，蓋亦盛衰循環之道也。《易·繫辭》云「剥，窮上反下」，又云「易窮則變，變則通，陰陽消長，理所必然」。《孟子》曰「君子之澤，五世而斬」。人家子弟常須自思，身當斬澤之時，何可無培養之功。如臨深淵，如履薄冰。念念積累，事事積累。一世培養，世世培養。自然連綿不斷，續箕裘而振家聲，亦所謂君子存之者也。

嗚呼，文端公視學畿輔之日，正吾家燦爛稠繁時也，而爲此言者，蓋自有明以來數百年，吾家盛衰迭見，而培養之功世世不絶。文端公處將盛之時，已慮其衰時，以培養爲心，此先世遺澤所以至今未盡也。今吾錢氏又當極盛將衰之時矣，謹録文端公語於此，俾子弟讀先世遺書者，咸知所戒懼云。

文端公論詩

文端公與藫石少宗伯手札云：僕嘗與人論詩，不但怨天尤人爲非和平之音，每見大學問、大著作，未有不由忠敬感激，尊君親上。即使朋友中有不相知者，形之浩歎，如《谷風》「陰雨」之詩，詞氣短縮，終不若《卷阿》、《伐木》之醇雅也。僕於詩文一道無見長處，惟一生只尋自家之過失，從不曾見得親戚朋友之過失，只此一事，平生少多少埋怨。人家不是處，久而久之，心上更無一毫塊壘，下筆便覺安適，吾於詩得養生焉。泰吉時服習先訓，以爲作詩文之根本。竊謂讀古人詩文，亦當就其和平淳雅處涵泳體察，庶不失温柔敦厚之旨。嘗舉昌黎語以示學徒曰，行峻而言厲，不若心醇而氣和也。

姜白石詩説

姜白石詩存者寥寥，而蕣翁少宗伯謂爲南宋一大宗，以其皆和平中正之音也。讀《昔游詩》可見其大概。白石放浪江湖，與陸魯望同，而無魯望憤時嫉俗之談。友人有喜效魯望以怒罵爲文章者，余不謂然也，亦思魯望所處之時何時耶？《白石道人詩説》謂《三百篇》美刺箴怨皆無迹，當以心會心。又曰，大凡詩自有氣象體面，血脈韻度。氣象欲其渾厚，其失也俗；體面欲其宏大，其失也狂；血脈欲其貫穿，其失也露；韻度欲其飄逸，其失也輕。余謂論詩固然，論文亦何獨不然。又曰，思有窒礙，涵養未至也，當益以學。讀此知「詩有别材非關學」之説，不足爲定論矣。曹種水嘗屬陳新篍楷書《白石詩説》一通，余過種水五千卷室，必取觀焉。今兩君皆作古人，讀《白石詩集》輒念之不置。

文端公薦梁確庵沈東甫先生

乾隆十五年，特詔内外大臣薦舉經明行修之士。明年，於所舉中核其名實允孚者，得四人。介休梁確庵孝廉錫璵，先文端公所薦也，與無錫顧震滄棟高、常熟陳亦韓祖范、金匱吴尊彝鼎，同授司業。梁先生官至少詹事，其所著《易經揆一》，今不可得見。先公遇人一善，譽不去口，而尤以得士報國爲念。任畿輔學政時，選拔八旗，所得士多名公卿，阿文成亦在選中。嘗見歸安沈東甫先生炳震所纂《新舊唐書合鈔》二百六十餘卷，及雜著數十卷，驚嘆曰，此今之王贊善、馬鄱陽也。乾隆元年，詔舉博學鴻詞，公方丁陳太夫人艱，以語王公奕清，列之薦牘。其後公以沈先生所著書進呈，詳見《詩集》卷七、《文集》卷五，沈先生之書以是得採入《唐書考證》。今《新舊唐書合鈔》及《廿一史世譜》，海昌查氏已刊行，尚有《九經辨字瀆蒙》十二卷，《四庫》著録，與《增默齋集》八卷，見丁見堂《新舊唐書合鈔》跋。皆未見傳本。家有其書者，惟《唐詩金粉》而已，不足見東甫先生之學也。

劉履芬批：此書（《新舊唐書合鈔》）原本，近已爲武林吴曉帆方伯所購印行。

顧震滄著述

顧震滄先生《春秋大事表》，自言泛濫者三十年，覃思者十年，執筆爲之者又十五年。華君希閔序，謂自有《春秋》以來，所絶無僅有之書。非虚譽也。近見甘泉江氏《漢學師承記》，謂以宛斯之書爲藍本，蓋指鄒平馬氏《左傳事緯》也。《事緯》誠精核，然是宋章氏《事類始末》之類，與《大事表》實不相同，不知江氏何以言之。《毛詩釋類》、《尚書質疑》則未見。

劉履芬批：《大事表》山東書局繙刻，未見印本。錫山蔣季懷福保述及之。○江鄭堂尚有《宋學師承記》，曾經刊版，亂後未見。

吴　梅批：此書（《春秋大事表》）山東局有重刻本。○二書已刊《粤雅堂叢書》中。

吴尊彜陳亦韓著述

金匱吴先生深於《易》學，其所著《易例舉要》九卷、《十家易象説》九十卷，亦未見。

常熟陳先生《文集》四卷、《詩集》四卷、《經咫》一卷、《掌録》二卷，余皆有之，乃金氏學圃藏書也。《文集》卷四有《自序》、《續自序》二首，生平大略可見。舉經學時，年已七十五矣，《經咫》皆釋經之文，《掌録》則雜及他書，而亦釋經爲多，皆刊於身後，其高第弟子同縣顧主事鎮序行，長洲陳文道及沈歸愚宗伯皆爲序。顧氏有《虞東學詩》十二卷，梅溪居士贈余新印本〔一〕。

〔一〕「梅溪居士贈余新印本」，二卷本作「未見」。

陳文道十書

文道先生，長洲陳少章景雲之私謚也。早歲從義門遊，窮究經史，著有《讀書紀聞》十二卷、《綱目訂誤》四卷已刻。、《兩漢舉正》五卷、《國志舉正》四卷、《韓集點勘》四卷（已刻）、《柳集點勘》四卷、《文選舉正》六卷、《通鑑胡注舉正》十卷今所刻者僅一卷。、《紀元要略》二卷、已刻，其子黄中補輯一卷附。《文集》四卷，更有《群經刊誤》。未知卷數。今所刻《文道十書》但四種，餘皆虚列其目，不知尚有傳本否。余所藏《三國志》評校本有少章點勘處，鄱陽胡氏

《文選考異》時引少章校語，可搜輯成卷。

劉履芬批：《國志評校》余亦曾過録，唯未知與手稿何如。

吴　梅批：余藏有沈欽韓《三國志補注》手稿，未知與此稿何如。

沈果堂所著書

義門高第弟子吴江沈果堂，與陳少章相伯仲。果堂之没也，門人私謚曰文孝先生，蓋當時吴下風尚如此。少章之遺著以文道名，故其私謚尤彰著。果堂嘗著《群經小疏》若干卷，其後至京師，望溪絶重之。晚節尤精《三禮》，著《周官禄田考》以明《周官》分田制禄之法。有《果堂集》十二卷，多辨析禮經之文。果堂嘗遊儀封張清恪、江陰楊文定之門，究心宋五子書，故其所爲文，義理多純粹。其撰義門《行狀》，言聖祖嘗命書朱子《四書章句集注》，鋟板藏内府。泰吉訪求有年不可得，蓋未奉頒發也。

劉履芬批：只收得《周官社田考》。

沈師閔韓文論述

果堂序沈師閔《韓文論述》云：今天下之善論古文者，吾得二人焉，曰方公靈皋，曰沈君師閔。方公舉左氏、司馬氏之文，以爲文章之歸極，而詳明其義法。師閔則舉韓文公之所作，以爲著作之軌範，爲之詳其義，明其法，務盡乎文公營度之心而止。果堂非妄譽人者，與望溪相提並論，則師閔所論述必可觀，有志讀韓文者當訪求師閔之書。

章氏左傳事類始末馬氏左傳事緯

《左傳事類始末》五卷《附録》一卷，宋章沖茂深所撰。茂深之學，受之於葉石林，此則其知台州軍時自序以行，石林不及見。《附録》一卷，類聚《春秋》災異、力役、時政、陳名、器物，而以列國興廢附於末。此書刻入《通志堂經解》，實鄒平馬氏《左傳事緯》之權輿也。馬氏書之精核，非茂深所及，而體例則大略相同。其所撰《左傳辨例》、《左傳圖説》、《列國年表》、《晉楚職官表》、《覽左隨筆》、《春秋名氏譜》、《左傳字釋》，固不若章氏《附録》

之寥寥數葉，而以視顧氏《大事表》，則亦猶章氏之於馬氏矣。或謂顧氏以此爲藍本，此論未公，我不憑也。《繹史》一百六十卷，纂録開闢及秦末之事，仿袁氏《通鑑本末》之體而成書。袁氏惟録《通鑑》，此則采摭百家，多搜輯於散亡，較袁氏功力爲難。其《别録》則自天官、律吕以至名物、訓詁，而以《古今人表》終焉，史家之志表也。撰《左氏紀事本末》者尚有江村高氏，未見其書，不知視馬氏何如。

讀經當先正音

讀經當先正音，陸氏《經典釋文》誠讀經之準的，然今用朱子《易本義》、《詩集傳》、蔡氏《書集傳》、陳氏《禮記集説》，而欲概從古音，其義必難通。今通行本《易》書皆無音，吕氏《古周易音訓》既有刊本矣。元鄒氏季友嘗爲《尚書蔡傳音釋》六卷，《書傳會選》多采之，當覓其書。《詩集傳》今附刻《釋音》，多爲坊間竄改，非朱子之舊。余曾手鈔《詩小序》、《詩》正文，朱子説《詩》大旨，以授銘郘，音讀一以朱子爲主，書直音於眉間，則用嚴氏《詩緝》之音。戚友有從余鈔録以教子弟者，然余當日因龢村「收放心」之言，聊寫經文以自課，且取便童蒙，未爲定本也。有志讀經者，當用程氏《分年日程》所載館閣校勘法，及勉齋批點《四書》例，乃爲盡善。其「發音例」云，並考許叔重《説文》及鄭夾漈《六書略》。每字有兩音者，先依夾漈所正叔重之誤者，餘方依叔重。先正始音，然後依本文音義，隨四聲圈發其音義，參陸氏《經典釋文》、賈氏《群經音辨》，大抵以朱子爲主。余於夾漈《六書略》未嘗究心，不知其正叔重之誤果何如，學者試參用之。

劉履芬批：海寧查翼甫茂才藏有元本《九經直音》，擬刊之江蘇書局，尚未成也。盧陵孫奕季昭撰。《提要》載其書，而佚其名。（癸酉）

吴　梅批：元本《九經直音》，盧陵孫奕季昭撰。聞江蘇局曾重刻之，余未見也。《提要》載其書而佚其名。此書最有益於學者。

元人四書五經標點

常熟毛黼季藏元人《標點五經》，魏叔子爲之記，見《文集》卷十六。其大略曰：《書集傳纂注》有至順壬申二月吴壽民識云，《尚書標點》王魯齋先生「凡例」，朱抹者綱領大旨，朱點者要語警語也，墨抹者考訂制度，墨點者事之始末及言外意也。大略與《四書標點》例同。《詩集傳》亦墨朱標點，《易傳義》黄朱有元人印記，《禮記集説》亦元人標題，三經標點皆類王魯齋義例。《春秋胡傳》用五色筆點抹，以《左氏》、《公羊》、《穀梁傳》標於上，視諸經尤工密。黼季又云，近見元人臨魯齋《標點四書》，在泰興季御史振宜家，款例與《五經》同。毛氏、季氏所藏之經書，不知尚在天壤間否，亦未見臨摹之本。學者用此意以讀經，則《讀書分年日程》所載《勉齋批點四書例》可仿佛也。

拙老人寫十三經

學者果能立志不移，則一事爲之十年，未有不成者。金壇蔣湘帆先生書《十三經》始末，詳見其自跋《十三經殘字册》云：「余以康熙辛丑歲貢，雍正元年改恩貢，入國子監肄業。二年八月入秦，十月縱觀碑洞《十三經》，雖頗殘缺，巍然具存，但衆手雜書，文多舛錯參差，心實悼之。四年春，歸自西安，與王虛舟吏部作書鬭勝，寫《法華經》七卷。虛舟曰「儒而寫佛經，不足道，庶幾《十三經》乎」，蓋戲之也。余遂矢志力書，計全經八十餘萬言。

於是先其難者，以《春秋左傳》二十萬言始，凡五年訖工。繼以《禮記》十萬，又二年。其餘《周易》、《尚書》、《毛詩》、《周禮》、《儀禮》、《公羊》、《穀梁》、《爾雅》、《孝經》、《論語》、《孟子》，又五年，共歷一紀乃畢事。以碑洞石經爲式，搆善本校正，用東洋紙界烏絲闌書之。發筆之日，主人張筵祀先聖，邀衆賓酌酒稱慶。明年，去山東，載之行篋。留曲阜二年，歸，《左傳》克成。又館於山安，寫《禮記》、《毛詩》。歸錫山，成《尚書》。餘則閉關於廣陵瓊花道院，四年而竟。將成，相國嵇公欲爲題請，并助裝潢，皆寢。揚州鹽運使德水盧公，涖政之日即相訪，索所書《法華》及《十三經》暢觀，力任其事。馬君秋玉聞之，出二千金延吴中名手裝潢於梅花書院，共三百本、五十函。總河高公摺奏，先呈《周易》二函。奉旨，大學士等議奏。既又奉旨，以字畫端好，命取全經交武英殿校對。十月，奉命武英殿照淳化閣帖式，用棗木板雙鉤鐫搨，頒發各省。特授國子監學正銜。初至維揚，寓衆香庵之借山樓寫《周禮》。是歲夏，部選廬州府英山縣教諭。恐功虧，乃上書高大中丞辭職。既而制府趙公又以學識優長、人品素著，檄試鴻博。又上書懇辭。嗟乎，暮年衰病，絶意浮名，區區始願，特借楮墨，收攝放心，豈誠争工拙於殘碑，以求聞達。而乃遭逢聖代，倖獲流傳，且還我初服，授以今銜，荷此殊恩，益增慙悚。小春來淮，欲謝高公，主於盧惠疇家，出此殘字册屬題。因新旨初下，記其顛末。江南拙老人蔣衡記。余得藏《拙存堂文集》六卷《詩》一卷，因節録此記，以爲學者勸。湘帆先生罔極之思，老而彌篤。集中祀先告哀文凡九首，令人不能卒讀，乃知有志力學者，必獨具至性，始成堅定之功也。

劉履芬批：後又刻石置太學。余在成均時見之。

吴　梅批：後又刻石置太學。

記所見喜鈔舊籍人

余所見精鈔舊籍至老不輟者，如吴江陸瓠尊丈、秀水章君益齋，已誌其大略矣。同邑曹種水明經言純，自弱冠後專心詞章之學，家苦無書，借人書籍，節取其精華，蠅頭細書，三十餘年無慮千百册。余嘗勸其仿庾仲容《子鈔》、馬元會《意林》，鉤元提要，彙爲一編，種水頷之而未暇爲。今遺書滿籝，恐無人收拾矣。姑夫平湖楊乙雲大令，名馥孫，晚歲歸田，手鈔宋元明儒書數十種。余每至高齋輒展閱，惜未録其目。近時海昌喜鈔舊籍而端楷不苟者，莫若郭溪葛淬南繼常。余嘗從管芷湘庭芬處，見其手寫談孺木《海昌外志》、周松靄大令《海昌勝覽》，因至郭溪訪之，相與訂交。淬南，淳篤君子也。芷湘與潘梧君藹人皆喜鈔書，梧君專録名人文集，寒暑不倦。芷湘留心海昌掌故與淬南同，而於目録之學尤爲專門，近校《讀書敏求記》，視邗上新刊者爲勝。余嘗謂芷湘、梧君方從事場屋，而作此冷淡生活，其將吞紙以實腹耶。陳節亭名欣時，專鈔明季遺事，不下數十種，若排比成書，亦談氏《國榷》之亞。

劉履芬批：聞之沈穀成太史善登云，章益齋抄過《開元占經》，與刊本大異，聞此書尚存其家。〇此兩本均未見。未知何日一飽眼福。癸酉又六月記。

吴　梅批：益齋又鈔過《開元占經》，不知尚存天壤否？與刊本大異。

虞山也是翁述趙清常之言曰：「有藏書者之藏書，有讀書者之藏書。」杭堇浦謂：「讀書者之藏書，必自經史始。」則視清常之言爲尤得要領。嘉興錢警石先生秉鐸吾州，盡攜所藏書置學舍中，十餘年來，遇善本即校。所著《甘泉鄉人邇言》，多藏書跋尾。近更出《曝書雜記》以示生徒，光煦得而讀之，大都以經史爲宗，信乎堇浦所謂讀書者之藏書也。爰授梓人，與同志者共讀焉。道光己亥春日蔣光煦謹識。

學師錢警石先生，稟承舊德，少喜聚書，插架數萬卷，丹黄粲然，而於《兩漢書》、《元文類》校勘尤詳審。道光戊戌，偶著《曝書雜記》二卷，以《史》《漢》之類例，爲晁、陳之品評，分之則百餘條，合之則自首至尾，脈絡灌輸，爲自來説部之創格，而著録之變體也。蓋先生於古文義法極嚴，雖隨筆記纂，亦體裁不苟如此。其中叙述家訓，感念故人，皆至情至性之所係，豈獨妙義微言，啟迪來學哉。庭芬從遊有年，竊謂粗知先生者，爰贅數語於後。管庭芬謹跋於硤川蔣氏之慎習堂。

曝書雜記卷下

余少時所閲《家語》及《韓詩外傳》，往歲兒輩命工重整，不能手裝也。庚戌夏秋之交，曝書及之，因憶陸放翁《渭南集》有其先人裝背京本《家語》跋云：余舊收此書，得自京師，中遭兵火之餘。一日於故篋中偶尋得之，而蟲齕鼠傷，殆無全幅，綴輯累日，僅能成帙。乃命工裁去四周，所損者别以紙裝背之，遂成全書。嗚呼，予老嬾目昏，雖不更讀，然嗜書之心，固未衰也。後世子孫知此書得存之如此，則其餘諸書幸而存者，爲余寶惜之。紹興戊午十月七日，雙清堂書。放翁跋其後云：後五十有七年，又脱壞不可挾，子聿亟裝緝之，持以相示。方先少保書此時，某年十四，今七十矣，不覺老淚之濡睫。紹熙甲寅閏月四日，第三男中大夫某謹識。以竹汀宫詹所輯《放翁年譜》考之，是年子聿裁十八歲。放翁又有跋子聿所藏《國史補》云：子聿喜蓄書，至輟衣食不少吝也，吾世其有興者乎。爲嘉泰壬戌，子聿年二十六。其後編次校刊放翁詩文者，亦子聿也。夫人之志趣定於少時，所向得正，乃能至老不移。若保愛舊籍，累世勿墜，則門風之盛，勝於繼踵三公矣。録之爲兒輩勖。

閲數日，得應溥以拔貢朝考蒙恩點用七品京官之信。偶讀《老學庵筆記》「劉韶美事」云：劉韶美在都下，累年不以家行，得俸專以傳書，必三本，雖數百卷爲一部者亦然。出局則杜門校讎，不與客接。既歸蜀，亦分作三船，以備失壞。已而行至秭歸新灘，一舟爲灘石所敗，餘二舟無他，遂以歸普慈，築閣藏之。因録寄應溥而語之曰，得俸購書，杜門謝客，吾兄衎石翁官京邸時實如此。能守家風，乃可希蹤先哲也。數年來，友朋每勸余續纂《曝書雜記》，忽忽未暇。應溥既分隸選曹，乞假暫歸，炳森亦將入都，候補教習，家藏數十匱，自此與若曹日遠矣。因連綴前語，以爲重次。《曝書雜記》發端庚子春，嘗從《書録解題》纂輯陳直齋生平，遂録以爲第三卷之首，後有所得，將次第録寄京師，俾輭紅塵中不忘冷齋況味，吾家清白之傳，庶幾稍延歟。咸豐改元上元日，六十一翁識。

陳直齋事蹟

陳直齋嘗知嘉興，余既據《宋詩紀事》、《養新録》載之前卷矣，兹讀《書録解題》，尋求其生平事迹，蓋嘗分教鄞學，宰南城，倅莆田，而其先世亦略見。謹條録如左，以備考證。

《浮沚先生集》十六卷《後集》三卷。祕書省正字永嘉周行己恭叔譔。十七入太學，有盛名。師事程伊川。元祐六年進士，爲太學博士。以親老歸，教授其鄉。再入爲館職，又出作縣，永嘉學問所從出也，鄉人至今稱周博士。集序，林越譔，言爲祕書郎，則不然。先祖妣，先生之第三女，先君子其自出也，故知其本末。所居謝池坊，有浮沚書院。（卷十七）

《濟溪老人遺稿》一卷。通判明州濟源李迎彦將譔。永嘉周浮沚先生之壻，與先大父爲襟袂。集中有送先君子赴戊子秋試詩，首句「籍甚人言《易》已東」，蓋先君治《易》故也。（卷十八）

《丁永州集》三卷。知永州吴興丁注葆光譔。有女適樂清令富春李素見素，先妣之大父母也。（卷十七）

愚未冠時，無書可觀，雖二史亦從人借，嘗於《班書》志傳録出諸詔，與紀中相附，以便覽閲。既仕於越，乃得見林氏書。而樓氏書近出。（卷五《東漢詔令》）

往在鄞學，訪同官薛師雍子然，几案間有書一編，大略述三山一郡財計。薛曰「外舅陳止齋修圖經，欲以爲財賦一門，後緣卷帙多，不果入」。因借録之。書無標目，以意命之曰《三山財賦本末》。及來莆田，爲鄭寅子敬道之。鄭曰，家有何一之《長樂財賦志》，豈此耶？借觀之，良是。（卷五）

《國紀》。不大行於世，鄞學有，魏邸舊書傳得之。（卷四）

《琴譜》。鄞學魏邸舊書有之。己卯分教傳録，亦益以他所得譜。（卷十四）

《九經字樣》一卷。往宰南城，出謁，有持故紙鬻於道者，得此書，乃古京本，五代開運丙午所刻也，遂爲家藏書籍中之最古者。（卷三）

《爾雅新義》。頃在南城傳寫，凡十八卷，其曾孫子遹所刻於嚴州，爲二十卷。（同上）

《參同契分章通真義》三卷《明鏡圖訣》一卷。曩在麻姑山傳録。（卷十二）

玉蟾者，葛其姓，福之閩清人。嘗得罪亡命，蓋姦妄流也。余宰南城，有寓公者稱其人，云「近嘗過此，識之否」。余言不識也，此輩何可使及吾門。李士寧、張懷素之徒，皆殷監也，是以君子惡異端。（卷十二《群仙珠玉集》）

龐氏家藏祕室方。南城吴炎晦父録以見遺。（卷十三）

《龍髓經》至《二十八禽星圖》。以上七種，并前諸家，多吴炎録以見遺。江西有風水之學，往往人能道之。

《雜相書》。凡二十三種，又有《拾遺》，亦吴晦父所録。（卷十二）

《雪巢小集》。東魯林憲景思譔。余爲南城，其子遊謁至邑，以家集見示，愛而録之。及守天台，則板行久矣，視所録本稍多。（卷二十）

《邠志》三卷。從盱江晁氏借録。（卷五）

《梁谿易傳》。莆田鄭寅子敬從忠定之曾孫得其家藏本。頃倅莆田日，借鄭本傳録。（卷一）

《後魏國典》。從莆田劉氏借録。（卷五）

《三朝訓鑑圖》十卷。頃在莆田，有售此書者，亟求觀之，則已爲好事者所得，蓋當時御府刻本也。卷爲一册，凡十事，事爲一圖，飾以青赤。亟命工傳録，凡字大小，行廣狹，設色規模，一切從其舊。斂衽鋪觀，如生慶歷、皇祐間，目覩聖作明述之盛也。（卷五）

《獨斷》。向在莆田，嘗録李氏本。（卷六）

《夾漈家傳》一卷、所著書目附。莆田鄭翁歸述其父樵漁仲事跡。樵死時，翁歸年八歲，安貧不競。頃佐莆郡，時猶識之。（卷七）

《元和姓纂》。絶無善本。頃在莆田，以數本參校，僅得七八。後又以蜀本校之，互有得失，然粗完整矣。（卷八）

《晉陽事跡雜記》。從莆田李氏借録。（同上）

《番陽雜記》。莆田借李氏本録之。（同上）

《雲笈七籤》。頃於莆中傳録，纔二册。後於平江天慶［觀］《道藏》得其全，録之。（卷十二）

舊見沙隨程迥所記，南渡諸人以《易林》筮國事，多奇驗。求之累年，寶慶丁亥始得之莆田，恨多脱誤。嘉熙庚子，從湖守王寺丞侑借本，兩相校，十得八九。（同上）

《集選目録》二卷。莆田李氏有此書，凡一百卷，力不暇傳，姑存其目。（卷十五）

《蔡忠惠集》。余嘗宦莆，至其居，去城三里，荔子號「玉堂紅」者，正在其處，矮屋欲壓頭，猶是當時舊物。歐公所撰墓誌石立堂下，真蹟及諸公書帖多有存者。（卷十七）

《武元衡集》。初用莆田李氏本傳録，後以石林葉氏本校。（卷十九）

《天台山記》一卷。余假守臨海，就使本道。嘉熙丙申，（按丙申爲端平三年，明年丁酉，乃爲嘉熙元年，此作嘉熙丙申，誤。《文獻通考》亦同，今仍原文。）十月解郡符，趨會稽治所，道過之。鋭欲

往遊，會大雪不果，改轅由驛道。至今以爲恨。偶見此記，録之以寄卧遊之意。（卷八）

《造化權輿》六卷。余求之久不獲，己亥歲，從吴門天慶觀《道藏》中借録。（卷十）

《景祐天竺字源》。吴郡虎邱寺有賜本如新，己亥歲借録。（卷十二）

《白氏年譜》。維揚李璜德劭所作。余嘗病其疎略抵牾，且號爲「年譜」而不繫年，乃别爲新譜，刊附集首。（卷十六）

《白集年譜》一卷。知忠州漢嘉何友諒以居易舊治，既刊其文集，又作《年譜》，刊之集首。始余爲譜既成，妹夫王栐叔永守忠，録寄之。視余譜詳略互見，亦各有發明。（同上）

晁子止昭德文集

晁子止《郡齋讀書志》爲宋以來著録家之首，其所著《易》《書》《詩》《春秋解》，南充游氏謂嘗有鋟版，今已失傳。《昭德文集》六十卷，見於《文獻通考》，而陳氏《書録解題》不列其目，蓋當時已鮮傳本。其弟公遡《嵩山居士集》今猶列於《四庫》，文集之傳否，殆有數焉。子止於其五世祖文元所著《法藏碎金》，得之於趙郡蘇符，《昭德新編》得之於丹稜李燾，《道院别集》得之於知閬州王輔耄智，餘書得之於眉山程敦厚，《理樞》得之於《澠池集》中。此段衢本在《道院别集》條下，袁本無。蓋兵亂焚棄之後，遺著僅存，雖有賢子孫，亦賴有人傳録，乃得訪求也。

郡齋讀書志袁本、衢本

《郡齋讀書志》有二本，鄱陽黎安朝刊於宜春郡齋者，分四卷，益以趙希弁家藏爲《附志》一卷。繫於四卷之後，第五上、第四下。其後趙氏從三衢本摘補四百餘部，爲《後志》二卷，世所通行謂袁州本也。三衢本爲姚應績所編，南充游鈞刻於信安郡齋，分二十卷。《文獻通考》所據本也，世所罕見。嘉慶己卯，吴門汪士鐘閬原得舊鈔本，屬吾鄉李香子明經詳校刊行。頃讀《顧澗薲集》，知瞿木夫有《衢志考辨》，論袁本之失，明衢本之得，惜未見傳刻。余於兩本異同，未暇細校。偶檢《麟臺故事》條下，衢本有「予所藏書，斷自南渡之前，獨此書以載官制，後事爲詳，故録之」云云，此晁氏著録大凡也，袁本無之，亦優絀之端也。汪氏所刻衢本小學類，澗薲謂有錯簡，當據以正之。

劉履芬批：汪刻《讀書志》刊成後，香子覆校，又得數十條，其原本手跡，今藏余所。

吴　梅批：汪刻成後，香子又校得數十條，原本手跡今藏余家。

南陽井公

衢本《讀書志》序文，於贈書之人但稱「南陽公」，不著其姓。陳氏《書録解題》謂「南陽公未知何人，或云井度憲孟也」，則所見《讀書志》亦衢本也。袁本序文作「南陽井公」，趙氏希弁《後志序》明言井、晁二家。蓋袁本晚出，馬氏、陳氏皆不及見，故《文獻通考》於《附志》未嘗采録。晁氏於《宋書》條下云，「嘉祐中以《宋》、《齊》、《梁》、《陳》、《魏》、《北齊》、《周書》舛謬亡闕，始詔館職讎校。曾鞏等以祕閣所藏多誤不足憑，以是正請詔天下藏書之家悉上異本，久之始集。治平中，鞏校定《南齊》、《梁》、《陳》三書上之，劉恕等上《後魏書》，王安國上《周書》。政和中，始皆畢，頒之學宫，民間傳者尚少。未幾，遭靖康丙午之亂，中原淪陷，此書幾亡。紹興十四年，井憲孟爲四川漕，始檄諸州學官，求當日所頒本。時四川五十餘州皆不被兵，書頗有在者，然往往亡闕不全，收合補綴，獨少《後魏書》十許卷，最後得宇文季蒙家本，偶有所少者，於是七史遂全，因命眉山刊行焉」。讀此一條，知井公收刊史籍之功亦甚巨，録之以見雖館閣校定之書頒行學宫，亦易闕失，必賴傳録收集之人也。

讀書志杜鵬舉序

趙氏希弁《後志序》謂衢本缺杜鵬舉序，余所藏陳氏傳刻袁本亦無杜序。昨歲胡澄齋贈余舊鈔本有之，得補録焉。大略謂「先生校井氏書爲《讀書志》，凡四卷。鵬舉作邑峨下，望先生滄洲之居，鷄犬相聞，暇即問奇字於古松流水之閒。一日叩以此書，忻然相付，因廣其傳」云云，結銜稱「門人承議郎奏辟通判茂州軍州事賜緋杜鵬舉序」。

家夢廬翁記所見舊本書

平湖家夢廬翁天樹篤嗜古籍，嘗於張氏《愛日精廬藏書志》眉間記其所見，猶隨齋批注《書録解題》也，余曾手鈔。翁下世已有年，平生所見，當不止此，録之以見梗概。

小重山館胡氏得郡城陳氏所藏陳大猷《書集傳》十二卷，是元槧本，惜缺葉甚多，讐校頗難，擬重刻而未果。黄諫《書傳集解》内所引陳大猷《書集傳》，大可補小重山館所藏缺文。

《纂圖互注毛詩》。昔藏吴門讀未見書齋，書友攜來，曾一寓目。

劉履芬批：「讀未見書」，黄蕘圃齋名。○蕘圃藏書晚年盡歸汪閬原，其中宋元本不盡可從。聞之吴人。

《吕氏家塾讀詩記》。蕭山陸氏藏宋版，配入元版者，余曾見之。

劉克《詩説》。吴門汪閬原重摹影宋本頗精，内多第二卷，是余從郡城陳氏借鈔，不全，前六卷一册，第二卷在焉，鈕非石借去刻入，余有跋，亦刻入。

劉履芬批：汪氏有仿宋刻本《詩説》。

吴　梅批：《詩説》，汪氏有影刊本。

徐秉義《詩經識餘》。戊戌四月十八日，吴門酉山堂書坊邵枕泉來言，有不全一部，正是書所缺之十七卷，已爲豐山馬笏齋購去。

《儀禮疏》。吴門汪氏有新刻本甚精，從黄氏所藏宋刻影摹。

劉履芬批：此書宋刊原本，聞在吴中鄉間。印本極模糊。〇光緒丙子，唐蕉菴贈汪刻本。

吴　梅批：《儀禮疏》，汪氏亦有新刻。

《禮記·月令》。巾箱本，常熟張□□藏。宋印大字本亦只存《月令》一卷，不識與此本異同若何。

《論語集解》。日本舊鈔本。近日日本有刻本，不識與此有異同否。

《龍龕手鑑》。昔年書友顧姓攜遼板大字本，余慫恿小重山館主人購藏，不果。

《集韻》。同里丁日扶藏有天一閣范氏影鈔本，視曹氏所刻後序多一葉，然尚缺尾數行也，影摹甚精善，有范氏收藏印記。

劉履芬批：元和管洵美有影宋《集均》大字本。

吴　梅批：元和管洵美有影宋《集韻》大字本。

《史記》。殘本，蜀大字本，此不全本三十卷，今藏小重山館胡氏。

《三國志》。殘本，郡城金氏藏，單《吴志》，宋版甚精。

《陸狀元通鑑詳節》。此本余數十年前，書友攜來，曾一見之，索值甚昂，不能得，至今縈之夢寐。其紙質緊薄，光潤如玉，墨色奕奕，撲人眉宇，乃宋版宋印之至佳者。

《奉天録》。余託張撝庵先生從李鄦齋方伯令嗣借來，上有孫平叔先生朱筆批，鈔竣送還，李公子已謝世，傷哉。是本顧老榮從余傳録者。

劉履芬批：《奉天録》，揚州秦氏有刻本。《粤雅堂叢書》亦刊入。

吴　梅批：《奉天録》刊入《粤雅堂叢書》。揚州秦氏亦有刊本。

《孔氏祖庭廣記》。滬上李筍香曾藏金刻，今爲馬笏齋所得。

《漢丞相諸葛忠武侯傳》。余十八九時，杭州書友陶姓攜來宋版宋印一册，裝作摺疊册子，上多宋元人藏印，俱係真蹟。後歸吴門黄氏，今在汪閬原家。

《國朝名臣事略》。前年吴門書友胡寅生攜真元槧初印本，余屬小重山館購藏不果，後爲豐山馬笏齋購去。戊戌立夏前一日記。

《吴郡志》。宋刊配舊鈔本。此書是余舊藏，雖係宋版，字已漫漶，大約是元末明初印本。

《吴郡志》。毛刊校宋本。此本亦曾寓目。

《咸淳臨安志》。近日武林汪小米有刻本，第六十四卷以他書補入。

《嘉禾志》。五六年前，有書友葉姓攜明刻本求售。後晤陳蘭陵大令，云曾見之。其字頗大，因有舊鈔校本，未及購，真可惜也。

《會稽三賦》。曾見宋版大字本，爲吴授琴所得。授琴久歸道山，此書不知尚在否。不甚清朗，未必是宋印也。

劉履芬批：余收《會稽三賦》是明刊本。聞宋板流傳尚多，但模糊耳。

吴　梅批：《三賦》有明繙本，宋刊亦模糊。

《太平寶訓政事紀年》。此書余從同里陳氏簡香齋借録其副，此從余家所藏鈔出者。

《荀子》。小重山館藏宋巾箱本，内有缺葉，精鈔補全。舊爲商邱陳氏物，余作緣而得之者。

劉履芬批：聞虞山趙次侯觀察宗建得宋版巾箱本《荀子》，價甚廉，未知即是本否？

吴　梅批：虞山趙次侯得巾箱本《荀子》甚廉，今不知歸入何許。

《重校證活人書》。余昔藏宋版《活人書》，中缺三卷，吴門黄蕘圃於蔣氏得之寄贈，遂成全璧。今在豐山馬笏齋明經處，或云在馬二槎處。

《天文會元占》。常熟張芙川處藏有北宋鈔《景祐乾象新書》十二卷，内有引此書，可録出以補其缺。

《芥隱筆記》。小重山館藏宋版殘本，以舊鈔補全者。後有黄蕘翁跋，從常熟張芙川處購得。

劉履芬批：張芙川尚藏明繙宋《稽古録》，有黄蕘圃跋尾。是葉文莊藏書，亦有兩跋。今在沈均初處。（跋語兩曾録得，并借校過。）

吴　梅批：芙川又有宋本《稽古録》、元本《琵琶記》。《稽古録》不知何往，《琵琶》則假讀於劉蕙石家。今已有珂羅板印行矣。

《却掃編》。余舊有宋版宋印，是季滄葦物，後歸崑山傳是樓，兩家書目俱載之，并有收藏印記。只有仲立自序，而無邵跋。毛氏刻入《津逮祕書》者，仲立自序亦删去。後有一行云「臨安尹家書籍鋪印行」。黄蕘翁曾借觀，有詩并跋。今在海昌馬二槎處。

《仕學規範》。新篁里張叔未解元藏有宋刻宋印本，紙墨如新，惜有缺卷。是明初袁忠徹所藏，并有印記。從魏塘查氏得之，乃初白先生後人也。

劉履芬批：袁忠徹印記，前見莫子偲藏《元史》有之，是水印。

吴　梅批：袁忠徹印記，莫子偲所藏《元史》中見之，是水印。

《太平御覽》。殘本。余昔藏有宋版小字本一册，紙墨甚精。

劉履芬批：吴興汪氏藏宋刊《御覽》三百餘卷，余欲觀不果，近已歸楚中王氏矣。

《册府元龜》。殘本。此書全本余曾見之，雖出宋版宋印，刻手不甚精。

《玉海》。同里吴菘圃宫保藏有元版初印者，白紙甚厚，允爲《玉海》所見本之冠，惜卷端僞添藏印纍纍。

劉履芬批：往聞之管洵美云，《白孔六帖》明後無刻本，然皆係兩書合刊。唯汪閬原曾藏宋版《白六帖》，爲聊城楊至堂河帥購去。

吴　梅批：《白孔六帖》明後無刻本，然皆二書合刊者。昔汪閬源藏有《白六帖》，爲楊至堂購去。今海源閣物盡歸魯省公藏，不知此書尚在否。

《東齋紀事》。余昔藏舊鈔十卷足本，與《解題》所載同。

《嵇中散集》。余昔有明初鈔本，即《解題》所載本，多詩文數首。此或即明黄省曾所集之本歟。

《禪月集》。曾見吴門陳氏葦汀藏《列朝詩文集目》，有《白蓮集》三十卷，訪求得之，鈔其副本，與《解題》載三十卷同。《文集》五卷久已失傳，所存惟《詩集》廿五卷耳。

《伊川擊壤集》。常熟張芙川藏宋版不全本，内有舊鈔數葉，余定爲王雅宜手筆。後以新鈔及明初刻本配全。

劉履芬批：孫敬亭有宋刻王建詩，是臨安陳解元書鋪刊行者，有牌記。敬亭没後，不知歸何氏矣。

《山谷大全詩注》。殘本，余昔藏有宋版一册，卷第忘之矣。顧老榮購去，配入此部内。

《梁溪先生文集》。此集向來傳鈔亦希，余從王蘭泉先生哲嗣菱溪處鈔録其副，儲藏家大半從余處傳鈔。

《石林居士建康集》。余昔藏有曹秋岳手鈔本，後有禾中金轡亭跋，今不知流轉何所。

劉履芬批：此書葉茗生曾經刊版，今流傳已不多。向曾□□，今無之矣。

吴　梅批：《建康集》吾鄉葉茗生刻之，長沙葉焕彬又刻之。

《箋注簡齋詩集》。余向有宋版不全本十餘卷，今亦散去，後無《無住詞》，不識與此同一版否。

劉履芬批：海虞瞿氏曾有宋刻《胡稺注簡齋詩》，後有《無住詞》一卷，余曾借録。

吴　梅批：罟里瞿氏藏《簡齋集》後有《無住詞》。

《龜溪集》。書友鄭姓攜有宋版宋印者，前失目録及序文。又有明刻本，與宋版行款同。曾見竹垞藏鈔本，行款亦與宋版同。張序之前尚有李彦穎一序，

《太倉稊米集》。胡氏小重山館藏舊鈔一部，内有刻本一葉，傳是宋版，余細審恐未必然，大約是明初刻本耳。

《方是閒居士小稿》。海昌蔣夢華曾藏元刻初印本，甚精，今在馬笏齋處。

《友林乙藁》。余舊藏明刻摹宋本，甚精，聞吴門黄氏有宋版，惜未得寓目。今在汪閬源家。

劉履芬批：《友林乙稾》向在潘伯寅侍郎家見之。

吴　梅批：《友林乙稿》潘文勤有之。

《鐵庵方公文集》。小重山館有明正德間所刻大字本，妙甚。

《元張文忠公集》。傳聞有新刻本，未見。

《秋澗先生大全集》。《秋澗集》古鹽張氏藏有元刻本，是季滄葦藏，後有滄葦硃筆標識并印記。二十年前，同家□□訪主人，得一見之。更有宋版《琴趣外編》，乃歐陽文忠、黄山谷、秦淮海三人之詞稿也。更有宋版《賓退録》，内有缺葉，將明刻配全。今□□喬梓相繼下世已三載，且無後人，思之不禁悵然。此集有明刻本，小重山館有之，亦從古鹽得來，不及元版遠甚。

劉履芬批：《秋澗集》余收得半部，是明嘉靖刻。（甲戌）〇滄葦藏本今歸張存齋觀察。

吴　梅批：《秋澗集》有明嘉靖繙本。

《黄文獻公集》。數年前書友倪朗峰攜《黄文獻外集》八卷，是明刻本，惜未及購。

吴　梅批：此已刻入《金華叢書》中。

《東維子集》。是書昔藏余家，前所缺八卷，屬林君□椒補全，後歸愛日主人。

北宋刊本《文選》。是書今在張芙川處。丁酉夏寄來，屬余作跋，因獲觀。

《三蘇先生文粹》。是本舊藏余味夢軒中，白紙大字，頗精好。

劉履芬批：《三蘇文粹》丁雨生中丞藏宋版，密行小字，極精。○中丞藏宋本書極多，唯世綵堂韓集宋板宋印，紙薄而墨采濃厚，最爲甲觀，夢寐猶憶及之也。

吴　梅批：《三蘇文粹》聞丁雨生藏有宋本，密行小字，極精。今不知歸何人。雨生所藏宋本書，以世綵堂《韓集》最精，今海上有珂羅板印行。惜爲市儈所得，祕不示人耳。

端平重修《皇朝文鑑》。是書明刻各本錯謬不可枚舉，第一篇梁周翰《五鳳樓賦》已有數處，「臺卑者崇，屋卑者豐」，明刻各本脱去「屋卑者豐」一句，緣宋版此兩句作小字雙行，所以致誤耳。芙川藏有不全宋版本，因得一讀，所以知之。此係葉文莊從宋本影鈔，亦可稱善本矣，所謂下真蹟一等者。

《兩漢策要》。汲古閣藏本，有新摹刻甚精，余曾有之，審其字形，確有松雪筆意，即非松雪，亦是同時學趙好手所爲也。

《禹貢山川地理圖》。小重山館藏有宋版宋印者，紙墨相發，古香撲人眉宇，真祕笈也。内圖三十種，細審之並無所缺。序内云「三十一圖」，必是誤筆。文瀾閣本其圖從《永樂大典》補入。徐氏《經解》所刻，只「總圖」二葉耳。徐氏本有歸震川跋，知震川亦未見全圖也。

劉履芬批：此書初歸滬上郁氏，亦爲中丞購去。「總圖」校宋本亦不甚合，即全書字句，多有異同者。○中有抄配一葉，與刊本無二，非細審不知。

吴　梅批：此書初歸滬上郁氏，繼歸雨生。今未可知矣。○「總圖」校宋本亦不甚合，即全書字句，多有異同。

《京本詳增補注左氏博議》。小重山館有宋末元初本。

《分類補注李太白詩》。小重山館主人見示，元版初印本，紙墨甚精。售者索值過昂，未及購。

《會昌一品制集》。此集昔藏余家。

《類編增廣黄先生大全文集》。此書舊藏余家，後轉售於黄蕘翁，今聞張氏已轉售於其同里瞿氏。

《文苑英華纂要》。此書吴門書友邵松巖攜來得觀。

許穆清録王惕甫評點列子

庚戌冬假，親家沈曉滄同知所藏江都秦氏刻《列子》，唐盧重元注，八卷，爲海昌許穆清心梅録王惕甫評點本，頗精潔。心梅游幕江南，與曉滄善，殁後遺書散失，曉滄從上海郁氏得之。潘稻孫語余，嘗至吴門，見心梅佐幕之暇，手不釋卷，久客於外，年未中壽，鄉里鮮知之者。

盧重元注列子

秦氏刻盧重元注《列子》，蓋得於金陵道院。坊間所刻《道藏目録》，僅有林希逸《口義》、江遹解、宋徽宗御注、高守元《集解》、殷敬順《釋文》，盧注及張湛注均未著録。秦氏謂張湛注、殷敬順《釋文》，宋碧虚子陳景元補其遺，《道藏目録》亦僅録陳景元《南華真經章句音義》及《章句餘事》，而無《列子》，則所見不全矣。朱述之謂，盧注在高守元《沖虚至德真經四解》中。明刻張湛注附殷氏《釋文》，淆亂不可辨别。《道藏》有《釋文》單刻本，惜未能借校。

列子釋文

蕭山汪氏繼培從錢塘何夢華元錫得影宋鈔本《列子》張湛注，又録《釋文》專本於吴山《道藏》，刻於湖海樓，注及《釋文》各自爲卷。興化任氏大椿從淮瀆廟《道藏》得殷氏《釋文》，刻於燕禧堂，附《考異》一卷。汪氏所刻在任氏後，而不及參校，殆未見印本。惜宋陳景元《補遺》皆不分別，於殷氏元本猶未見真面也。兩刻唐鏡香茂才仁壽皆收藏。

顧澗薲校唐文粹

秦氏刻揚子《法言》、《駱賓王集》、《吕衡州集》，皆元和顧澗薲校勘，李申耆撰《澗薲墓誌》言之。《列子》則不知何人所校。又所刊《李元賓集》，澗薲爲之序，疑亦校定，墓誌不列其目，則所舉未全也。澗薲嘗校勘《唐文粹》，與夾山金近園同撰《辨證》，鈔校罕覯唐集，語見秦敦夫刻《吕衡州集序》。惜蜀本六十家集僅有存者，亦未能盡刻也。澗薲跋蜀本《王摩詰集》云：直齋所稱蜀本六十家集，世無完書。大興朱氏椒花吟舫有如干家。權載之五十卷，嘉慶某年刊行。張説之三十卷，江都汪孟慈爲余録其副。其餘聞有王子安等而未審。他則李太白三十卷，康熙中繆氏刊之。駱賓王十卷，曾在小讀書堆，後刊於揚州。《唐文粹》校刊未成，澗蘋《文粹跋》謂，胡果泉中丞嘗得宋刻全部，今《通鑑》、《文選》印本已稀，《文粹》不知爲何人所藏矣。

劉履芬批：秦氏合李、駱、吕三家爲《三唐人集》，余只有駱、吕二家刻本。

吴　梅批：秦氏合李、駱、吕三家爲《三唐人集》。

法言李軌注刻本

嘉慶丁卯，嘉定李鄦齋方伯賡芸守郡吾禾時，屬德清徐君養原校刊。盧抱經所校《法言》李軌注，以視秦刻治平監本注文，閒有異同。《音義》則秦本增多過半，秦本刻於嘉慶戊寅，李公授梓時不及見也。秦氏又刻《鬼谷子》陶宏景注三卷、《附録》一卷，乃孫淵如觀察讀《道藏》於華陰嶽廟時所録本。

劉履芬批：此書余收得之。

顧澗薲所校書

顧澗薲《思適齋集》十八卷，海昌楊芸墅屬上海徐君渭仁付梓，沈曉滄以印本見寄，媵以七古一篇，余次韻答之。集首有李兆洛申耆所撰墓誌，云先生從兄之逵，字抱沖，亦邃於學，而多藏宋元本。先生一一訂正之，刻《列女傳》以傳。當是時，孫淵如觀察、張古愚太守、黄蕘圃孝廉、胡果泉中丞、秦敦夫太史、吴山尊學士皆深於校讎之學，無不推重先生，延之刻書。爲孫刻宋本《説文》、《古文苑》、《唐律疏義》，爲張刻撫州本《禮記》、嚴州單疏本《儀禮》、《鹽鐵論》，爲黄刻《國語》、《國策》，爲胡刻宋本《文選》、元本《通鑑》，爲秦刻揚子《法言》、《駱賓王集》、《吕衡州集》，爲吴刻《晏子》、《韓非子》。每書刻竟，綜其所正定者爲《考異》，或爲《校勘記》。余以集中序跋核之，墓誌所列，猶未具也。澗薲尚有筆記，徐君欲刻未成。

劉履芬批：此書近彙入《春暉堂叢書》。○筆記多嫚駡語，徐氏欲刻不果。

吴　梅批：此書刊入徐紫珊《春暉堂叢書》中。○聞老輩云，筆記多嫚駡語，故徐氏不刻。

鬼谷子刻本

秦氏《鬼谷子》有兩刻。華陰嶽廟本刻於乾隆己酉。後從盧抱經得述古堂舊鈔本，以正藏本譌脱，又刺取唐宋書注所引舊注，附於本文之下，今本亡佚別見他書，及鬼谷事跡足資參考者，附録於後，重刊一本，與《列子》盧注並行，則嘉慶十年也。

劉履芬批：前刻宋字，每節提行，後刻則接寫，作活字矣。惜未取兩本對校也。

吴　梅批：前刻宋字，每節提行，後刻則接寫，且作活字。當取二本對校。

吴山尊刻韓非子

《四庫》所録《韓非子》，以明趙氏用賢本校周氏孔教本，趙氏本蓋從宋乾道刻本出也。嘉慶丁丑，吴山尊學士從夏邑李書年漕督得乾道本，影鈔付梓，顧千里舊有《識誤》三卷，以贈山尊。山尊則仍歸之千里，曰「昔鼒爲朱文正師恭跋御製文及代擬進御文，文正曾以奏聞，退謂其子錫經，必以稿還鼒，聽入私集。且與鼒書曰，一不可掠人之美，一不欲亂我之真也」。詳跋語中，亦名臣言行録之一則也。

劉履芬批：此書有繙本，凡連《晏子》合刻者，皆繙仿宋本也。〇甲戌，余得洋刻翻本，亦向所未見也。

吴　梅批：此書有繙本，凡連《晏子》合刻者，皆仿宋繙本也。

吴山尊刻晏子春秋

《四庫》所録《晏子春秋》，用明李氏緜眇閣刻本，謂視烏程閔氏本之移易變亂，猶略近古，則亦未得善本也。孫淵如觀察謂萬歷乙酉沈啟南校梓本尚爲完善，因據以作《音義》，刻入畢氏《經訓堂叢書》，盧抱經《群書拾補》即用其本。後觀察得元刻八卷，影鈔以爲山尊學士六十壽，山尊遂屬顧千里校梓。山尊謂，中年早衰，春夢久覺，思彙刻古書以消日月，勝於《詩癡符》而已。余今年六十有一，續輯曝書之記，雖誚等《詩符》，然以消日月，則愚智同之矣。

陸宣公奏議郎氏注

《陸宣公奏議注》，《四庫》未著録。舊得明神宗丙午，公二十七世孫、刑部員外郎基忠所刻《翰苑集》，前有紹興二年迪功郎紹興府嵊縣主簿臣煜所注《奏議》十五卷進表，始知奏疏有注。訪求數年不可得，後見張氏《愛日精廬藏書志》，有元至正甲午翠巖精舍重刊本，其所録表文，與明刻本同。張氏據《清波雜志》，知爲郎煜晦之所撰，謂表稱「至尊壽皇聖帝」，乃光宗受禪之後，「紹興」當作「紹熙」。予謂表文有「發揮於元祐、淳熙之盛」語，則「紹興」信訛矣，明刻亦沿元本之誤也。今年五月，於吴山書肆見嘉靖乙卯刻《奏議》十五卷，有注，《制誥》十卷，無注，紙墨精潔，急購得之。前有新安游震得序，但云大中丞周潭汪公刻之虔臺，語不及注。卷前亦不録進表，然注文簡明，當即郎氏之書。宋蔡文子注《古文關鍵》，於三蘇文引郎氏注，體格與此注同。余藏《元文類》亦翠巖精舍刊，或有夙緣，得見元刻，一爲印證歟。

郎氏事蹟

郎氏嘗輯《横浦日新》，向讀陳直齋《解題》，云「張九成子韶之甥于恕所編《心傳録》，及其門人郎煜所記《日新》」云云，意謂郎氏爲横浦門人。及見于氏恕《心傳録序》，云「余學生郎煜粗得數語纂録，而士大夫已翕然傳誦」，則郎氏似爲于恕之徒。然周昭禮《清波别志》明言晦之早從張子韶學，必不誣也。郎氏《進注宣公奏議表》，結銜爲「嵊縣主簿」，尚有《三蘇文注》，雖亦罕傳，而張氏藏宋刊《東坡文集事略》殘本二十九卷，其上進銜名亦稱「迪功郎紹興府嵊縣主簿」。高氏《剡録》成於嘉定甲戌，與晦之進書時相距不過二十餘年，今檢所列簿治題名，無郎煜姓名。《剡録》世稱佳志，晦之學有淵源，又能注書以傳，不當遺之。《清波别志》謂其「累舉得官，不霑一日禄而卒」。郎氏蓋甫授官即表進所注書，旋即下世，未嘗任事，故志乘例不采録也。《咸淳臨安志》有傳而甚略。《清波别志》於其學行稍詳，並録以備考證。【《臨安志·人物傳》】「郎煜事同里張九成，嘗編《横浦日新》，雖從淳熙十四年特奏得官，然甚以儒學知名。」●「工部侍郎致仕郎簡，字叔廉，杭州臨安人。性和易，喜賓客。導引服餌，既老顔如丹。晚即城北治園廬，自號武陵居士。資政殿學士孫公沔爲守日，榜其所居坊曰「德壽」，因以名其所居之橋，今俗呼「侍郎橋」者是也。烜友人郎煜晦之亦杭人，或謂杭無他郎，當與侍郎同譜系。晦之曰：我家白屋，豈可妄攀華冑，識者許之。晦之嘗注三蘇文及《宣公奏議》，投進未報，其用心亦勤矣。以累舉得官，不霑一日禄而卒，可哀也已。晦之早從張子韶無垢學，已書在第九卷。」《清波别志》卷中：「張無垢貶南安，凡十有四年，寓處僧舍，未嘗出門户。其一話一言，舉足爲法，警悟後學宏矣。其甥于恕哀集語録十二卷，既已刊行。其閒《論語》絶句，讀者疑焉。蓋自有《論語解》，亦何假此發明奥義。嘗叩公門人郎煜，煜曰，此非公之文也。語録亦有附會者。」【《雜志》卷九】

鍾士益增注宣公奏議

元廬陵鍾士益嘗因郎氏本爲增注，蔣生沐從《草廬集》録序文以畀余，其略云：「廬陵鍾士益博綜群書，喜讀奏議，各疏事跡始末於每篇之下，其所援據，亦皆附載。繼之以諸儒之評，廣之以一己之説，因郎氏舊註而加詳焉。」鍾氏增注不知尚有流傳否。朱述之郡丞屢勸兒輩注《宣公集奏議》，既得舊注，從此加詳，似易措手。然博綜之學，不逮鍾君，亦未克成也。制誥不聞有注之者，草創之學，更非淺學所能從事，漫記以俟有志者。

元翠巖本宣公奏議注

邵蕙西部郎藏翠巖刻《宣公奏議注》，兒輩得假觀，僅有題下注，轉不及余所得本之詳，或明人刻本，乃鍾氏之增注歟。壬子首夏，蔣生沐從劉氏岳申《申齋集》録鍾氏《陸宣公奏議注序》云，余序謂郎氏於《奏議》不無去取，鍾氏注其全書，并及《制誥》。今見明刻本《制誥》無注，則又非鍾氏之本矣。

文選注義例

李氏《文選》注，自明注例，散見各篇，録之以爲注釋古書之法。

諸引文證，皆舉先以明後，以示作者必有祖述也。他皆類此。（《兩都賦序》）

言能發起遺文，以光大業也。《論語》：子曰，興滅國，繼絶世。然文雖出彼而意微殊，不可以文害意也。他皆類此。（《兩都賦序》「以興廢繼絶，潤色鴻業」注）

諸釋義或引後以明前，示臣不敢專。他皆類此。（《兩都賦序》「朝廷無事」注）

引《漢書》注云：音義者，皆失其姓名，故云「音義」而已。（《西都賦》）石渠，已見上文。同卷再見者，並云「已見上文」，務從省也。他皆類此。（同上）婁敬，已見上文。凡人姓名，皆不重見。餘皆類此。（《東都賦》）諸夏，已見《西都賦》。其異篇再見者，並云「已見某篇」。他皆類此。（同上）舊注是者因而留之，並於篇首題其姓名。其有乖謬，臣乃具釋，並稱「臣善」以別之。他皆類此。（《西京賦》薛綜注）

欒大，已見《西都賦》。凡人姓名及事易知而別卷重見者，云「見某篇」，亦從省也，他皆類此。（《西京賦》）

鵁鶄，已見《西都賦》。凡魚鳥草木，皆不重見。他皆類此。（同上）

舊有集注者，並篇內具列其姓名，亦稱「臣善」以相別。他皆類此。（《甘泉賦》）

《藉田》、《西征》咸有舊注，以其釋文膚淺，引證疏略，故並不取焉。（《藉田賦》）

班婕妤《擣素賦》「佇風軒而結睇，對愁雲之浮沈」，然疑此賦非婕妤之文，行來已久，故兼引之。（《雪賦》）

未詳注者姓名。摯虞《流別》，題曰「衡注」。詳其義訓，甚多疎略，而注又稱「愚以

爲」，疑非衡明矣。但行來已久，故不去。（《思玄賦》舊注）

引應及傳者，明古有此曲，轉以相證耳，非嵇康之言出於此也。他皆類此。（《琴賦》）

此解「阿」義與《子虛》不同，各依其説而留之。舊注既少不足稱，臣以別之。〔一〕他皆類此。（《李斯上書》）

昭明删此文太略，故詳引之，令與彈相應也。（《奏彈劉整》）

〔一〕臣以別之，《文選》一本作「善以別之」。

宋文鑑注釋

《黄氏日鈔》九十卷有《文鑑注釋序》，云「惠陽史君師始昉爲之，凡國朝之典故，諸賢之出處，世道之升降，無不瞭然於其間」，惜其書不傳。竊謂姚氏《唐文粹》多取古藻，蓋隱以續《文選》也，儻能注釋，其功更倍於《文選》。《文鑑》，不知世有從事於此者否。

學士公遺訓

季父學士公督學閩中，以通經實踐訓多士，求得儀封張清恪所刻書及《西山先生大全集》、《李文貞遺書》以歸。嘗命衎石兄云，金玉玩好，汝父本不有，有亦勿之愛。書數千卷，吾節廉俸所買，亦未嘗取非其有。是吾之布帛菽粟也，子孫受之，其無飢寒乎。兄誌之《正誼堂叢書編目》後。族子恬齋方伯嘗爲泰吉言，山西某郡守，衆以爲能吏，恬齋不謂然。適恬齋有小疾，郡守奉文端公、少宗伯公書畫卷册來，恬齋閱之意甚適。既而曰，此巧於嘗我也，謝却之。恬齋蓋亦恪守其祖父少宗伯公、檢討公之遺訓，以清慎著稱也。偶讀衎石兄文，憶及恬齋語，謹識之，以見取非其有，書畫與金玉同爲黷貨也，我子孫其慎守家誡而毋忽。

張清恪所刻書

張清恪所刻書未有總目，衎石兄以清恪所居名之曰《正誼堂叢書》，始於《二程文集》，終於《道南源委》，凡若干部，二百數十卷。暇當録細目。道光辛丑，金岱峰於臨安故家得若干部，中若《二程粹言》、二卷。《近思録》、十四卷。《續近思録》、十四卷。《學規類編》、二十八卷。陸宣公、四卷。韓魏公、二十卷。范文正、九卷。謝疊山、二卷。陳克齋、五卷。吴朝宗、四卷。胡敬齋、三卷。曹月川、一卷。楊椒山、二卷。熊愚齋八卷。諸先正集，及《吕氏童蒙訓》、三卷。方正學《幼儀雜箴》、一卷。《仕學膚言》、一卷。滇南塗時相著。《炳燭編》、一卷。《百警編》、一卷。皆桓臺王之垣著。《小柴桑諵諵録》、一卷。陶爽齡著。《士大戒》、一卷。吕豫石著。《古今訓蒙成法》、一卷。《諸儒訓蒙詩》，一卷。皆林致之著。又清恪自著《塾講規約事宜》、一卷。《小兒語好人哥》，一卷。爲季父所未得，因寄贈衎石兄。岱峰又得《清恪公年譜》，爲公子師栻、師載所編輯，叙公著書、刻書頗詳。公所自著者爲《學規類編》、《養正類編》，皆撫閩時初建鼇峰書院，刻以教士者。又有《道統録》、《家規類編》、《濂洛風雅》、《濂洛關閩書集解》、《續近思録集解》、《廣近思録》、集南軒、東萊、勉齋及許、薛、胡、羅諸先生語。諸儒講義，彙刻宋元及近儒講義。《松陽講義》另刻不采入。○以上皆不著卷數。《續伊洛淵源録》二十卷。皆得朱子之傳者。《養正先資》、《訓蒙詩選》，凡若干種。編刻先儒之書，則曰「立德部」文集、以周、程、張、朱之集爲宗，楊龜山、尹和靖、謝上蔡、羅仲素、李延平皆得伊洛之傳，張南軒、黄勉齋、真西山、熊勿軒、陳克齋皆學考亭之學，元許魯齋、明薛敬軒、胡敬齋、羅整庵醇乎醇者也，吴朝宗、曹月川、陳剩夫學問淵源一軌於正，故并列焉。其餘諸儒之書所未見者，將次第訪求續入。「立功部」文集、漢諸葛武侯、唐陸宣公、宋韓魏公、范文正公、司馬温公。「立言部」文集、韓、柳、歐、曾、蘇、王之文。「氣節部」文集、文文山、謝疊山、方正學、楊椒山、楊大洪五公。「名儒粹語部」，《二程語録》、《二程粹言》、《朱子語類》、《朱子學的》、《上蔡語録》、薛敬軒《讀書録》、胡敬齋《居業録》、羅整庵《困知記》。凡五部，是爲初集。後又得二十一家文，刻爲二集。《年譜》未著其目。又云，編刻《歷朝文集》，石守道、吕東萊、崔後渠、魏莊渠、海剛峰、汪仁峰、蔡洨濱、陳確庵、陸桴亭、張楊園、魏貞庵、熊愚齋、湯潛庵、耿逸庵、施誠齋、吴徽仲、汪默庵、應潛齋、魏環溪文集，次第告成。據所列，凡十九家。又選宋元迄本朝儒者之文與道相發明者，爲「古文載道篇」，《年譜》不著卷數，余所得者爲十八卷。他若《濂溪先生全集》、《陳北溪集》、李微之《道命録》、備詳程朱生時興廢、身後追崇。《陸清獻文集》、《讀禮志疑》、《讀朱隨筆》、《松陽講義》、《問學録》，公將之閩撫任時，過嘉興求得之以付梓，并訂正《年譜》。張武承《王學質疑》、陸桴亭《思辨録》、程啟暾《閑闢録》、陳清瀾《學蔀通辨》、玉峰諸莊甫勤齋《考道日録》，諸莊甫力學，至老不衰。陸稼書嘗訪之。公撫蘇時問其人，已没。一子，年三十餘，貧不能婚。公命屬吏求儒家女妻之，而選刻其書。皆先後傳刻者。又若胡伯玉《泉河史》、閻嵩岳《北河續記》及自著《居濟一得》，則官濟寧道時所刻。又自著《白鹿洞學規衍義》、《小學衍義》、八十六卷。以朱子《小學》

之目爲綱，取經史嘉言懿行以實之。《性理正宗》、不著卷數。《四書正宗》、七十餘卷。《學易編》、六十餘卷。《困學録》、二十四卷。《續録》，二十四卷。皆未授梓。《三朝名臣言行録》，約《宋名臣言行録》前後集、續集、別集爲一集，纂元臣起於木忠武王華黎，迄於杜處士瑛一百六人，明臣起於徐武寧王達，迄於劉新樂侯文炳二百八十人，總題《三朝名臣言行録》，已有定本，後散失，惟存宋、明兩録各四卷，元録竟無存。公欲補輯未就。則公在時稿已散佚矣。右皆據《年譜》所叙録者，然若余前所列《吕氏童蒙訓》以下各刻，《年譜》皆未及，則清恪所刻書，雖其子孫亦多未見，不能備録也。

劉履芬批：《正誼堂叢書》刊於關中，其目録余有之。暇當細校。

吴　梅批：《正誼堂叢書》刊於關中，余有藏本。

衎石兄刻經苑

衎石兄罷官後，兩廣總督盧肅敏公聘主學海堂，課諸生，爲專經之業，定季課章程，分句讀、評校、著述、鈔録四式，粤士多所成就。及主大梁書院，屬當事捐置經史諸籍，俾諸生誦習，并次第刻所藏經部善本，以補通志堂所未備，名曰《經苑》。兄有《刻經苑緣起》，存集中。已刻者：宋司馬温公《易説》六卷，張氏根《吴園易解》九卷，楊氏萬里《誠齋易傳》二十卷，徐氏總幹《易傳鐙》四卷，元黄氏澤《易學濫觴》一卷，宋鄭氏伯熊《敷文書説》一卷，黄氏倫《尚書精義》五十卷，趙氏善湘《洪範統一》一卷，傅氏寅《禹貢説斷》四卷，王氏質《詩總聞》二十卷，吕氏祖謙《家塾讀詩記》三十卷，戴氏溪《續吕氏讀詩記》三卷，王氏安石《周官新義》十六卷附二卷，李氏如圭《儀禮集釋》三十卷、《釋宫》一卷，唐陸氏淳《春秋集傳纂例》十卷、《春秋微旨》三卷，宋蘇氏轍《春秋集傳》十二卷，朱子《孝經刊誤》一卷，明吕氏維祺《孝經本義》二卷《或問》三卷、《孝經翼》一卷，宋鄭氏汝諧《論語意原》二卷，元許氏謙《讀四書叢説》七卷，宋熙時子《孟子外篇注》一卷，元熊氏朋來《瑟譜》一卷。助剞劂資者，爲聊城楊至堂河帥以增、貴筑張曉瞻方伯日晸、安邱王素園廉訪簡、孝感劉鵠仁學使定裕、滿洲庚子仙觀察長、南昌陶松君觀察福恒、杭州俞雲史太守焜、漢陽鄒松友司馬堯廷也，版存書院。庚戌初夏，兄謝世，此事遂已。所定目，若吴陸氏績《易解》、晉干氏寶《易解》、宋陳氏經《尚書詳解》、蘇氏轍《詩經傳》、嚴氏粲《詩緝》、朱子《儀禮經傳通解》、黄氏幹等《續儀禮經傳通解》、黄氏震《讀禮記日鈔》、元吴氏澄《禮記纂言》、宋陳氏祥道《禮書》、陳氏暘《樂書》、胡氏銓《春秋集善》、高氏閌《春秋集注》、陸氏佃

《爾雅新義》、賈氏昌朝《群經音辨》、楊氏伯喦《九經補韻》、司馬温公《切韻指掌圖》、明邵氏光祖《切韻指掌圖檢例》，皆不及刻。

影宋本宋人小集宋刻黄氏補注杜詩

衎石兄曾藏宋巾箱本《九經》，後失之，時以爲念。兄聚書數萬卷，皆數十年節衣縮食而得之者。宋本岳倦翁《棠湖詩稿》，先世舊籍也，有跋，在《記事稿》中。甲寅春，余於蔣生沐處見汲古閣影宋鈔《棠湖詩稿》，及錢塘何應龍子翔《橘潭詩稿》、霅川吴□下空一字。仲孚《菊潭詩集》、壺山許棐忱父《梅屋詩稿》、《融春小綴》、《梅屋雜著》、《梅屋第三稿》、《第四稿》、《梅屋詩餘》，皆精絶。《四稿》後有朱文方印，云「趙文敏公書卷末云：吾家業儒，辛勤置書。以遺子孫，其志何如。後人不讀，將至於鬻。頽其家聲，不如禽犢。若歸他姓，當念斯言。取非其有，無寧舍旃」，凡五十六字，閲之輒發慨歎。夫所謂「取非其有」者，巧偷豪奪也。若子孫鬻之，他人得之，亦理勢所必然，欲人舍旃，何不達也。《梅屋雜著》中有《硯志》，云「此硯雖不佳，而愛踰金玉者，以先君舊物也，能朝夕摩滌，寫先君胸中未吐之書，人硯俱不亡矣」。子孫守先人遺物，能若梅屋之言，則誠賢子孫矣，然豈能必得哉。生沐又有影宋鈔《白氏諷諫》，亦精絕。又宋刻《杜詩補注》不全本，卷一第一行「黄氏補千家注紀年杜工部詩史卷之一」，第二行「前劍南下空數格。杜甫撰」，第三行「臨川黄希夢得補注」，第四行「臨川黄鶴叔似補注」，卷十五尾有「國子監崇文閣官書印」，又云「借讀者必須愛護，損壞潮□□者不准收取」，印在紙背，此則官書，典守宜嚴，非私家所可比例也。

劉履芬批：數年前琴川瞿氏以宋本巾箱《五經》出售，只有白文，比錫山秦氏刻稍鉅一二分，疑即《九經》不全者。惜未獲印證也。（癸酉）

吴　梅批：同治間琴川瞿氏以宋巾箱本《五經》出售，較錫山秦刻稍鉅一二分，疑即《九經》不全者。今無從印證矣。

曹倦圃流通古書約

曹倦圃有《流通古書約》，有力收藏傳鈔者當取法焉。大略云，酌一簡便法，彼此藏書家各就觀目録，標出所缺者，先經註、次史逸、次文集、次雜説，視所著門類、時代先後、同卷帙多寡，同約定有無相易，則主人自命門下之役，精工繕寫，校對無誤，一兩月間，各齎所鈔互换。此法有數善：好書不出户庭也，有功於先人也，己所藏日以富也，楚南燕北可行也。敬告同志，鑒而聽許。倦圃《静惕堂文集》鈔本四卷，亦生沐所藏。又有諸草廬宫贊《絳跗閣文集》，前有含山王善檇跋，似非全稿，然亦尟傳本，有志鄉邦文獻者，當與《静惕集》同鈔。

周硯農手寫鐵網珊瑚

生沐藏江陰周硯農手鈔《鐵網珊瑚》全部，蓋從朱性甫精楷手寫本鈔録者。自跋大略云：性甫手寫本，舊藏姚宫詹，現聞先生閎閣，近世流入隱湖，爲汲古閣中物。老年目力未倦，賈勇繕謄，兩季卒業。癸卯十一月十三日，六十四老人硯農周榮起。楷法頗似魏晉人，到底不懈，今余年與硯農同，兩目昏花，不作小楷久矣，閲之增愧。硯農二女禧、祜皆工畫，禧尤著名。此書後有嚴氏元照跋，其得書之歲月，則余始生之時也。因詳録之。跋云：辛亥孟冬，有書賈王某攜朱存理性甫《鐵網珊瑚》十四卷求售，紙薄而光，新若未觸，乃國初江陰周硯農手録本。硯農名榮起，館於毛子晉家，子晉所刻書籍，硯農爲之校正，見漁洋《居易録》。曾手録王原吉《梧溪集》七卷，歸漁洋。漁洋跋云「書學鍾太傅，稍雜八分，終卷如一」，是書亦如之，洵足寶愛。後爲吾友知不足齋主人鮑以文先生借去，季冬之月，先生攜來見還，自言家遭火厄，是書僅而得免，予爲之驚歎不已。翻看之餘，追理先生之言，亟捉筆識其後。廿六日，芳椒堂主人嚴元照書。

劉履芬批：硯農手書《鐵網珊瑚》，查翼甫云在其外舅蔣寅昉處，亂後無恙。

吴　梅批：硯農手書《鐵網珊瑚》，聞潘子庚云，洪楊亂後尚存。

嚴蒤俶校山海經説文

苕溪嚴久能芳椒堂聚書數萬卷，多宋元槧本，所著《娱親雅言》，錢竹汀宫詹爲之序。《爾雅匡名》二十卷，仁和勞君經原爲鋟之版。前數年書估持校本《山海經》及《説文》至，則久能之從子鼎臣蒤俶氏所手校，蓋受教於久能者。《山海經》以盧抱經所校録於吴氏

《廣注》本，《説文》則以段懋堂《汲古閣説文訂》細書簡端，并依段注校正，余收藏之。

劉履芬批：《匡名》稿本今在朱子清部郎處，余曾一見之。

吴　梅批：《匡名》稿本聞尚存。

祁刻説文繫傳

錢遵王藏《説文繫傳》，詫爲述古庫中驚人秘笈。當明季時，所見《説文》皆李巽巖《五音韻譜》，而始一終亥之本，雖博覽如顧亭林，猶不得見也。自汲古閣大徐本流傳，學者始得見許氏真本，今仿宋之刻已有數本，幾於家置一編。《繫傳》則乾隆壬寅汪氏啟淑刻，與石門馬氏巾箱本並行。然觀卷後乾道癸巳尤氏袤跋，則宋時已多訛舛矣。道光丁酉，壽陽祁相國督學江蘇，訪得顧千里所藏舊鈔本，又得汪氏士鐘所藏宋刻，僅見三十卷至四十卷。與陳芝楣撫軍鑾捐資開雕。寫楷書者爲蘇州蔣芝生，篆文則江陰承培元、吴江吴汝庚。原闕第二十五卷，顧氏鈔本據大徐本補入，武進李申耆大令兆洛蒐采《韻會》等書所引《繫傳》輯補，詳於《校勘記》。《校勘記》凡三卷，河間苗夔、江陰夏灝及承培元、吴汝庚所纂也。庚子秋日，江陰季仙九先生督學吾浙，分贈一部，因得藏之，亦詫爲書庫中秘笈。相國序中謂附刻小徐《篆韻譜》，則未之見。《篆韻譜》余十年前曾從蔣生沐借閱，手寫一卷，以畏難輟業，老年更難動筆矣。

劉履芬批：仿宋《説文》鄙人所見，只藤花榭、平津館兩種行款相同。〇毛氏刻本屢經修改，愈改愈譌。今時初印本不可得，即二、三修本亦屬零星。鄉中城間通行者，且翻刻本矣。〇祁刻《説文》，余司江蘇書局，可議重刻，只刻數葉，惡劣而止。不知何時得好刻手能仿原本也。（癸酉）

吴　梅批：仿宋《説文》惟藤花榭、平津館二種行款同。《四部叢刊》雖據宋本照印，但糢黏矣。〇毛刻《説文》屢經修改，愈改愈譌。今時初印本不可得，即二、三修本亦希見。舊見洳生先生手校本極精，今藏許博明懷辛齋。〇祁刻《説文繫傳》，吾家絜齋曾重刊之，板藏家祠。

胡菊圃校干禄字書

秀水胡菊圃丈所録惠松厓父子、胡竹厂父子所校《説文》，余既識於前卷，未暇傳録。得嚴菉俶所校本，亦讀《説文》之一助也。菊圃所校《干禄字書》，以蜀石未損本校於傳寫揚州馬氏本。岱峰贈余菊圃跋云：顔元孫《干禄字書》，一在唐大歷九年甲寅，顔真卿手書刻石於湖州刺史廳。一在開成四年己未，楊漢公及顔顒重摹刻石於湖州，漢公有跋，所謂湖本也。一本宋紹興十二年壬戌，宇文氏王司寇云，是宇文時中。重摹刻石於潼川郡庠，句詠有跋，今其石尚存潼川府，所謂蜀本也。一本寶祐五年丁巳陳蘭孫鏤版於郴州，蘭孫有跋。乾隆初年揚州馬曰琯仿宋本重雕，則所謂楚本也。一在明崇禎十三年庚辰，張延登鏤版於濟南，延登有序，并加案語，又於每韻上標出部頭。康熙五年丙午，陳上年重雕於雁門，上年有序，顧炎武又加案語，張弨爲之鳩工，則所謂秦本。今《四庫》附《存目》有柏鄉魏裔介本，與此正同也。湖本既磨滅不傳，蜀本二石雖存，而下半斷，闕二百餘字。余外弟金十茂才松年出其大父檜門總憲手校本，於韻部乖舛處一一籤識。汪松泉尚書跋其後，謂百年前舊搨，余觀其楮墨精善，一字不損。即如句詠一跋，今存一百七十餘字，其闕文三百餘字首尾具在，王蘭泉司寇撰《金石萃編》，亦未見全篇也。

此書於平聲列「覃談」在「陽唐」之前，上聲「感敢」在「養蕩」前，去聲「勘闞」在「漾宕」前，入聲「合盍」在「藥鐸」前，亦如之。又列「蒸登」在「鹽添」之後，上聲「拯等」在「儉忝」後，去聲「證嶝」在「豔㮇」後，入聲「職德」在「葉怗」後，亦如之。顧亭林謂唐初韻本有異，而世傳女仙吴彩鸞所書《唐韻》適與之合，未可執宋祥符《廣韻》以改之。他如「耕」在「青」後，「錫」在「陌」前，又如「泰」在「霽」前，「隱」、「準」、「軫」失次，蓋唐刻如此，不能曲爲之解也。

元孫承其伯祖師古家學，訂譌辨俗，又得魯公手書，是以取重於世。然其中亦有小誤處，按《説文》，虫音虺，蟲从三虫，各自爲部，顔云「虫俗蟲正」，非也。啚音鄙，即啚嗇字，圖从口，音圍。从啚，顔云「啚俗圖正」，非也。啇，从口帝聲，凡鏑、適、嫡皆从之，商从㕯，音吶。章省聲，顔云「啇俗商正」，非也。夲音滔，从大从十，本从木，一在其下，顔云「夲通本正」，非也。茲訓艸木多益，从艸，茲省聲，俗體作兹，玆訓黑水，从二玄，顔云「茲俗兹通玆正」，非也。皀从匕，音香，訓穀之馨香，又音急。皃即貌字，从人从白，顔云「皀俗皃通貌正」，非也。至若鄰本从邑，而以隣爲正；虎本从「人」，而以虎爲正；藺本从「𦫳」，音乖。而以藺爲正；畱、劉皆从丣，申酉之酉。不从丣，寅卯之卯。而以留、劉爲正；叜、嫂皆从又，不从又，而以叜、嫂爲正。點畫小訛，不勝枚舉，聊拾一二，以綴末簡云。揚州本脱譌五十餘字，今改正。 嘉慶十五年冬十二月乙未望，後學胡重謹志。

録之以見菊圃丈研精小學之大略。蜀石本余於咸豐元年四月得於杭州，雖已斷闕，猶是舊拓。五月望對閱一過，校正十餘字，詳册中。

兄子子萬所著書

衎石兄少時嘗以《爾雅》十九篇之次，寫《説文》五百四十部之文，爲《説文雅厭》，屬草未竟，後以條例授長子子萬孝廉寶惠成之。金壇段氏謂，《説文》以形爲經，義與聲緯之，苟取義之相同、相近者，各比其類爲一書，精密當過《爾雅》。斯言也，蓋與《雅厭》之作不謀而合。子萬因名其書曰「義緯」，自爲序例，末附《聲類》二篇，亦有序。又別撰《唐均聲類》，有序，有略例。尚有《經韻廣證》，未成。子萬能承我兄之學，博綜經史，而於聲音訓詁尤爲專精，惜其壯年摧折，未竟之緒，當待其子矣。我兄嘗語子萬之長子梠曰「《説文義緯》之作固爲小學津梁，然汝父於古音覃心絶學，有獨見處。其言聲音歷久必變，《説文》爲古本音，《三百篇》爲周人音讀，自不能盡合於本音」云云，乃其心得不可磨滅之論也。今校刻《衎石齋續稿》，梠請以子萬遺文附梓，其自爲序例之文。質之當世之學者，可見其爲學之大略矣。

子萬校漢書外戚傳

余校《漢書》時，子萬嘗録呈其校正《外戚傳》二條，蓋對我兄之問也。其稿存余篋中，録之以見子萬讀書之精密。

大人言，《漢書·外戚傳》言傅太后丁姬改葬事，何以不合？惠考《哀帝紀》，建平二年六月，帝太后丁氏崩，詔起陵共皇之園，遂葬定陶。四年，尊帝太太后傅氏。爲皇太太后。八月，共皇園北門災。元壽元年，皇太太后傅氏崩。《外戚傳》：傅太后合葬渭陵，元帝陵名。定陶丁姬起陵共皇之園，遣丁明送葬定陶。據此，則傅葬渭陵，丁葬共園，紀與傳合，無可疑也。丁爲定陶共王之妾，自無葬長安之理。然與元始五年王莽所奏不合者，則其字有誤衍也。今校正詮釋如左：

莽又言，共王母丁姬前不臣妾，指傅后事。王太后事，兼丁姬言之耳。至葬渭陵，冢高與元帝山齊。此專言傅太后。懷帝太后、皇太太后璽綬以葬，此又兼言丁、傅。傅卒在丁後，故先言帝太后。謂丁葬定陶，傅葬渭陵，皆懷璽綬也。不應禮，承璽綬及冢與山齊二事言。禮有改葬，請發共王母及丁姬冢，取其璽綬消滅。此言二冢皆當發。徙共王母及丁姬歸定陶，葬共王冢次，而葬丁姬復其故。此衍「及丁姬」三字，謂共王母宜歸葬定陶，而丁姬墓發取璽綬之後，仍復其故。以故在共園，不必徙也。後以火災，託言天意當改，遂貶之媵妾之次。可見初言「復其故」者，正謂不必改葬耳。既不改葬，則上文「及丁姬」三字斷爲衍文。《御覽》五百五十七「禮儀部」引《漢書·外戚傳》正無「及丁姬」三字，是也。其「皇親部」所引文有之者，後人以誤本《漢書》校改之也。

大人又言「平安剛侯夫人謁等」，董觀橋先生云，《表》惟有安平侯，王舜子章謚剛，非平安也；竹汀先生云，王舜所封當是千乘之平安，豫郡之安平則長沙孝王子所封。二説孰是？惠按，王章於成帝河平元年爲右將軍，陽朔四年卒。謁等祝詛事在鴻嘉三年，距章没四年耳。以時考之，剛侯爲王章無疑矣。至章封邑，《漢表》明作「安平」，錢必改「平安」者，《漢地理志》平安有二，一廣陵，一千乘。千乘之平安註「侯國」。安平亦有二，一涿，一預章。此二字爲我世父户部公諱，子萬故避作預。泰吉注。預之安平註「侯國」，則平安、安平皆有侯，而王舜與孝王子習同於元帝初元元年封，自當一封平安，一封安平，而《表》皆作「安平」，必有一誤者矣。而王章之爲平安侯，兩見於《史記·將相名臣表》，又見於此，據以改《表》説，尚有當耳。然漢《侯國志》有《表》無、《表》有《志》無者不少，則《志》中千乘郡之平安國，安知非《表》失其人，而必求其人以實之耶？又安知非涿郡之安平與豫郡同爲侯國，而志失註之耶？考證之難臆決類如此。又鄂千秋、楊敞皆封安平在前。

漢侯國甚難考，錢據《地志》列一目，全據三《表》次弟，列一目皆可也，而不合處往往以形聲之近，牽而合之，大不可也。惠欲更張之，未得其條例，姑俟異日。

諸文漪録文選評本諸氏家集

余所藏《文選評本》，不知文漪克紹爲何人，識於前卷。道光己亥，仁和諸同伯塄椝曾語余，文漪翁爲其伯曾祖，名克紹，雍正己卯舉人，乾隆甲戌中明通榜，任武義、長興兩縣教諭。有《研北删餘詩》三卷，刻入《諸氏家集》，因以《家集》十卷見贈。《家集》爲同伯大父撝堂方伯以謙官廉訪時所刻，阮文達公序云，雪堂先生，名朝棟。於廉訪爲曾祖，其詩寬而和。榕齋先生名省三。於廉訪爲大父，其詩純而肆。而硯北之詩清以峻者，則廉訪之伯父也。虚白之詩名克任。麗以則者，則廉訪之仲父也。終之以《浪迹草》，名以淳。其詩隱而秀，華而不縟，則廉訪之從兄也。讀此序可以知諸氏家學之大略矣。虚白詩後附《入山録》一卷，乃客處州時行記也。

叢睦汪氏所著書

往歲乙未秋，寓杭州貢院。西橋某氏有汪柏年者，與其弟挈妻子賃居焉。中堂懸新羅山人爲柏年先世雲尺先生畫照，筆墨絶高，余讀其題識，爲之感歎。柏年因出謝文侯、藍田叔爲雲尺曾祖然明先生合畫小像見示，并贈上湖編修師韓所著書，屬爲題詠。諾之未果。忽忽二十年矣，柏年時年二十餘，後聞客閩中有年，今不知蹤跡如何。因檢《諸氏家集》，見柏年所贈書，清門文采猶在心目間也。然明先生名汝謙，先世徽州歙縣崇睦坊人，後遷於杭，故爲叢睦汪氏。《春星草堂集》五卷，爲然明《不繫園集》、《隨喜庵集》、《綺詠前集》《後集》、《夢遊草西湖韻事》、《聽雪軒集》、《閩游紀事》，多崇禎時作。然明卒於順治乙未，年七十九，隱居西湖，朋簪遠集，讀所往還投贈之什，其豪情勝概，可以想見。又有《夢香樓集》，皆然明同時人題贈雲間校書張宛者也。其六、七卷爲《延芬堂集》，然明之孫梅坡吉士鶴孫之詩。第八卷爲《詹詹集》，然明曾孫桐城知縣振甲之詩。第九卷則雲尺《重閬齋集》也。雲尺爲桐城之弟，名德容，雍正甲辰第三人及第，授編修，己酉謫安西，乾隆己未卒，故新羅畫上題識云「己未十二月二十二日接積山書，知雲尺先生於九月七日物故。嗟乎，去家萬里，風日淒然，蕭蕭黄野，遊魂何依，傷哉傷哉。時先生第五子求僕繪父小像，然僕與先生握别二十有餘年矣，邇來鬚眉文采，無從著擬。因撫紙沈思，得渠壯歲風流，縈繞筆端而□之，稍不失其清神雅致，庶不負孝子殷殷哀情也。新羅同學弟華岩拜題」。柏年與余讀是跋，叙當時舊事，惜未及記，柏年爲雲尺幾世孫亦忘之矣，幸題識鈔存篋中，因詳録之，以補負諾之過。其第十卷則《夕秀齋詩》，爲雲尺弟綘縣知縣援甲作。上湖所著《韓門綴學》五卷《續編》一卷、《詩學纂聞》一卷，皆雜説之書也。上湖爲然明元孫，學極博綜，自叙謂説部書有裨學問者，宋之《夢溪筆談》、《容齋隨筆》、《困學紀聞》及我朝顧氏《日知録》，其所宗尚可知矣。

朱述之所藏書

丁酉之秋，余始識上元朱述之於屠筱園所，時述之將入闈分校，不及過從。及壬寅冬寓杭城，與述之鄰，方録金陵詩及注《曹子建集》，相與商搉者旬餘。戊申，權知海昌，始得縱觀所藏書。述之鈔文瀾閣宋元人集，已得十之七八，他所購藏甚富。其尤愛賞者，宋刻胡穉《增廣箋注簡齋詩集》三十卷、《無住詞》一卷、《年譜》一卷，又「續添」、「正誤」四葉，雖半屬影宋鈔，亦極精審。有紹興改元臘月上澣竹坡胡穉仲孺自序。前有樓大防序，大略謂曉江胡君仲孺，約居力學，日進不已，得此詩酷好之，隨事標注，遂以成編。吏部蘇公訓直愛其書，屬余爲叙云云。此注爲《四庫》所未收，《愛日精廬藏書志》及儀徵相國《經進書目》皆有之，亦未詳竹坡生平事蹟也。余擬助述之編纂所藏書目，未踰年，述之調任嘉興，遂不果。後其書載歸金陵，已付劫灰矣，可爲痛恨。但記有不全元刻巾箱本《爾雅注》，每葉十六行，每行十五字，卷上《釋詁》、《釋言》、《釋訓》、《釋親》，卷下《釋草》《釋木》《釋蟲》《釋魚》《釋鳥》《釋獸》《釋畜》，皆附音釋。序後有木記六行，云「一物不知，儒者所恥。聞患乎寡，不患乎多也。《爾雅》之書，漢初嘗立博士矣。其所載精粗巨細畢備，是以博物君子有取焉。今得郭景純集注善本，精加訂正，殆無毫髮訛舛，用鋟諸梓，與四方學者共之。大德己亥平水曹氏進德齋謹誌」。述之熟精《爾雅》，文書遮眼，猶能倍誦全篇，不誤一字。此爲案頭長置之册，惜余亦未及取校。《簡齋集》及此書不知尚存篋中否。

劉履芬批：《曹子建集注》稿本，今藏海鹽陳良齋司馬處。上蓋曹楝私印，司馬故述之之弟子也。

吴　梅批：述之《金陵詩徵》，余有初印本。曹集注稿，舊落陳良齋處，良齋故爲述之弟子也，今不知如何矣，當往金陵訪故老求之。

郝蘭皋爾雅義疏

邵二雲《爾雅正義》，近時讀《爾雅》者皆以爲善。棲霞郝蘭皋户曹懿行有《爾雅義疏》十九卷，近歲兩江總督刻於金陵，延長洲陳碩甫奐校勘。金陵蹂躪之後，余未晤碩甫，不知書版若何，曾有印本否。憶己亥之秋，績溪胡竹村户曹培翬寓西湖，碩甫偕余往訪，因得贈所著《研六室文鈔》。中有《郝蘭皋先生墓表》，其述《爾雅義疏》云，先生嘗曰，《爾雅》邵氏《正義》，蒐輯較廣，然聲音訓詁之原，尚多壅閡，故鮮發明。今余作《義疏》，於字借聲轉處，詞繁不殺，殆欲明其所以然，言之既多，有得必有失矣。又曰，余田居多載，遇草木蟲魚，有弗知者，必詢其名，詳察其形，考之古書，以徵其然否。今兹疏中其異於舊説者，皆經目驗，非憑胸肊。此余書所以别乎邵氏也。先生之於《爾雅》用力最久，稿凡數易，垂没而後成，於故訓同異、名物疑似，必詳加辨斷，故所造較邵氏《正義》爲深。録之以見郝氏《爾雅義疏》之梗概。竹村遂於《儀禮》，因《賈疏》漏略，重爲義疏，不知已刊行否。碩甫《毛詩疏》三十卷，印行數年矣。碩甫講西漢之學，其爲《毛詩疏》始於甫成童時，蓋鑽研四十年而後成也。郝氏《山海經箋疏》十八卷、《圖讚》一卷，後附《訂譌》、《叙録》，炳森、應溥自京攜歸，其考訂精密，亦在吴氏《廣注》、畢氏校本之上。

劉履芬批：《爾雅義疏》與金城《求古録禮説》同刊，今偶有存者，輒索重價。同治癸酉五月管叔壬以餉余。〇聊城楊至堂河帥曾刻郝《爾雅義疏》足本，不如張氏之删節也。光緒乙亥收得。○亦兩江總督所刻版，在淮安楊小匡農部家。○此書譚荔村以貽余。

吴　梅批：《爾雅義疏》與金城《求古録禮説》同刊，今坊估輒索重價。○今《郝氏遺書》有通行本。○聊城楊至堂曾刊郝《疏》足本。

汪小米所著書

錢唐汪小米舍人遠孫，與余有校史之約，惜其早世未能成。小米所校《漢書地理志》極精審，與大興徐星伯松《西域傳補注》，衎石兄以刻本畀余。可以並傳。其於《國語》用力尤深，嘗輯賈氏逵、虞氏翻、唐氏固之説爲《三君注輯存》，而以王氏肅、孔氏晁兩家附焉，凡四卷。於韋氏注則解譌者駮之，義缺者補之，辭意有未昭晰者詳説之，搜輯舊聞，博求通語，苟可明者，皆收録焉，爲《發正》二十一卷。又以公序本校明道本，凡他書所引之異文，及諸家所辨之異字，亦皆慎擇而采取之，爲《明道本考異》四卷。歲丙申，小米即世，其弟亞虞延陳碩甫於家爲編定遺草，碩甫亦得自定所撰《毛詩疏》，皆亞虞主之也。癸卯冬，亞虞又没。小米之子曾撰，年少好學，歲甲辰亦卒。碩甫感念故交，不負委任，力爲小米編定所著書，閲數年而成。亞虞之弟少洪，乃延吴門蔣芝生爲繕寫授梓。亞虞名适孫，少洪名邁孫，皆與余善。少洪今亦下世，其子曾本於辛亥得鄉舉，汪氏詩書之澤當未艾也。

劉履芬批：此即老版本，現存《西域傳注》，則亂前有之，後遍覓不得。○癸酉三月廿五日在遵義黎蒓齋庶昌處見《西域傳補注》，是莳門購得，後附《新疆賦》一卷，所素未見者也。亦星使所勘。○光緒丙子八月，孫銓伯從封門購到《西域傳補注》，無《新疆賦》，價白金二兩。

吴　梅批：《地理志》尚有，《西域傳注》頗難求。○曩見《西域傳補注》，有《新疆賦》一卷附後。○《國語校注》，余有初印本，極精，道光丙午刻。

通州雷氏所著書

道光初元，詔天下臣民嚴冠服之辨。乾隆壬午舉人、前江西崇仁縣知縣、順天通州雷鐏乃撰《古經服緯》三篇，以申古義，抑奢侈。其子嘉慶甲戌進士、山西和順縣知縣學淇爲之注釋以行，後附《釋問》一篇、《異同表》二篇，則學淇所論次也。書成於九年四月，崇仁已九十矣。己酉夏，崇仁之孫樹芝來權許村場大使。十二月初，受代將去，乃出以見贈，并贈和順所著《夏小正經傳考》二卷、《本義》四卷。《經傳考》上卷考定經傳之文，下卷録諸家論説，而以己意斷之，《本義》則考定經傳之文而爲疏證。又考訂《竹書紀年》十四卷，其前六卷爲考訂，其後八卷則《辨誤》一卷、《考證》一卷、《年表》二卷、《厤法天象圖》一卷、《地形都邑圖》一卷、《世繫名號圖》二卷。又校輯《世本》二卷，上卷《世繫》一、《王侯》二、《卿大夫》三、《氏姓》四、《謚法》五、《居》六、《作》七。又《古經天象考》十二卷，一，《元紀原始》；二、三，《觀象》；四，《亨紀循斗》；五、六，《定法》；七、八、九，《利紀治厤》；十，《貞紀布憲》；十一，《述徵》；十二，《演緒》。每篇各有子目，采録古書，而以己意發明之，後附《圖説》二卷。大使云，書成於官貴州時，後數年重刻於家，更定數十條。此則貴州刻本也。和順尚有《竹書紀年義證》四十卷、《亦囂囂齋文集》三十二卷，稿本在大使篋中，惜其臨别始言之，不及一見也。

上海郁氏叢書

親家沈曉滄贈余上海郁泰峰松年《宜稼堂叢書》，藏之數年矣。上海近被兵，泰峰困危城中，書版恐難保。其所刻皆有札記，因詳録之。

《清容居士集》刻於道光二十年，序云，先府君辛苦成家，督子孫力田讀書。伯兄竹泉器識高亮，以余性好聚書，不惜重貲購善本，任余丹鉛。嘗命仿前賢，叢刻諸書。仰承先志，乃以是集爲權輿，續刻諸書則以付梓歲月爲先後云。《札記》序云，《清容居士集》不知刻於何年，字體秀整雅潤出一手。明永樂間此本已殘闕，有王君肆爲釐正之，末附謚議及墓志銘，已是寫本。毛君生甫得嘉定錢少詹精鈔校本，有與原本違異，足證原本舛誤。余幸其可據，凡本脱衍淆譌，輒以删易增補，疑者存之，至兩本脱誤同者，率條列之，間附臆見，庶爲博考者一助云。

《剡源集》三十卷，亦道光二十年刻。《札記》序云，余既得《清容居士集》元槧本刻之，清容爲戴剡源弟子。《剡源集》無論明初刻本，即嘉靖間周儀蒐輯者，亦殘闕不易得。余家所藏即黄梨洲先生選録不全本，蓋是集幾淹久矣。今所刊三十卷者，寶山毛生翁得於武進李申耆太史，太史得於同郡趙味辛司馬，司馬則得於湖州鮑以文孝廉家。司馬跋云，是書爲竹垞、秋岳兩先生藏本，鮑君亦嘗校之。今觀書中回易删加，朱墨爛然，皆無主名，不能分别某者爲何氏。其明確者既胥從之，而意有未安，亦勿敢徇。

宋蕭氏常《續後漢書》四十二卷《義例》一卷《音義》四卷，道光二十二年刻。《札記》序謂，昭文張氏《墨海金壺》刻本，錯誤衍脱，幾不可讀。是書一本《陳志》及裴氏注，偶參范氏《後漢書》。《音義》有旁引他書者，悉爲檢核原文。又證以《通鑑》、郝書及《三國志辨誤》、《考異》諸書，因張氏舊本，正其謬誤云。

元郝氏經《續後漢書》九十卷，亦二十二年刻成。《札記》序謂，原編殘闕，傳寫益譌，爰取《陳志》，參以《范史》、《晉書》，綜覈栞正，其博涉他書，及荀氏注館閣原校所徵引，壹檢其本。自庚子仲秋，迄壬寅季春，始克蕆事。《札記》刊未畢，唉夷不靖，大懼是書之散亡，夷氛息，鳩工卒事。

宋秦氏九韶《數書九章》十八卷，亦二十二年刻成。宋氏景昌札記。泰峰序云，秦道古《數書》，元和沈廣文欽裴曾得明人趙琦美鈔本於陽城張太守敦仁家，訂譌補脱有年，其弟子江陰宋君景昌傳其學。余屬毛君生甫索得其副於武進李太史兆洛家，毛君又出元和李茂才鋭所校四庫館本，并屬宋君爲之讐校。廣文没後，宋君又於其家得秦書《刊誤》殘稿，於是以趙本爲主，參以各本，别爲《札記》。

宋楊氏輝《詳解九章算法》，亦二十二年刻。《札記》序謂，楊氏自序詳解八十題，總十二卷，今乃九十七題，不分卷，蓋非原書。《九章》世傳《永樂大典》、孔氏微波二本，均不免脱譌。鍾祥李尚書《細草圖説》多所改正，往往與此書暗合，因屬宋君勉之取孔、李二本，校其譌脱，别爲《札記》。

楊氏輝《田畝比類乘除捷法》二卷、《算法通變本末》卷上、《乘除通變算寶》卷中、《法算取用本末》卷下，共三卷，《續古摘奇算法》一卷，總名之曰《楊輝算法》，亦二十二年刻。《札記》序云，於市肆間超徑等接之術，採摭略盡，故續刊於其所著《詳解九章》之後，屬宋君勉之爲之校覈，并作《札記》。聞朝鮮尚有傳本，倘能使闕者得完，不憚重爲鳩工也。

數年前，泰峰得宋刻魏鶴山《詩經要義》，屬曉滄助校勘，將授之梓，卒遇變亂，不知宋刻猶存否。以上諸書幸已流行，藏書家慎勿以新刻易得漫置之，此後恐印本日希矣。

劉履芬批：《叢書》板幸各完好，價亦不貴。

吴　梅批：此書余有藏本。余曾晤郁氏後嗣，竟有不知此書者，可謂難矣。○郁氏家祠在法華鎮，地處滬西。

嚴永思資治通鑑補活字本

余少讀《潛研堂集·嘉定嚴永思衍傳》，心冀一見《資治通鑑補》。後讀《國史儒林傳稿》，永思與歸安沈東甫同傳。竊謂東甫《新舊唐書合鈔》及《廿一史四譜》，查氏既傳刻矣，嚴氏之書不當終晦。壬子九月，邵武楊渺滄翁以其友江夏童氏活字本《資治通鑑》二百九十四卷、《刊誤》二册託售，見之狂喜，力不能得，乃屬蔣寅昉光焴藏之。童氏印書跋云：明季嚴永思先生著《通鑑補》，積四十年之功，卷帙浩繁，未經刊刻。聞陽湖張氏有鈔本，亦未之見。先君覓得此稿，珍如至寶，曾與儀徵吴熙載、劉孟瞻諸君商酌付刊，嗣因攝篆兩淮，未竟其事。豫等讀禮家居，謹用聚珍版鳩工成帙，勉力繼志。但鈔寫本多錯誤，而印工恩迫，校勘難精，爰附《刊誤》二册，俾閱者備查。咸豐元年仲冬，江夏後學童和豫識。每卷前有「瓶花書屋童氏藏本」八字，卷尾有「童和豫偕弟和豐和謙校」十字。聞所印止一百部，童氏寓家吴門，其别業在金陵、揚州兩地，蹂躪之後，儲藏多盡，所印百部，未知盡散播否。余幸得屬寅昉收藏，餘年有暇，尚當一讀。親家許珊林云，童石堂濂權兩淮運使時，曾謹遵王伯申尚書奉旨校勘《康熙字典》，摹刊極精，惜未竣工，今亦不知存否矣。

劉履芬批：《通鑑補》聚珍板卷帙繁重，瀏覽不易。余僅見于潤州包子丹廣文處。○聞毗陵盛氏近議以活字版開印。○《字典》海寧張氏刻者甚不易見。然尚有流傳。童刻則未聞道及者。

吴　梅批：《通鑑補》有聚珍板。後毗陵盛氏曾以鉛印行世，今流傳亦不多。○海寧陳氏曾重刻《字典》，流布未廣。至童刻則未聞有道及者。

中興禮書續中興禮書

宋淳熙《中興禮書》、嘉泰《續纂中興禮書》，詳《玉海》「禮制門」，其書失傳久矣。大興徐星伯太守松官翰林時，從《永樂大典》采輯成帙。我家味根大令聚仁在京師，曾見之。

後官四川，購於成都書肆中，蓋星伯以付龍觀察元任，俾以其家活字本印行，觀察旋卒，不果成。此書束置書肆，遂爲味根所得，攜以歸友人，多從傳録者，蔣寅昉光焴亦録一部。壬子之歲，沈曉滄借觀，因詳記缺卷之目於其卷首，録之以質藏書家，不知尚可輯補否。

《中興禮書正編》三百卷。目録中一百四十八卷脱寫應補。一卷至一百七十二卷爲吉禮，缺卷三、卷五、卷十七、卷二十一、卷八十七至八十九、卷九十六至九十八、卷一百二十二至一百二十四、卷一百三十至一百四十、卷一百四十三至四十八、卷一百五十一、卷一百五十三至五十七、卷一百六十一、卷一百六十二、卷一百六十六至六十八、卷一百七十一、卷一百七十二。一百七十三卷至二百二十二卷爲嘉禮，缺卷一百九十二至九十五、卷二百七、卷二百八、卷二百十一至十四、卷二百十七至二十。二百二十二卷至二百［二］十九卷爲賓禮，缺卷二百二十四至二十六、(卷二百十一至十四、卷二百十七至二十)［卷二二八、二二九］〔一〕。二百三十卷至二百三十五卷爲軍禮，缺卷二百三十五。二百三十六至三百卷爲凶禮。卷數無缺。

《續編》八十卷。一卷至十三卷爲吉禮，缺卷四、卷十、卷十一之半、卷十二。十四卷至三十卷爲嘉禮，缺卷二十三至二十九。三十一卷至三十四卷爲賓禮，全缺。三十五卷至八十卷爲凶禮。卷數無缺。

曉滄謂中有「松案」云云，間注於條下。又有「杰案」云云，不知何人。書中修改挖補，歲久脱落，零星散亂，鈔胥不能一一校正，前後倒置，在所不免，尚須覓精鈔之本讐校也。

〔二〕「卷二百十一至十四、卷二百十七至二十」疑衍。《續修四庫全書》影印蔣光堉鈔本此處闕卷二二八、卷二二九，據補。

王信葉宗魯禮書序略

王信所撰《太常中興禮書序》略云，淳熙七年七月，通直郎秘書省秘書郎兼權禮部郎官范仲藝奏，請將中興以來已行典禮，令太常寺卿少博士丞簿講求比次，編類成書，仍命大臣兼領其事。八年二月，承議郎行太常寺主簿陳賈奏，乞令禮部長貳同共删修。十一年七月，告成。自建炎以至淳熙，所行郊祀、明堂、朝獻、親饗、耕藉、高禖、内禪、登寶位、上尊號、慶壽、聖節、朝會、册命、后妃、皇太子、駕幸秘書省、太武學、應大慶典禮及祭祀儀式、樂舞、器服、制度等，總之爲三百卷，分爲六十八門。葉宗魯《續編》序略云，嘉泰二年八月二十日，准尚書省札子，中奉大夫權禮部尚書兼實録院同修撰兼給事中費士寅、通議大夫守禮部侍郎兼修玉牒官木待問、朝奉郎行太常寺主簿葉宗魯札子，檢准嘉泰元年九月二十七日臣僚上言節文，《中興禮書》卷帙甚盛，無不備載，尚有孝宗一朝所有典禮，至今未曾接續修入，可謂闕典。臣向者備數奉常末屬，備見始末案牘，無一不存，切慮日後散失，欲乞陛下因時制禮，下臣此章，令禮部太常寺日下編類舊牘，接三百卷以後修纂成書，以永其傳。亦使臣下見之，不生異議，其於孝治，尤非小補。取進止。九月二十七日，三省同奉聖旨：依禮寺除已編類舊牘，將孝宗皇帝一朝典禮，接續修纂成《中興禮書續編》八十卷，今已繕寫，行投進，伏望朝廷敷奏，取旨施行，候指揮。八月十七日，三省同奉聖旨：依令禮部太常寺繳進云云，録之以補《玉海》所未詳。《玉海》所載，尚有嘉定十一年李琪奏請編纂慶元元年以後典禮。不知有成書否。我兄衎翁言，曾見《永樂大典》所録有《宋會要》，惜未能鈔輯。嘗擬請重搜《永樂大典》中未經采輯之書，與館閣諸公商定，將上奏矣，會有軍事，不果。

雲壽兄及同時諸君經學

吾兄雲壽廣文棫，自少熟精欽定諸經及古注疏，摘録精要，積數十册，皆端楷不苟，泰吉愧不能及也。吾鄉數十年來，專精經學，記誦淵博，以吴君雲翰爲最。吴君長余殆逾二紀，嘉慶甲戌、乙亥歲科試，與張堯民昌衢、馬珊林應潮、沈蓮溪濂同試經解，余亦得參末席。吴君所作《河源考》，大爲山陽汪文端公所嘆異，始得食餼。晚年窮困，出所纂輯經解，將以易米。雲壽兄見之，亦歎其貫串賅洽，爲不可及。今聞經解稿本在其族孫慕周庶常仰賢處，馬珊林之《九經古義注》則不知流傳何所矣。噫，皓首窮經而著述不傳，終有名氏翳如之歎，即我鄉而論，亦豈少哉。憶歲乙酉，表弟徐湘泉汝潮以王君廷桂所纂《欽定儀禮義疏》本示余，後附《爲所生祖母不得承重議》二篇，酌古準今，信可補禮、律所未備，余鈔存篋中。王翁之子伯熙，與余同爲縣學生，謝世久矣，《義疏》摘本不知有人收拾否。我兄所纂輯之册，兄子廷壬尚能寶藏。吴君稿本在其族孫，所以視王、馬兩君，差爲無憾云。

吴　梅批：此書久藏篋中，壬申秋杪，歸自申江，經亂身世，重理藏籍，則爲蠹魚殘蝕矣。爲讀數過，偶有所知，備録上方。九月初二日，瞿安吴梅校記。

甘泉鄉人題跋卷一

跋仿宋本朱子周易本義

宋咸淳間九江吴革既刊《程傳》於章貢郡齋，又刊《本義》於朱子故里，敷原劉宊爲之校正，每卷尾皆有宊名。卷前無序，無《卦歌》，卷後有《五贊》，殿以《筮儀》，正文下無音訓，朱子本無音訓，以東萊有成書也。皆與今本不同。蓋自董楷附録《程傳》，成矩別刊《本義》而後，不獨經文之變亂矣。嘉慶庚辰，得内府重刊本於琉璃廠肆。道光癸巳，海昌管茂才庭芬又以康熙五十年曹通政寅屬黄山巴錦刊本見贈，板式與所刊字書相類，紙墨頗精，然不若内府之影寫元本也。每卷尾「敷原後學劉宊校正」一行，曹本無之。吴革序文「抑朱子有言」，曹本以草書字形疑似，作「於朱子有言」，恐不然也。翁氏《經義考補正》録吴序文作「抑」。通政刊字書，竹垞翁力贊而成，此本開雕時，翁已下世，故曝書亭所跋本卷後附《東萊音訓》及朱子後序，與此不同，而吴革本《經義考》不之及，則竹垞翁亦未見也。暇當合兩本，校其異同，并訪求善本《東萊音訓》，以校正俗刻附「釋音」之訛，惜吴氏所刊《程傳》不可得矣。《音訓》，宋君咸熙有刻本，詳見《曝書雜記》。警石識。

跋鄒氏尚書蔡傳音釋

元鄱陽鄒氏季友晉昭《尚書蔡傳音釋》，世鮮傳本。顧亭林謂，《書傳彙選音釋》於字音、字體、字義，辨之甚詳，其傳中用古人姓氏、古書篇目必具出處，兼亦考證典故者，實全録鄒氏之書也。近時通行《集傳》，既删去蔡氏《書序辨》，而所附音皆書坊以意爲之。鄒氏書《四庫》未著録，僅見於《天禄琳琅書目》，藏書家不傳已久，或即指坊間所附音爲鄒氏全書，大失晉昭苦心矣。道光己亥秋日，假仁和邵蕙西孝廉懿辰所藏明正統本《集傳》，録《音釋》全文，依《蔡傳》析爲六卷，而以蔡氏《集傳序》、《書序》、《音釋》，朱子《説書綱領》列於卷首，爲家塾課本，將傳示生徒之好學者。晉昭自言，曾大父魯卿從學朱子。《欽定書經傳説彙纂》引用姓氏，宋鄒近仁魯卿、元鄒季友晉昭。而《天禄琳琅書目》載《江西志》「近仁字季友」，當遵《欽定傳説彙纂》改正。近時名公專尚漢學，科舉之士又不求甚解，《蔡傳》特功令未廢耳，況《音釋》乎。然《音釋》於《蔡傳》多所訂正，《蔡傳》不誤而爲傳寫所誤者，亦賴以證明，《蔡傳》尚行於世，《音釋》未容遂絶，有志者當與《周易音訓》並梓以傳焉。蕙西所藏本似坊間幡刻，其足訂近刻之訛凡若干條，余别録於揚州鮑氏所刻《蔡傳》簡端。惜陳仲魚所得宋本《集傳》今不可見，無由詳校。然仲魚校字見於《經籍跋文》者，蕙西所藏本大半不誤，益見舊刻之貴矣。

跋群經音辨

張氏校勘此書，廣覓善本，可謂精審矣。偶爾檢閲，爲正一字，補脱一條，附識於末。卷二「列，田畔也」，按《周禮·稻人》「以列舍水」，注「列，田之畦畔也」，《釋文》「畔音劣」，《類篇》「耕田起土也」，「畔」當爲「畔」字之誤。「膊，磔也，普各反」，衹一訓一音，補曰「膊，股骨也」。音純。《禮》『膊骼』劉氏音若此」，脱誤非止一端，讀者當細檢陸氏《釋文》，以審定真是。若《四庫提要》所摘「謙」字、「典」字之類，則賈氏之疏略亦有待於後之學人也。

跋古微書

緯書之亡久矣，宋以來藏書家惟《易緯》，陳氏《書録解題》著録焉，然世尟傳本。國朝開四庫館，從《永樂大典》輯録，始獲通行。《禮含文嘉》三卷，錢遵王述古堂有藏本，《讀書敏求記》著録焉。分《天鏡》、《地鏡》、《人鏡》三篇，錢氏已疑其僞，故用《宋兩朝藝文志》例，以《易緯》附經，而移《含文嘉》於五行家。竹垞朱先生見有二本，謂諸書所引之文皆無之，則其僞灼然。《天一閣書目》別有《含文嘉》七卷，無編輯姓氏，序云「述嘗爲驗者而編類之曰《禮緯含文嘉》」，則并非也是翁所藏之本矣。孫氏苦心好古，從群書抄撮成《尚書緯》五卷、《春秋緯》八卷、《易緯》三卷、《禮緯》三卷、《樂緯》三卷、《詩緯》二卷、《論語緯》二卷、《孝經緯》五卷、《河圖》三卷、《洛書》二卷，可謂富矣。然挂漏舛誤，亦所不免，且每條下不注採輯所自，考證末由，覽者憾焉。此爲活字本，乃坊肆印行者，豕三虎六，謬誤尤多。因取明刻校核，疏其不同於簡端，即明知刊誤，亦不遽改。異時取《十三經注疏》、《十七史》書志、《水經注》、《文選注》、唐宋諸類書徵引之文，細爲訂正，并注所出於每條下，則誤字可一覽而知矣。昔歐陽子欲删經疏讖緯之文，鶴山魏氏用其言成《九經要義》，論者推爲廓清之功。後之學徒乃欲摭拾散亡，理其墜緒，毋乃桓譚所謂「忽於見事而貴於異聞乎」。然天官占候之説，時時徵驗，事幽辭富，有助文章，賁居子更徵引群籍以疏通證明之，其功亦與鄭康成、宋均相（㳑）[埒]矣。二百年來無重刻者，藏書家傳鈔以爲秘籍，自此本出，而秀水章氏、餘杭陳氏校勘之本同時梓行，字畫較精審，亦未注所出也。校既竟，誌所聞於卷尾，時嘉慶十有七年孟春下浣。

跋類篇二則

字書所以垂範後學，點畫偶訛，疑誤不小。偶檢此書部目，二百九十六之壬部，从人土，當作壬，徵、現、望在此部，與五百二十六「壬癸」之壬迥别。三百四十二之卯部，音子京切，又子禮切，卿字在此部，與五百三十四「丣酉」之丣迥别。若印之誤卬，黍之誤香，網部下脱面部，皆校者之未審爾。「篇莫加於《類篇》，韻莫善於《集韻》」，洪文惠之言實爲至論。《集韻》近有重修版，余方假小米所校宋本過録，《類篇》則印本漸稀，倘得諷九千字以上者細爲校正，重刊而行，亦問奇之一快也。

直齋陳氏謂《類篇》自寶元迄治平乃成書，歷王洙、胡宿、范鎮、司馬光始上之，則非温公一人所爲。序爲蘇潁濱之文，集中注云，范景仁侍讀託撰，故《文獻通考》竟以爲潁濱作，所録文與集中同，與今本小異。今刻本專列温公銜名，不知者遂以序爲亦出於温公矣。温公自有《名苑序》，注云：慶歷九年作。云「以《集韻》爲本，先以平上去入衆韻正其聲，次以《説文解字》正其形，次以訓詁同異辨其理，次以經傳諸書之言證其實」，當即纂《類篇》時所爲。《類篇》既行，《名苑》遂晦，故晁、陳皆不著録，馬氏亦僅從序文列其目云。

跋震澤王氏刻史記三則

世傳《史記》明刻本以震澤王氏爲最善，余求之有年，所見都無刻書序跋，蓋書賈去之以贋宋本也。道光辛丑三月，長興朱君立齋爲余假得一本，有王氏延喆跋，在《索隱》後序之後，以校《四庫全書考證》所引王本，有不同者。詳見余所校本。疑中羼他刻，非王氏全書。及得見文瀾閣本《正義》，校之則皆與此本同。閣本《正義》從震澤王氏本出，《四庫提要》有明文，則此本爲王氏本無疑矣。其與《四庫考證》所見本有不同者，或經脩改歟。文恪後人有居海昌者，假其家譜觀之，延喆字子貞，爲文恪長子。以蔭入官，由中書舍人擢太常寺右寺副，出爲兖州府推官，謝病歸。子有壬，爲尚寶司丞，贈如其官，故王氏稱子貞爲尚寶公。文恪卒於嘉靖三年甲申三月，《史記》則刻於四年冬，相傳《史記》爲文恪刻者，非也。《池北偶談》謂，有持宋槧《史記》索售者，延喆紿其人，留一月而摹刻畢工。今觀跋尾述文恪語，謂「吴中刻《左傳》，郢中刻《國語》，閩中刻《漢書》，而《史記》尚未板行，延喆因取舊藏宋刊《史記》重加校讐，翻刻於家塾」，則宋本爲文恪舊藏。又言「工始於嘉靖乙酉蜡月，迄□□□紙爛缺三字。三月〔二〕」，則亦非一月而成。子貞早歲豪放，世傳其佚事，漁洋遂筆之於書，如謂延喆爲尚寶少卿，文恪少子，亦考之未審也。至所稱有震澤王氏摹刻印，則此本亦無之，唯跋尾幸存爾。

年來得見明刻《史記》王本、朱立齋假得者，又衍石兄藏本。柯本、錢塘汪氏振綺堂所藏。海昌吴子撰以金板、王板校勘。秦藩本，硤石蔣氏漱六軒藏。凡三本。王本、柯本同刻於嘉靖四年，據《養新録》。秦藩本則嘉靖十三年也。所見柯本無序跋，卷中第一行下間有「莆田柯維熊校正」七字。錢竹汀先生云，明嘉靖四年莆田柯維熊校本，金臺汪諒刻始合《索隱》、《正義》爲一書。前有費懋中序，稱陝西翻宋本，無《正義》。白鹿本有《正義》，是柯本出於白鹿本。同時震澤王氏亦有翻宋本，大約與柯本不異。見《養新録》「記《史記》宋元本」。秦藩本前有秦藩鑒抑道人序，後有濟南黄臣跋。三本行款大小字數皆同，則俱從一宋本出。王本板心有刻書人名字，若「宅、言、敖、云、章、莫、高」，以上每葉一字。「永日、六淮」，以上每葉二字。「王良智、六宗華」以上每葉三字。之類，亦間有無字者。柯本盡無之。秦藩本每册以千字文爲次，自「天」字至「往」字止，凡二十字。作僞者序跋易去，板心字不能盡改。欲知何本，以此爲驗可矣。

舊本書不能無缺葉，仿刻者能求足本固善，否則不如空闕，若以流俗本羼入，則魚目混珠，疵纇不能掩也。王本《周本紀》第二十七葉脱《索隱》一條，繒。《正義》一條，驪山。閣本亦闕此條，柯本兩條皆有。柯本《秦本紀》三十一葉脱《索隱》一條，尉斯離。《正義》五條，鄢郢，南郡，襄陵，武安君，黔中郡。王本皆有。其葉、字數皆與通卷不同，訛字亦多，羼刻之跡顯然。若以兩本互補，則皆成善本矣。秦藩本皆不缺，於此爲勝。

〔一〕案，實缺「丁亥之」三字。

跋西漢會要二則

吾兄衎翁教長子寶惠讀《漢書》，以徐氏《會要》所已録者别識簡端，知其所未録而當補者甚夥。又欲仿白石山人《兵志》，補漢《選舉》。父子録漢事有條理，謂必上稽三代學校選造之遺意，以顯漢法之離合，而推及於後代之流失若何，而輓之近古，乃不爲徒作耳。余亦師此意，欲補《刑法》，讀《班書》未熟，不能具稿。嘗寄語寶惠，唐宋人父子爲《漢書》學者，顔氏、劉氏、徐氏三家最著，勉爲仲馮、仲祥，以成父學，吾愧顔氏之游秦矣。道光乙未閏月，校《西漢會要》畢，漫記其語，以博吾兄一笑。

嘉慶己卯，得此於博古堂，字迹甚拙，因去其中極潦草者，屬表兄懷豫堂及程甥淡如重鈔數卷。元本凡徐氏避宋諱處，皆依舊，蓋從宋本影鈔者。道光庚寅六月，始依聚珍本校正訛字。其有異同，則從《班書》核定。中間校他書，及因人事疾病作輟，閲五年乃畢，雖徐氏編纂此書，不若是之遷延也。可笑可笑。乙未閏月十七日記。

跋東漢會要

徐氏《兩漢會要》，舊鈔本及武英殿聚珍本不易購。吴門近有活字本，可家置一編矣，此道光二年南城胡森香海以鄭堂江氏校本槧於端溪精舍者。癸巳八月，假汪小米舍人所藏明人鈔本，第三十七、三十八兩卷及三十六、三十九之半，各本俱闕者獨完備。惜鈔出胥史之手，謬誤不少，迺校核《范史》，明知脱譌者，一一訂補。三十六卷「赦宥」條下「延熹九年六月大赦天下」，案「九年大赦」《紀》無文，當作永康元年。又「建安元年正月大赦天下」，「二年正月大赦天下」，案《紀》，建安元年正月癸酉、七月丁丑凡兩赦，自是終建安之年無大赦，此云「二年正月」當作「七月」，蓋蒙上文「興平二年正月」之文而誤衍也。若此疑似，且仍舊文，未敢遽改。小米將屬楊芸墅用活字版補全此數卷，而敝齋插架得先成完書，亦快事也。

跋曹楝亭刻隸續二則

道光癸巳，得楝亭所刻《隸續》於武林書肆，每卷尾有「楝亭藏本丙戌九月重刻於揚州使院」篆書圖記，蓋與《集韻》、《類篇》同時開雕。《四庫》著録揚州本，即此也。《隸釋》有萬歷戊午王鷺刻本。《隸續》則元泰定乙丑寧國路儒學所刻僅七卷，竹垞翁得琴川毛氏鈔本，七卷之外增多一百十七翻，楝亭是刻蓋即曝書亭本，故但刊《隸續》爾。其後樓松書屋汪氏乃合《隸釋》、《隸續》而校刊之，譌謬處差勝此本。卷末喻良能跋，余所藏汪氏本無之。文惠自跋在第二十卷，則汪本與此同。

頃閱昭文張月霄氏《愛日精廬藏書志》，謂顧君澗賓據毛氏影寫宋刊本校，卷十三「鄧君闕畫象」下補跋尾一段，計八十八字；又補「無名人墓闕畫象」一行。「王稚子沛相范皮闕」後俱補繪畫象。今此本皆無之，疑非從毛氏影鈔矣。二闕畫象，汪本有之，尚可補「鄧君闕」跋語，安得舊鈔本一爲補録耶。丙申九月二日又記。

跋元翠巖精舍所刊蘇氏文類

嘉慶丁卯，世父户部公得語溪黄葉邨莊藏書十餘種，以畀泰吉，元刻《文類》其一也，字畫紙墨俱精好，猶是當時初印本。卷一之末有「至□□□□□翠巖精舍新刊」圖記，第一行破損，末由考知刊刻年月矣。讀潛研堂跋《胡氏詩傳附録纂疏》，云爲泰定丁卯建安劉君佐翠巖精舍刊本，乃知翠巖精舍之主人爲建安劉氏也。歲甲戌，質之思亭吴君，後得脩德堂本，舛誤不可讀，時念元刻不能去。道光庚寅，乃克贖歸，以校脩德堂本，則翠巖本缺四十一卷《經世大典·軍制》以下之文。壬辰八月，寓武林，從莊芝階舍人假至元初年西湖書院刊本，前有公文二道，始知至元初刻亦缺半卷。後從蘇氏元編較正，乃於至正二年補刊十八板，翠巖本殆刻於至正未補刊以前，故猶缺九千三百九十餘字爾。脩德堂本十八卷「李節婦、馮静君贊」、六十九卷《李節婦傳》、七十卷《高昌偰氏家傳》，翠巖本無，西湖本但有《李節婦傳》、十九卷《考亭書院記》。葉氏《水東日記》謂，書坊自增者則翠巖所有，而西湖所無也，葉氏所見建陽縣江源復一堂記，余所見本俱無之。《四庫》所收目録三卷，西湖本亦三卷，脩德堂從元王守誠君實父較訂本重雕，亦三卷，獨翠巖目録合爲一卷。西湖本每葉二十行，行十九字，世所謂大字本。翠巖本每葉二十六行，行二十四字，世所謂小字本也。收藏家謂小字本勝大字，今合二本參校，信然。又嘗於吴山書肆見明晉藩刊本，惜未得校核，不知視元刻何如爾。昔晁氏得南陽井公五十篋，校讐終篇，撮其大指，成《讀書志》，泰吉拜賜於世父逾二十年，既失而後得，僅獲校正俗刻之訛，而於蘇氏選擇大指，未能得也。不學將落，聰明日衰，終負長者，于是書乎見之矣。

跋元西湖書院所刊蘇氏文類

余舊藏建安劉氏翠巖精舍所刊《文類》，紙墨極精。壬辰八月，假莊芝階舍人所藏校核，前有公文二道，乃至元二年中書省准翰林院待制謝端，修撰王文燁，應奉黄清老，編修吕思誠、王沂、楊俊民等呈請，於江南學校錢糧内刊板印行，而浙江儒學提舉司委令西湖書院雕印之本也。至正四年，又令本院山長方員，同儒士葉森，將刊寫差訛字樣比對較勘，脩理完備，故目録後有「儒士葉森點□」一行。張氏《愛日精廬藏書志》録西湖書院本，《文獻通考》

亦有西湖長方員及儒士葉森名。元時西湖書院，今仁和縣學之故址也。泰定元年，山長陳袤有《西湖書院重整書目碑記》，云西湖精舍因故宋國監爲之，凡經史子集無慮二十餘萬皆存焉。近歲書板散失，憲幕長張公昕，同寅趙公植、柴公茂于尊經閣後創屋五楹，爲庋藏之所，以書目編類云云。《文類》爲順帝至元初年所刻，上距泰定十餘年，其間所刊書籍當不止此，惜無好事如張昕等爲之修整，山長若陳袤者記而刻之爾。迨明洪武，改書院爲學，喪亂之餘，版籍不可問矣。幸此書前有公文，猶得考見開雕緣起，亦泰定後西湖書院一掌故也。

跋校本元文類四則

脩德堂本《元文類》，無刊刻年月，由字多缺筆，當刻於明天、崇時，其與翠巖精舍本字異者，多同西湖書院本。前王理序，後王守誠跋，皆翠巖無而西湖有，知其從西湖本出矣。惟至元、至正刊版公文兩道未刻，兹補録卷首，以見《文類》刊版之緣起。每卷前列「元趙郡蘇天爵伯修父編次，太原王守誠君實父校訂」二行，今所見兩元刻俱無之。七十卷《高昌偰氏家傳》，亦未知其從何本增入也。庚寅冬日，既用舊藏翠巖精舍本校勘一過。壬辰八月，假莊君所藏西湖書院本，以其多漫漶，僅校四十一卷《經世大典·軍制》以下之文。今春於硤石蔣生沐茂才光煦所見西湖本，假歸細校，中有成化九年吏部重刊版，訛字不少，元刻亦多漫漶不可讀，蓋今所見西湖本皆印於明時，不及舊藏翠巖本之爲元時初印也。然以翠巖本及此本參校，又是正數百字，此本乃粗可讀矣。卷二十七《楊氏奂鄆國夫人殿記》，夫人姓并官氏，初疑「并」爲「亓」字之誤，及見兩元刻，俱作「并」，乃考之孫氏志祖《家語疏證》、梁氏玉繩《漢書人表考》、王氏昶《金石萃編》諸書，知《漢禮器碑》、《宋大中祥符鄆國夫人勑》及覃溪翁氏所見《國學暨江寧府學元明加封詔書碑》皆作「并」，「并」字爲是。往時讀俗本《家語》，遂不知聖妃姓氏，妄改古書，可笑也。卷一《感志賦》「鼜衆金於大冶兮」，「鼜」字翠巖本同，西湖本漫漶。按「鼜」當作「鼜」，乃「鼜」之本字。《説文》「从韭，次、朿皆聲」，《莊子·知北遊》「故以是非相鼜也」，郭注「鼜，和也」。《大宗師》「鼜萬物而不爲義」，《釋文》引司馬注「鼜，碎也」，此當用其義。「謂時命之可戈」，兩元刻同，「戈」字無義，且與上不叶，當作「弋獲」之弋。「鹿之斯奔兮」，此本「斯」誤「期」，當改，而兩元刻俱作「鹿之斯奔」，亦誤倒「之斯」二字。「河魚衝波兮乃窺其尾」，「窺」當作「窺」，乃用哀九年《左氏傳》「如魚竀尾」文，兩元刻及此俱誤。若此諸文，妄下雌黄，苟涉疑似，但著某本作某，以俟博考舊籍并各家文集，核其異同焉。道光丙申七月中旬識。

《元文類》余既以翠巖、西湖兩元刻校勘矣，然兩刻亦多誤字，尚當取各家文集善本校定。往歲莊芝階舍人藏元人集頗夥，曾假《劉静脩集》、《歐陽圭齋集》，校所選異同，著於簡端。姚牧庵文憚其艱深，屬潘梧君詳校，梧君校於手寫《文類》本，梧君下世後，亦藏余齋，他集未暇也。今益衰老矣，不能及矣，有志讀此書者，當續成余志，以無負世父賜書之意。

莊氏所藏《静脩集》爲明宏治乙丑崔暠刻本，《丁亥集》五卷，皆詩，《樵庵詞》一卷、《遺文》六卷、《遺詩》六卷、《拾遺》七卷、《續集》三卷、《附録》二卷。《圭齋集》十五卷、《附録》一卷，即《四庫》所收宗孫銘鏞編集本也。每卷俱有「銘鏞編集」及「安成後學劉釪校正」兩行，文中應空格者均不空格，當是明初刻《文類》。三十九卷所選《補正水經序》、《送曲阜廟學管勾簡君序》，四十七卷所選《鄉試策問會試策問》，集中皆無之。五十四卷《曾秀才墓誌》，適在缺葉中，僅校尾二行，尚須覓善本也。

歲戊申上元，朱君述之曾屬其友丹徒蔣孝廉録此校本，頗精細。金陵既陷，已歸劫灰矣。昨冬，武陵胡蔭庭借録未竟。今夏唐鏡香茂才仁壽手録一過，朱墨粲然，勝余所校本。鏡香藏脩德堂本三十卷，末多虞道園《德符堂記》，目録中所無，蓋後來增入者。癸丑十二月四日記。

跋明晉藩刻元文類

明嘉靖時晉藩刻《元文類》，余見於吴山書肆有年矣。道光己亥嘉平之月，以事至杭州，二十三日偕金岱峰登山閲肆，此書插架如故也，乃從屠筱園教授貸錢市以歸。序文後闕一葉，幸張氏溥刻《元文類删》本存此序，知爲長史司左長史馬朋也。張氏所刻《唐文粹删》十卷、《宋文鑑删》十二卷、《元文類删》四卷，往歲得於書船，亦可助校勘。晉藩自太祖子恭王棡始封太原，當嘉靖十六年丁酉馬朋作序時，爲簡王新㙉嗣封之二年。《明史·諸王表》，端王知烊嘉靖十二年薨，無子，新㙉以新化王知㸅長子奉敕管府事。十五年，嗣封。序稱「志道堂先王殿下刻《文類》未完，我虚益堂賢王殿下仰承先王之統克紹厥志」云云，「先王」當謂端王知烊也。端王之祖靖王，爲世子時嘗取閣《絳》、《大觀》、《寶晉》諸帖，益以所藏宋元明人墨跡，爲《寶賢堂帖》，見孫退谷《閒者軒帖考》，聞殘石猶存山西試院中。據鐵嶺李氏清鑰《刻古寶賢堂法帖跋》。端王合刻《文選》、《文粹》、《文鑑》、《文類》、《文衡》，簡王能踵成其志。史稱恭王學文於宋濂，學書於杜環，其家法有自來歟。端王七歲而孤，能盡哀，居母喪嘔血，芝生寢宫；簡王母太妃尚氏，嚴教子以禮，太妃疾，簡王叩頭露禱，長史有敷陳輒拜受教。史皆詳著之。馬氏身爲長史，蓋親見兩賢王美行者，其文以河間獻王爲比，無愧辭矣。此本行款與西湖書院本同，疑即用西湖本繙雕者，暇日當校其異同，爰識晉藩本末，以見此書之足重，且將訪求他刻云。道光二十年歲次庚子正月十二日。

石門蔡硯香載樾所藏《唐文粹》，亦晉藩刻也，有嘉靖五年重刊序，自署晉藩志道堂，書於敕賜養德書院。後序一首，則七年刻成時作也。前嘉靖八年璽書一道。後附晉王知烊跋語。硯香知余得《文類》，乃出所藏以示，因附記於此。

跋南宋文鑑序目

鄉先哲沈果庵先生，當兵燹之際，破産聚書，有《法宋樓書目》四卷。平生撰著則有《尚書傳》、《論語傳》、《惜陰雜録》、《弋獲編》、《咫聞録》、《飛神傳記》、《僉娱堂集》，凡若干卷,《府志·經籍》均著録,今皆不可得見。獨此《南宋文鑑序目》,沈雲泉丈購自碧山居,泰吉往歲幸得見之而記其目。今小湖侍郎發經訓堂藏書,假録其副,雖全文不存,有志斯事者可按目以求矣。昔東萊《文鑑》,未嘗自明持擇去取之意,致滋後人疵議。果庵是選,每類有小序,持論多平允,文章宗旨已略具,卷中多附評論,亦姚氏、吕氏所未及也。惜僅存「論陳同甫詞」一條。他日徧訪吾禾故家,倘全集尚存於世,則果庵撰集之苦心或終不泯没歟。丁酉冬日識。

跋嘉靖海寧縣志

蔡侯名完,麻城舉人,嘉靖三十三年官海寧縣知縣,後升同知,《州志·名宦》有傳。此志九卷,成於三十六年,前有自序,後有教諭東吴張志序,距永樂間教諭曾昶修志時纔一百四十年。曾志訪諸民間始得之,舊籍之易失如此。今永樂以前志皆不可見,考海昌志乘者,以此爲最古矣。余訪求有年,乃於六舟處得舊鈔本,惜多缺葉,假蔣生沐鈔本校補,屬潘稻孫詒穀謄寫一通。蔣本從拜經樓所藏印本鈔,而芷湘管君所校者。六舟本第五卷《職官志》，知縣蔡完後增李維、辛自修、殷登瀛、許天贈四人，縣丞楊紀後增孫宴舊本如此。至余塾、獨佐等九人，主簿增四人，典史增二人，教諭增四人。訓導缺葉。卷後有余塾跋，乃其所續補也。卷三「縣治譙樓」下所録碑記，卷八「鄉賢」後「議曰」云云，節婦《居貞娥傳》、《虞氏傳》，兩本不同。「鄉賢」查焕，六舟本作查益，又查繪後增董載。「孝子」增董嗣晉、嗣昌、嗣昱，「節婦」增徐瞮妻陳氏，卷八之末增「人瑞」孫節，不知何人所改補矣。耕厓周氏《寧志餘聞》前列舊志目，蔡志前有「明正德年邑人董穀著縣志九卷」，謂穀有《續澉水志》，不聞志寧，據《千頃堂書目》録之。按蔡氏序，謂移書山中，招碧里子來與諸賢同事。張氏序謂博雅董公裁之。則蔡志實成於董，《千頃》所録當即蔡志，據序文定爲董著爾。耕厓謂蔡志多脱簡，或未見序文歟。《許黄門集》有《與董碩甫》、《與蔡松野大令》小簡，今附録於後，俾後有考信焉。舊鈔兩本皆多訛奪，互校乃稍完善，異文兩通者注於簡端。若卷九唐肅《小桃源詩》，舊本誤作蕭處敬，爲芷湘所糾正者，亦姑存之，使采集舊文者知載筆不可不詳審也。

跋海昌都庄圖説

《海昌都庄圖説》凡四百一葉，不分卷數。自一都至三十二都，爲庄三百五十有五，圖視庄羨其二，廿九都十一庄有二圖，冠以總圖一也。圖各有説，祠墓名勝題詠采録頗備，有足補志乘所未詳者。每庄風俗及殷實之家，一一詳載。今田園雖多易主，風俗不甚相懸，都庄分并，大都因仍舊章，惟隔海南六都、北六都二庄改隸蕭山爾。道光丁酉，唐心山元得此書見示，不著編輯年月及撰人姓名。總圖後有乾隆辛亥周松靄先生跋語，謂爲金柱峰明府所留贈。案《州志·藝文》，此書爲知縣獨山蔡君其昌著。蔡君乾隆十七年由建德調任，金君適爲縣丞，其後三年遂代蔡君，所纂縣志與許君三禮之志並稱善本，此圖説實資考鏡也。己亥、庚子之交，滓南葛君以五十五日手臨其副，但用墨筆，不施丹采，而精工無異舊圖。滓南年逾周甲，訪求鄉邦典籍，手鈔不倦，并訂定誤文，精審詳整，令人展觀起敬。余故樂識其事，屬唐君慎藏元本勿失。夫遠摭環海之談，荒渺難稽，何如近訪鈎游之所，指掌可案也。然篤實如滓南，能多得哉。

「都庄」當作「都莊」，今之「都莊」與唐之「莊宅」同義，胡氏《通鑑釋文辨誤》卷十一：「莊宅使，蓋掌田莊及外宅之事也。」《字典》「庄」字收入广部，引《五音集韻》云：「蒲庚切，音彭，平也。」《艸部》「莊」字注：「俗作庄，非。」此書全部皆作「庄」。《州志・藝文》亦作《都庄圖説》。吏胥案牘之文，因仍已久，不能改也。警石附識。

跋甬上范氏集古印譜

道光壬寅仲春既望，六舟上人出觀所藏甬上范氏《集古印譜》十册。前有萬歷庚子范大徹子宣自序，大略謂，自嘉靖己酉，年二十有六，從仲父東明先生游燕京，吏隱螭頭，典客三朝，凡四十餘年。奉使滇南、秦晉、遼左諸邊，每以筆耕所入，捃摭書畫碑帖、三代秦漢器識，飢以爲食，寒以爲衣。乙酉歸來，六十二歲，所藏之書多爲蟻蝕，欲搆一鷦鷯之棲，連歲凶荒未就。帖畫奇物，質之於人，多爲所負，僅存秦漢之識三千六百有奇，命兒汝桐集爲一部。春秋七十七矣。按子宣印譜，《天一閣書目》所録范氏著作無是書，藝術類亦無之，因節録序文以俟搜印典者。子宣爲東明司馬從子，司馬跋《史通》校本云「取從子大徹宋刻鈔本檢對」，則范氏之有子宣，亦猶虞山之有也是翁也。天一閣儲藏三百餘年，忽經兵燹，存亡不可知。每檢嘉慶十三年所刻書目，苦其編次無法，欲屬吾友馮柳東排比整齊，别爲一目，而柳東又下世矣。六舟以竹汀先生所定《碑目》見贈，并借觀是譜，乃題數語於後，六舟其慎藏之。是譜存子宣之印，雖亡猶存也。若天一閣之碑、之書，藏弆三百餘年，爲海内巨觀，今覽其目録，亦恐如子宣書帖之亡也忽焉。嗚呼，豈獨范氏一家之厄也哉。

近聞天一閣書完守無恙，亦幸事也。冬日附識。

跋横浦集

《横浦集》舊刻本余求之二十年，始從湖州書估得萬歷乙卯海寧知縣崑山方君士騏所刻《文集》二十卷、《横浦心傳》三卷、《横浦日新》一卷，前有横浦弟九思之子窐所撰家傳，後附施彦執《孟子發題》。黄氏汝亨序謂，方君之曾大父太常公與陽明子莊渠子講論問學，作《治心要語》。按《明史·藝文志》儒家類有方鵬《觀感録》十二卷，《四庫全書》傳記類録方鵬《崑山人物志》，云「鵬字子鳳，亦字時舉，崑山人，正德戊辰進士，官至太常寺卿」。黄氏所謂「太常公」，當即子鳳也。宋時邑令趙君汝艁創建横浦祠堂，刻簡帖，撫存其後人而禮遇之，于氏有成歎爲天下無幾人。方君能承其曾大父講學之緒，刊布横浦全集，足與趙君媲美矣。跋稱得拜遺像，因其廟貌加葺而新焉，則方君嘗脩横浦祠，而前志亦未及之，知舊事之當補者多矣。趙氏備考所録宋縣令續題名記，祠中所刻像贊，集中皆未收，《崑山縣重修學記》見於《吴郡志》，謂紹興間程沂爲崑山令，重修學，張九成作記。或謂九成託此以諷，遂，不入石，集中亦不載，比訪得之云云，亦横浦集外文也。若世傳《赤兔荒洞銘》，確爲僞作，不當入集，附誌之以諗後之輯補横浦遺文者。《心傳録》爲横浦甥于恕所編，後序則黄巖丞刁駿撰，謂幼年侍官海昌，得厠師席之末，子稱兄穎脱不群，先生每當暇日，招入寢室，語必移時，許以傳道云云，乃知刁文叔兩子皆問學於横浦。海昌賢令首稱刁侯，不獨建學一端矣。道光丙午十一月十一日識。以上咸豐四年刻本《甘泉鄉人稿》卷四。

甘泉鄉人題跋卷二

校史記雜識

《史記》明刻本，《集解》《索隱》《正義》皆備者，以震澤王氏、莆田柯氏本爲善，《評林》本吴興淩稚隆刻。藏書家不以爲重，今以乾隆四年殿本校勘，乃知勝明監本多矣，「凡例」言以宋本與汪本當即柯本。詳對，非虛語也。梁曜北先生撰《史記志疑》，亦以湖本爲據，暇當訪求王本、柯本詳校之。庚子秋日記。

道光二十年四月初十日至二十一年五月初八日，依武英殿校刊本謹校一過，并謹録《四庫全書考證》於簡端，殿本《考證》屬潘梧君藹人別録全部，殿本《史記》亦假自從子承志，與《漢書》同。

辛丑六月十九日，始從杭州振綺堂汪氏假明莆田柯氏本，校至明年壬寅十月五日畢。

汪氏所藏柯本，小米舍人遠孫以單行本《索隱》校，海昌吴子撰春照以金版校，惜兩君早世，未能完備。吴校所據金版多可從，當訪求詳校。○吴校每稱元版，然與中統本不相合，當别是一本。

辛丑五月十三日，以明震澤王氏本校《集解》序於杭州螺子峰之法華寺。○王氏本長興朱立齋廣文紫貴爲余假得者，卷尾《索隱後序》之後有王延喆刻書時跋，然《四庫考證》所引王本多不同，疑全部與《索隱後序》非出一本。金岱峰云，卷尾既有王氏跋，且謂之王本，以待訪求别本審定可也。岱峰與余同寓法華寺樓上看西湖煙雨，岱峰讀樊榭詩，余校《史記》。文瀾閣《正義》從王本出，今以校所假王氏本多合，汪氏所藏柯本以王本校出者亦合，則爲王本無疑矣。《四庫考證》所引有不同者，或王氏嘗脩改歟。八月初八日記。

延喆不敏，嘗聞於先文恪公曰，《國語》《左傳》，經之翼也。《遷史》《班書》，史之良也。今吴中刻《左傳》，鄂中刻《國語》，閩中刻《漢書》，而《史記》尚未版行。延喆因取舊藏宋刻《史記》，重加校讐，翻刻於家塾，與三書並行於世。工始嘉靖乙酉蜡月，迄丁亥之三月。林屋山人王延喆識於七十二峰深處。○朱立齋所假王本《索隱後序》後有此跋，凡七行，脱爛數字。衎石兄自大梁寄所藏本，與立齋所假同，惜失後序，不能校補此跋脱爛之字。蓋書賈遇明人舊刻多去其刻書序跋，以僞爲宋本，令人莫可考究，雖「天禄琳琅」所藏亦然，朱氏本此跋幸未去也。前人謂王本《史記》爲文恪所刻，亦未見此跋爾。壬寅十月五日記。〇戊申正月廿六日，假朱述之明府緒曾新得王本，補跋語中缺字。述之時權州印，與子互假藏書，昕夕往還，甚樂也。〇述之明府所藏王本，目録後有篆書「震澤王氏刻梓」六字木記，前所見兩本俱已劃去，獨此幸存。余校柯本與殿本及《評林》本異同處，以王本參校，於王本尚未能字字對勘也。

小題在上，大題在下，柯、王兩本皆然。然柯本大題旁注，不若王本並作大字，尤爲近古。重刻此書，卷前後當從王本。

戊申三月五日，書估持柯本來，《索隱》序後有「紹興三年四月十二日右修職郎充提舉茶鹽司幹辦公事石公憲發刊至四年十月二十日畢工」三十八字，凡三行，始知柯本從紹興本翻刻也。竹汀翁語詳《養新録》。所見費懋中序仍未見。閲數日，楊文學禮榮自吴門來，言新得柯本，有費序、柯序，四月初録寄。費序爲嘉靖四年九月作，大略言陝西有翻刻宋版本，江西有白鹿書院新刻本，弗可輒得。余家近白鹿，猶未購之。自署鉛山。金臺汪諒得舊本重刻，大行人柯君奇徵徧求諸家舊本，參互考訂，歷兩載而始就。白鹿本無《正義》，陝西本雖有之，而《封禪》《河渠》《平準》三書特缺焉，柯君悉爲增入云云。柯序爲嘉靖六年上元日。○《福建通志》卷三十六：正德十二年舒芬榜進士柯維熊，工部郎中。

道光二十年七月朔至八月三日，依文瀾閣本校《正義》一過，時海鹽陳琴齋其泰司閣事，爲請於鹽運使，領閣書至海昌踰月。例所不許也，琴齋徇余意求得之。

辛丑十月廿九日，校《天官書》至第三葉。三十日至十一月初八、九，北風怒號，寒甚，大雪五日，至盈丈，目所未覩也。與兒輩摩挲城闕所得古甎，作詩爲消寒之課。初九日長至，始有晴光。呵凍仍以柯本校至十三日，畢一卷。十九日，聞世母金恭人有疾，至家候安。二十日，傳聞餘姚有警，即歸海昌。十餘日來，嚴寒不能握筆，雪後屋漏，藏書多沾濕，此册亦濕。十二月初九日，雨窗又以柯本校《河渠書》，輟業幾兩旬矣。此兩旬中，呵凍跋唐碑十種，屢聞風鶴之警，聊藉古歡以散抑鬱耳。十一日，校《平準書》畢。十八日，聞尖山口有夷船，城中室居多散，杭州亦戒嚴，欲向汪氏假柯本「世家」、「列傳」不可得。壬寅正月至四月，以臨帖遣日，并編次明許同生先生集。四月十五日，海氛益甚，於愁坐無聊中洗滌古甎硯，閒臨唐碑，不能專心讀書也。是月十八日夷船去乍浦，五月中去上海，旬日間嘉興、海昌人心稍安，杭州亦弛警。陳碩甫奂從汪氏檢寄柯本「世家」、「列傳」。

六月十三日以後，揮汗校《吴太伯世家》，然聞夷船自南而北，且甬東尚竊據，杞人之憂殊未已也。

泰吉三次校讀《孔子世家》，皆在朔望。辛丑七月十五日，長安鎮朱仲清芬示所得石刻吴道子畫大幅孔子像，因合舊藏小幅，裝匣敬藏廟中。壬寅六月下浣，山東戍卒請以「聖蹟圖」藏學宫，七月朔，亦謹藏於匣。兩次校讀，皆得仰瞻先師遺像，抑何幸也。

辛丑壬寅冬春之交，假拜經樓所藏元中統本，欲校未暇，旋以海警，懼失其本，遂還吴氏。癸卯秋日，重借至學舍，自重九後十日校「列傳」，至甲辰重五後五日畢。中統本非元印，已多脱爛，《集解》、《索隱》細字，校頗不易，將校「本紀」、「表」、「書」、「世家」，未能刻期也。○此次校中統本，參校毛刻《集解》，即世所謂汲古閣本也。○《屈原傳》「分流汨兮」，「《集解》王逸曰」，湖本「王逸」誤「正義」。校至數次，始更正。余之心粗固可愧，亦以見校字之難，昔人謂如埽落葉，信然。甲辰正月廿二日記。○甲辰七月十七日，以中統本校《五帝本紀》畢。入夏來督脩學宫，少暇。六月八日送試至省城，七月四日歸，至今日始校完，此卷所業已荒兩月矣。○是本多脱爛寫補，審是元刻，有異乃箸之。○乙巳二月初十日，以中統本校完《夏本紀》。上年秋爲炳森應溥送鄉試，九月炳森中式，自是少暇日。今年因學宮脩葺餘資，延應笠湖明經時良、管芷湘庭芬、鍾署香繼芸、曹杏庭錦堂、潘稻孫詒穀諸茂才，及予甥嘉善程淡如菊孫，共纂州志，將專力於志事，抽暇校數紙，不能速也。○中統本表缺一至五，鈔補不精，六至十細字多漫漶，目力難辨，所校尚多率略。○中統本每葉末行外上角標題篇名，「本紀」以下皆然，宋人刻書往往如此，「本紀」并注某王至某王，世家亦然。《田敬仲世家》標題「後齊世家」，未免臆造。

自甲辰重五後校中統本「列傳」畢，夏秋之交未暇校閱。乙巳春始抽閒校數紙，按日記於卷尾。十月二日始校世家畢，「列傳」已用毛本參校，「本紀」至世家未暇也。此後欲專力海昌志稿，校史須暫輟矣。○自二十年四月始校殿本，至此已六年矣。訛字猶未盡正，史公神妙之處，不能窺見萬一。日月易邁，徒勞無功，如何如何。○中統本《索隱》大都與各本同，與單刻本異，可見合并刪節，自宋元已然。《索隱》尚有單刻可校，《正義》則訂正更難矣。○即如《越世家》「夫椒」一條，單刻與合刻詳略不同，無論已。單刻本作「則椒山」爲得，合刻本作「在椒山」爲非，大相背戾矣。《匈奴傳》「士力能彎弓」，吴校本及單刻《索隱》作「毋弓」，單刻《索隱》文與各本大異，合并者偶見正文作「彎」，不知校正，遂改《索隱》以牽合之。他處若此者，不一而足。前輩校《史記》，若嘉定錢先生、高郵王先生、錢塘梁先生，審定正文，足以嘉惠後學，而於《集解》《索隱》《正義》皆未暇專力，後生未學，欲從事於此，苦無博識之功，但能羅列各本異同，以待通人别擇也。然訪求善本，亦非易事。吴子撰言《索隱》有至元刻本，子撰既没，無從問其何氏所藏，今所見但毛氏單刻爾。○中統本有校理董浦序，謂平陽道參幕段君子成喜儲書，求到《索隱》善本，募工刊行。《索隱》比之杭本多《述贊》一百三十篇，注字幾十五萬言云云，不及《集解》，故吴氏書目竟題《史記索隱》，然實兼有《集解》也，猶避宋諱，當是從宋本翻雕。所謂杭本，不知何人所刻。

余舊有明北監本《史記》，嫌其注文删節，以與沈雪門洛易汲古閣初印本。後於吴山書肆得南監本，爲吾鄉馮祭酒校刻，視北監本稍詳，然仍未全也。故所校《史記》於明監本略焉。馮公在南雍所刻《三國志》爲最善，注文字大，易於循覽。余録《三國志》校本乃陳明卿本，所藏亦有馮本，未暇校核。戊申穀日記。

《索隱》與《集解》毛氏兩單刻本往往有同文者，疑合并分析時未能審定之故。《索隱》因《集解》而作，不必全録《集解》之文，又不若《正義》與《索隱》同時人所作，或有偶合也。今既不能分别孰爲《索隱》，孰爲《集解》，凡遇同文且兩存以俟考定可耳。中統本遇

《索隱》與《集解》同者，曰「《索隱》文同」，可以爲法。

《律書》《歷書》《天官書》，吾鄉王氏元啟有《正譌》，嘉定錢氏塘有《釋疑》，當摘録校正訛字各條。

《集解》於《封禪書》「今天子」下云「注解已在第十二卷，今直載徐義」，《索隱》、《正義》亦與《集解》同，詳於《武紀》，各本皆然。淩氏必欲删并《武紀》之注入《封禪書》，遂多乖戾，且有失録之文，後有重刻者宜正之。

《年表》十卷，《正義》不及數十條，且自《惠景間侯者表》以後竟無一字，不應疏略若是。《正義》單行本失傳已久，無從考補矣。惜哉。○《楚世家》「悼王二年，三晉來伐楚，至乘邱而還」，《正義》曰「《年表》云，三晉公子伐我，至乘邱」，（《四庫考證》云「公子二字、乘字俱誤」。）誤也，已解在《年表》中」。今《年表》無《正義》，可見《正義》之殘闕。《伍子胥列傳》，《正義》於「姑蘇」、（謂當作檇李。）「夫湫」，皆云「解在《吴世家》」。今本《吴世家》「檇李」但有《集解》，「姑蘇」有《集解》、有《索隱》，「夫椒」有《集解》、有《索隱》，皆無《正義》。《太史公自序》「太史公」下，《正義》云「以桓譚之説，釋在《武本紀》」，今《武本紀》亦未見。皆缺失也。

少時閲《讀書敏求記》，心羡百衲《史記》，恨不得見。戊申初夏，諸城劉燕庭方伯喜海言，錢氏本爲朱竹君先生所得，後藏其孫某翁處，不輕示人。方伯屢見之，亦恨不能得。後於廟市購「彙集宋本」，每卷多有季滄葦名字印，當是效遵王爲之者。余乃借校一過，自六月十日至十月廿九日畢。己酉新正，方伯奉召入都，若遲數月，則不能畢功矣，亦天假之緣也。「彙集宋本」凡四種，記其大略於後。

一本但有《集解》，每葉二十八行，行二十四字，或二十五六七字不等，注文每行三十一二字，版心高約六寸，闊約八寸，「敬」字、「殷」字避缺，「慎」字不避，當是南渡以前本。○《殷》、《周本紀》「炮格」，今本皆作「炮烙」，高郵王氏《讀書雜志》詳辨之，然未嘗言宋本作「格」，則所見宋本亦與俗同也，此本獨作「格」，可謂一字千金矣。《孔子世家》「述三王之法」，「王」作「五」，亦與各本不同。惜多羼補，兩三行之版，每遇羼補處，多訛字，然瑕不掩瑜也。○本紀六卷，《五帝》《夏》《殷》《周》《秦》《始皇》。年表三卷，《惠景間侯者》《建元以來侯者》《建元以來王子侯》。書四卷，《禮》《樂》《律》《歷》。世家二十五卷，《吴太伯》《齊太公》《魯周公》《晉》《楚》《越王句踐》《鄭》《趙》《魏》《韓》《田敬仲》《孔子》《陳涉》《外戚》《楚元王》《荆燕》《齊悼惠》《蕭相國》《曹參》《留侯張良》《陳丞相》《絳侯周勃》《梁孝王》《五宗》《三王》。列傳三十七卷。《樗里子甘茂》《穰侯》《白起王翦》《孟子荀卿》《孟嘗君》《平原君虞卿》《魏公子》《春申君》《范雎蔡澤》《樂毅》《魏豹彭越》《黥布》《淮陰侯》、《韓信（少王字）盧綰》《田儋》《樊酈滕灌》《張丞相》《酈生陸賈》《傅靳蒯成》《劉敬叔孫通》《季布欒布》《袁盎鼂錯》《張釋之馮唐》《萬石張叔》《田叔》《扁鵲倉公》《吴王濞》《魏其武安侯》《韓長孺》《李將軍》《匈奴》《衛將軍驃騎》《平津侯主父》《南越尉佗》《東越》《朝鮮》《西南夷》。

一本亦但有《集解》，每葉二十行，每行正文十九字，注文二十五字，或二十六字。版心高約六寸，闊約八寸，字大頗省目力。惟《十二諸侯年表》紀年之字居中，紀事之文兩旁分寫，字大小同，往往眉目不分，殊費循覽。卷中「桓」字不避缺，每葉中心有刻書人姓名，中有「郭敦」，不避光宗嫌名，當亦是北宋刻。○《天官書》以下數卷，紙墨俱不及前，疑是宋以後補版，遇諱字亦不避。版心間有記字數者，亦前卷所無也。○本紀三卷，《孝文》《孝景》《孝武》。年表三卷，《三代》《十二諸侯》《六國》。書四卷，《天官》《封禪》《河渠》《平準》。列傳九卷。《管晏》《老子韓非》《司馬穰苴》《孫子吴起》《伍子胥》《仲尼弟子》《商君》《蘇秦》《張儀》。

一本兼有《集解》《索隱》。無《述贊》。每葉二十四行，行二十五字，或二十四字。注文同高約五寸，每半版闊約四寸，《索隱》以「索隱曰」三字標起，上加圈。○版心亦有刻書人姓名。○「恒」字、「慎」字避缺，當是南宋本。○本紀三卷，《項羽》《高祖》《吕后》。列傳七卷，《游俠》《佞幸》《滑稽》《日者》《龜策》《貨殖》《太史公自序》。

一本兼有《集解》《索隱》。有《述贊》。每葉二十四行，行二十二字，注文行二十八字。高約五寸，每半版闊約四寸。《秦楚之際月表》、《漢興以來諸侯年表》卷尾有「建安蔡夢弼傅卿謹案京蜀諸本校理寘梓於東塾」二十字，凡兩行，與張氏金吾《愛日精廬藏書志》所記合。○殷、玄、匡、讓、恒、慎、樹多避缺，惟《衛康叔世家》獨避貞字、慎字。○《刺客列傳》高漸離《索隱》後有「王義音子廉反」六字，「王義」爲「正義」之訛，可見當時雖但刻《集解》、《索隱》，而所見本已有兼刻《正義》者，故誤入此六字也。○年表四卷，《秦楚之際》《漢興以來諸侯》《高祖功臣》《漢興以來將相名臣》。世家五卷，《燕召公》《管蔡》《陳杞衞》《康叔》《宋微子》。列傳十七卷。《伯夷》《廉頗藺相如》《田單》《魯仲連鄒陽》《屈原賈生》《吕不韋》《刺客》《李斯》《蒙恬》《張耳陳餘》《司馬相如》《淮南衡山》《循吏》《汲鄭》《儒林》《酷吏》《大宛》。

劉方伯所藏尚有《集解》、《索隱》、《正義》合刻本，與柯本行款同，似是柯本所從出者，卷末有「校對宣德郎祕書省正字張耒」隸書木記，與「天禄琳琅」所記同。此本所刻與文潛同姓名，「天禄琳琅」傳鈔本「耒」作「來」。惜未及校。

嘉定錢先生《養新録》所記宋元槧《史記》三本，吴氏所藏中統本其一也。余幸得校勘黄蕘圃藏三山蔡夢弼本，雖未見其全，劉方伯本有二十六卷，則亦得五分之一矣。惟顧抱沖藏澄江耿秉本，則猶未見，吴門汪閬原《宋元本書目》有之，云鈔補，不知即顧氏本否。耿本跋文，錢氏《三史拾遺》録之。昭文張氏金吾《愛日精廬藏書志》所載宋元槧《史記》雖多殘本，必有可觀，聞皆歸他姓，不知有緣得遇否。高郵王先生嘗從吴中丞榮光借宋本，記其略於《讀書雜志》，云此吴氏荷屋所藏單刻《集解》宋本也，其缺者以兼刻《索隱》本補之，是以二本各存其半。此之所有，則彼之所無。然皆係宋槧，故可寶也，惜不言何人所刻。吴中丞下世後，遺書亦不知若何矣。王先生又引據明游明刻本，亦所未見。有志校史皆當訪求，因詳記以俟。

己酉四月廿三日記。

校集韻跋二則

余於乙未秋假汪小米所録嚴氏杰校宋本，僅至《上聲·二十六産》止，小米以《説文》、《釋文》校亦止於此。學使吴崧甫少宗伯嘗見汲古閣影宋鈔本，不能得，乃與友人分校一過。甲辰八月，學使假余所校《兩漢書》過録，余因借校此本。汲古閣影宋本，嚴氏亦嘗見之，故兩本所校略同，嚴氏未及者得備録焉。學使本有晉江陳侍御慶鏞校，語頗精核。

《四庫全書考證》校勘此書極詳，暇日録於簡端，則訛字粗可是正矣。

附録二跋

邗上汪氏所藏宋本與汲古毛氏影鈔同。毛本今藏吴趨周漪塘所。宋本此卷三十五葉，每葉廿二行，每行□□字，末葉十二行。每葉版心之底皆有某人重開、重刊、重刁字樣，某人者，刻工姓名也。毛鈔遇訛書處用白涂之，加以墨筆，每卷前後並有「子晉圖書」及「毛扆斧季」小印。（嚴厚民記於平聲一後。）

凡曹缺處，宋本皆完善，而曹所據本與宋本時有不同。《上聲·十四賄》，宋本以「梁益謂履曰屣」六字綴於「隧」字注，曹本則無此六字，而空白二寸弱，蓋最初版當大書屣字，（嚴厚民謂當作屨，屣字誤。泰吉附注。）注云「梁益謂履曰屣」，正在曹空白處耳。餘如十四泰，糲、瘌、籟、役、兑、棁、剫各注，曹本皆缺，賴此得以證之，是真可寶哉。（陳侍御記於卷尾。）

瑞安方雪齋教授成珪嘗校此書，録請崧甫學使序之，今從四明乞歸矣，惜不及見。其在海昌時，假余所校《史記》過録未畢，及至四明，屬余録校語以寄。雪齋中年以後，亦喜校書，曾校《昌黎集》及《吕氏讀詩記》，用力頗勤，老尤矻矻不倦，亦知交中所難得也。己酉首夏識。

附跋

《集韻》行世者惟曹氏揚州局刻爾，警石師嘗録段、嚴、汪、吴、陳諸公所校影宋本於上下方，又以紫色筆録《四庫考證》而未迄事。癸丑之秋，命鴻畢録之。聞汲古閣影宋本爲吴晴舫學使所得，欲仿刻未成。平湖錢夢廬丈曾見同里丁氏有天一閣鈔本，意必有出毛氏影宋之外者。時地既近，倘蒐訪得之，再校一過，當益完善矣。許丙鴻識。

校佩觽字鑑跋

兩書余皆從吴兔牀翁過録本録。《佩觽》爲翁覃溪先生録，瑞金羅有高臺山所校十之一二，覃溪及丁君杰皆有跋，桂馥未谷嘗取閲，故眉間亦有校語數條。兔牀翁從丁君傳録爲乾隆甲辰二月，余所録則道光戊戌八月也。羅君元本不知尚有傳否。《字鑑》爲海昌錢布衣覆所校。布衣，篤學君子也。余有擬傳在《備志》。己酉初夏識。

校陳后山集跋二則

后山詩余舊得任氏注本及武水陳氏本，陳唐刻。《四庫全書》附存目。全集近始得雍正庚戌雲間趙氏鴻烈學稼山莊所刻二十四卷，《四庫》著録即此本也。夙聞拜經樓有過録何義門校本，因借校一過，詩則參注本及陳氏本，凡四十日而畢。談叢、理究、詩話，未見别本。詞則陳刻有之，不暇及也。后山之文，世鮮誦習者，以故《章善序》《送邢居實序》各脱其半，而誤合爲一篇，《先夫人行狀》及《光禄曾公神道碑》脱誤至數百字，他文舛錯處篇篇有之，非得義門校補，幾不可讀。義門以嘉靖以前舊鈔本、毛氏所藏鈔本及舊鈔殘本校宏治己未南陽王懋學刊本。拜經樓本每卷有「茶陵陳仁子同脩編校，後學南陽王鴻儒懋學重校，後學彭城馬暾廷震繡梓」凡三行，當即從義門所據本傳鈔，惜鈔手及過録尚未精審，不知何日更得舊刻一校耳。丁未季冬。

校此集未及半，聞適許氏季女病亟，急棹至吴門。及歸，日校數葉以自遣。廿年來校勘古籍，大都爲定性之方，今則爲忘憂之草矣。校既畢，炳森敬録《四庫提要》，應溥録舊目及義門跋，老妻爲易綫重裝，若無季女之戚，亦冷齋樂事也。

附録三則

道光丁未十月廿六日，新倉吴惺園明經昂駒寄到拜經樓所藏舊鈔《后山先生詩文集》，兔牀翁過録何義門校本，次日合任注本、武水陳氏唐刻本詩集，校對第一卷至十一葉。是日風甚。廿八日辰刻，呵凍校畢一卷。各本詩俱如任注次序，此獨分體，以故合校頗費翻尋。忍寒作此生活，自詫所得足償勞也。

長至後二日，校閲第八卷之半。十七日，聞適許氏季女疾亟，放棹吴門。十九日午刻，至珊林郡伯寓齋，女已於清晨死矣。女曾讀《小學》、《孟子》，頗知禮法，許氏以爲賢婦。年甫二十，傷哉。廿一日斂後忍淚而歸，廿三日晚至禾中，省視世母金恭人起居。世母今年九十六歲，神明幸未衰也。是役也，兩兒侍。廿六日，適沈氏長女祔廟，兒曹留與祥祭。余不及待，先一日歸學舍。廿七日，校畢此卷。我輩無絲竹陶寫，正賴舊書以消愁苦耳。廿八日晨起記。

十二月初五日，校第十六卷。是日老妻爲四女禮佛，余於雨窗聽禪誦，校畢此卷，愁懷一空矣。

跋助字辨略

得此書二十餘年矣，馮柳東嘗欲見奪，未之付也。今年硤川蔣生沐見余《曝書雜記》中述此書，假鈔其副，爲重裝見還，因記。己亥春仲。

鄉先哲王先生元啟《與胡書巢論脩濟寧州圖記書》云，前見《堂邑志》中所論代編一款，知爲有學有識之士，近代百年間少有能如此存心、如此考究者。因欲得此一書閲之，猥蒙即以見贈云云。見《祇平居士集》卷十七。當即謂劉南泉淇所撰之志。《濟寧圖記》，祇平居士所脩者，不知刻否，當訪求《圖記》及《堂邑志》，則劉君之生平大略可見。

祇平居士《濟寧州圖記》稿本爲金岱峰所藏，假余兩年矣，戊申正月，朱述之明府緒曾、羅鏡泉廣文以智借鈔此書，乃從《圖記》檢尋劉君事。文僅附見於其弟汶傳中，云淇字衛園，工爲詩古文，與汶同受知於世宗，當時有「二難」之目。藝文志中亦僅録《衛園集》及

《堂邑志》。《衛園集》不著卷數。《堂邑志》二十卷，録其「述例」一條。然則此書祇平居士亦未見，其晦塞蓋已久矣。

跋章氏宗源隋書經籍志考證

嘉慶戊寅，吾兄衎石自京師歸，篋中攜此書，謂鈔自何夢華元錫，藏書家未有也。余乃屬表兄懷豫堂鈔録其副。以期迫，金岱峰屬其友相助謄寫，逾月而畢，惜僅有史部。三十年來，訪求全書，無知之者。道光丁未冬日，朱述之明府假鈔一本，乃從述之借孫氏《五松園文集》，録章君傳於册首。此書名與王氏《漢書藝文志「考證」》同，而體例則異，然纂輯古書，實昉於王氏也。

跋舊刻鮑氏注戰國策

宋姚宏校高誘《戰國策注》，余所藏有雅雨堂本及吴門黄蕘圃仿宋本，可互校矣，鮑氏注未見佳刻。己酉初春得此本，紙墨頗佳。卷尾王覺跋後有「吴郡杜詩梓」五字，而其上損數字，當是書賈去其年月，欲爲宋本耳。然誤字不少，鮑氏見之，不免塵埃風葉之歎。欲讀鮑注，當參吴氏師道校注。余僅有坊間合刻本，蕘圃所藏至正乙巳本，拜經樓亦有之，欲假未果。曲阜孔氏刻本亦未得藏，舊書難遇，不必宋元刻也。顧千里爲黄氏《策札》跋云，欲放杜征南於《左氏春秋》之意，爲《戰國策釋例》五篇，一曰《疑年譜》，二曰《土地名》，三曰《名號歸一圖》，四曰《詁訓微》，五曰《大目録》。儻有成書，亦讀《戰國策》者不可少也。附識以俟訪求。

跋舊刻方輿紀要州域形勢説

四川龍氏新刻《方輿紀要》，序文不著年月。此《州域形勢説》五卷、《續編》一卷明代。與新刻詳略不同。「凡例」八則，自署康熙丙午，與新刻亦不同。末言《方輿紀要》凡七十二卷，今本則一百三十卷，《輿圖要覽》四卷。蓋康熙丙午後續有增益，而海防、海運、鹽漕、屯牧，則終未别纂成書也。有志讀史者當先熟此數卷，於歷代沿革了然胸中，然後研究全書，證之諸史，則輿地之學庶幾希蹤杜京兆、王浚儀爾。此本「凡例」言助之稽采者有李滌庵譚、趙月琴駿烈、鄧丹邱大臨、范鼎九賀、秦湘侯沅華、商原長發。新刻無此文，諸君子與景范先生爲友，其學行必不苟。附誌其名，以俟訪求撰著云。

跋惺齋雜箸

吾鄉王惺齋先生《讀韓記疑》，書肆有新印本。《衹平居士集》印本漸稀，余廿年前求得之，時一展誦，真今之震川也。《史記正譌》見不全本，未及購。道光乙巳四月，吴山書肆遇塘棲勞君格，檢此書示余，六月乃得之，《史記三書》及《漢書律志正譌》皆完備，後附《歷代廟學考》，全集已收，《與將樂諸生論邑志舛漏書》則集中所無。余方與海昌諸君子脩輯志乘，所言皆前事之師也。七月廿九日識。

儒林傳擬稿跋

此爲國史館擬稿，聞進呈時出毛奇齡，於《文苑》去張惠言，不知他有異同否，句下夾注采輯書名則盡去之矣。數百里間藏書家若莊芝階、汪小米，皆但有《文苑傳》而無《儒林》。自泰吉從從子寶甫鈔得此本，乃始流播。其中亥豕之訛，從兄雲壽嘗簽正數十條，其未及者尚當從采輯之書校正。三十餘年未暇及此，可愧可愧。道光乙巳十月七日識。

文苑傳跋

嘉慶甲戌，族子恬齋由翰林出守瀓江，過家上冢。泰吉鈔得《儒林傳》稿，主其事者儀徵阮公，恬齋亦與分纂也，《文苑》則尚未彙稿。後數年，於汪小米處見之，潘梧君藹人因借鈔其副。昨歲梧君下世，其册歸唐氏，泰吉乃屬鍾署香、潘稻孫爲鈔此本。目録前後失次，似隨撰隨寫者，進呈之本當不如是。《儒林傳》進呈時定本不得見，此傳不注書名，則非初撰之稿。然應列《文苑》之人，似尚未全，當向館閣諸公訪求也。道光乙巳十月七日識。以上咸豐四年刻本《甘泉鄉人稿》卷五。

甘泉鄉人題跋卷三

跋書經集傳校本

道光己亥秋日，仁和邵蕙西孝廉懿辰見余《曝書雜記》，知欲訪求鄒氏《蔡傳音釋》，以明正統本《書集傳》借讀。既鈔《音釋》於别册，乃以此本校核正文傳文。他事間斷，至庚子季夏四日甫畢。讀舊書生記於海昌學舍。

附録異文。（咸豐癸丑，得見至正刻本，亦附著異同。）

序

「二典禹謨」，坊本多誤作「三謨」。朱子實止於《禹謨》。正統本不誤。（元至正本作「禹謨」。○後凡至正本與正統本同者不著。）

禹貢

「伊洛瀍澗既入於河」，傳云「瀍水，《地志》云出河南郡穀城縣晉亭北」，坊本「晉」誤「替」。

「過九江，至於敷淺原」，傳引《地志》「傅易山」，坊本「易」誤「易」。

「五百里荒服」，傳云「或以爲禹直方計」，坊本少「爲」字。

湯誥

「弗忍荼毒」，傳「如荼之苦，如螫之毒」，坊本作「如毒之螫」。（元至正本作「如毒之螫」，與今本同。）

伊訓

「制官刑節」，傳文「異時太甲」，坊本「異時」作「當時」。

盤庚上

「盤庚斆于民節」，傳文「蓋小民患潟鹵墊隘」，坊本「小」作「以」。

泰誓上

「惟十有三年春大會于孟津」，傳文「尤爲無藝」，坊本「藝」作「義」。

更定《武成》篇末，坊本傳文少百餘字。正統本與《欽定傳説彙纂》所録同。

洪範

「明作晢，曰晢時燠若」，今本「晢」皆誤「哲」。（至正本亦誤。）

金縢

「惟朕小子其新逆」，坊本「逆」誤「迎」。（至正本作迎。）

「史乃册祝節」，傳文「以紓危急」，今本「紓」作「輸」。（至正本傳文作「輸」。《音釋》作「紓」。）

大誥

「王若曰，猷大誥爾多邦」，傳文言「我不爲天所恤」，今本「不」作「命」。

酒誥

「紹天明」，傳文「以其可以紹介天明」，今本「明」作「命」。

「又惟殷之迪諸臣惟工」，今本「惟」誤「百」。

無逸

「自朝至于日中昃」，今本「昃」作「昃」。（至正本作「昃」。）

周官

「司空掌邦土」，傳文「主國空土」，今本「空」誤「邦」。

康王之誥

「用端命于上帝」，傳文「文武用受正命于天」，今本作「天下」衍「下」字。（至正本亦多「下」字。）

跋評點書經

舊藏《書傳》有前人評點，蓋不信古文者。三代文字豈易窺測，然文章根本皆在六經，記《考古圖》當用《顧命》序，遊廬山當用《禹貢》王景文之語，可類推也。此評簡明淺近，可導初學，乘暇録之，與往歲所録潛采堂朱氏《評點詩經》相配。癸丑七月。

跋影寫元至正重刊蔡傳凡例

道光庚子，從仁和邵蕙西部郎懿辰假正統本《書集傳》録鄒氏《音釋》，閲十四年矣。曾寄大梁，請吾兄衎翁刻入《經苑》。未幾吾兄下世，不果。蔣生沐光煦近得元至正辛卯雙桂書堂刊本，擬借校一過，忽忽未暇。唐茂午孝廉兆榴適館余齋，因倩摹「重刊凡例」一葉，視元本不爽豪髮，足與汲古閣影寫本頡頏矣。蔡氏《書傳》雖三家村塾皆有之，而窮經之士，皓首不見《音釋》，於蔡氏傳文，襲俗沿誤者十蓋八九也。生沐能倩人摹寫經傳及《音釋》，依式授梓，加以校勘，俾家有隨和，豈非盛事。此葉則吾家徑尺之璧也。咸豐三年七月廿六日識于海昌城東寓廬。

跋李金瀾所藏洪範正論并録李跋

此真初印，庚申歲在志局，從書賈購得。家藏胡東樵《禹貢錐指》一部，爲鄂巖比部所贈，亦初印本也。合訂此册，庶爲雙璧。辛酉二月，金瀾識。

此梅會里李金瀾廣文遇孫藏本，金瀾下世未久，遺書多散，此册爲余所得，以配陳登澤曾所贈初印本《禹貢錐指》，亦成雙璧。李氏所藏《錐指》，不知歸於何所。書之聚散與金玉何異，要當掇其菁英，心有實得，乃不爲慢藏耳。金瀾承其大父敬堂先生之學，與從兄薌沚，自少專精經學，出其餘緒，成《金石學録》《括蒼金石志》。此書曾爲所藏，亦可寶貴。道光己酉四月。

跋衛氏禮記集説

往歲癸卯，徽州程木庵洪溥以《通志堂經解》寄贈，余有詩記事，并繪「贈書圖」以報木庵。未幾木庵下世，終未相見也。木庵之贈《經解》，以余《曝書雜記》有未得衛氏《禮記集説》語。既得《集説》，竟未循覽，木庵爲傷惠矣。勉讀一過，冀無負木庵耳，他書未暇及也。聞杭氏《續禮記集説》用活字板印成，倘得收藏，當取兩書精要爲《禮記約義》。能成與否，不敢自必矣。庚戌十月。

跋重刻撫州公使庫本禮記

黄東發咸淳九年修「撫州六經」，跋云，撫州舊板惟「六經三傳」，今用監本添刊《論語》、《孟子》、《孝經》，以足「九經」之數，見於《日鈔》，後附刻文集。又跋《儀禮》云，淳祐九年，本州初建臨汝書院時，嘗模印入書閣。則撫州《儀禮》當有兩刻，不知他經若何。今張氏所模刻《禮記》，猶是淳熙四年初印本，在黄氏修補前百年，可寶也。安得《九經》全本重刻，以配岳氏荆溪家塾之本耶。

跋仿岳本周禮

前數年得此於吴山書肆，知爲明人仿岳氏本，乃武英殿重刻《五經》外僅見之本也。惜失刻書序跋，中多缺葉。道光戊申二月，署知州上元朱述之明府得一本，與此同，因命炳森補寫缺葉。刻書人序跋亦無之，記此以俟異日。述之云，尚有《儀禮》《禮記》，與此刻同，余未得見。

跋秦藩本史記

秦藩本《史記》有嘉靖十三年正月秦藩鑒抑道人序，以《明史·諸王傳表》考之，乃定王惟焯也。序稱「我簡祖呻吟佔畢，以力學終其身」，則爲簡王誠泳。傳稱誠泳孝友恭謹，嘗銘冠服以自警，建正學書院，又於旁建小學，擇軍校子弟秀慧者，延儒生教之，親臨課試，王府護衛得入學，自誠泳始。序言「力學終其身」，蓋不誣云。定王爲簡王從孫，傳稱有賢行，而不著事實。序言景慕衛武，以「抑鑒」名軒，則信乎其有賢行矣，抑亦簡王力學之遺風歟。《史記》以千字文爲次，自天至往，凡二十册，殆欲全刻諸史，故標識如此。今僅見《史記》，其版式與震澤王氏本同。

跋史記志疑

梁曜北先生《清白士集》版尚完好，此書則已斷爛，久乏印本。道光辛丑夏日，得此初印本於吴山書肆。余方校勘史公之書，將奉此書及嘉定錢先生《考異》、高郵王先生《雜志》爲準繩焉。王先生亦謂，《志疑》所説有錢氏未及者，而校正諸表特爲細密也。

跋班馬字類

陸放翁《跋前漢通用古字韻編》云，「古人讀書多，作文時偶用一二古字，初不以爲工，亦自不知孰爲古、孰爲今也。近時乃或鈔綴《史》《漢》中字入文辭中，自謂工妙，不知有笑之者。偶見此書，爲之太息，書以爲後生戒」。道光甲辰新正十日，偶讀《渭南文集》録此。《前漢通用古字韻編》不知何人所撰，視婁公書爲何如。鈔綴古字入文辭，固爲通人所笑，然字之古今通假，不可不知也。《玉海》卷四十五引《中興書目》，乾道九年，陳天麟撰《前漢通用古文韻編》五卷，以四聲集之。放翁所見當即此書。廿一日記。

覃懷李曾伯嘗爲婁氏補一千餘字，景定甲子自序稱，隨其先君入蜀時，與老儒王揆共成之。見張氏金吾《愛日精廬藏書志》。李公稱婁公爲鄉先生，蓋亦流寓吾禾也。蔣生沐有舊鈔本，余嘗假録於叢書樓所刻《字類》眉間。叢書樓一字一行，視倪氏經粗樓本爲疎爽省目力，終以眼花不能多寫。生沐已重刊補編，尚未印行。庚戌十月記。

跋舊本漢書

此爲十行本。或謂宋刻，然殷、敬等字皆不避缺，當是元刻明脩爾。注文不删，勝明監本多矣。其中脩版多訛字，暇當校定之。

是書爲我師特齋先生諱爾琳，道光辛巳秀水縣恩貢生，於泰吉爲族孫。所藏，卷中圈點，先生筆也。先生下世未十年，此書流轉書肆，可慨已。往歲嘗從先生假至海昌，年來時憶此書。庚戌九月，偶至故里購得之，如見先生口講指畫時也。先生評點《資治通鑑》，在硤石蔣寅昉處。

重刻舊本書，遇有缺葉，以流俗本羼補，柯氏、王氏刻《史記》皆不免。此本多空格紙，亦可見重脩者之審慎不苟也。

跋通志二十略

鄭氏《通志》未得購藏，架上所有者《二十略》耳，且是乾隆十三年于金壇以明正德本重刻於浙江試院，非舊本也。然馬氏《通考》「故事類」録《通志略》，謂元無卷數，止是逐略分爲一二耳。《中興四朝藝文志》「別史類」載《通志》二百卷，非此《二十略》也。豈二百卷自爲一書，亦名之曰《通志》，或并《二十略》共爲一書耶，當俟續考云云。則馬氏亦未見《通志》全書也。咸豐改元仲春之望，偶檢《經籍考》，録之以自文其弇陋。

跋梅會里李氏評校日知録示炳森

李香子明經録其從祖敬堂老人評閲《日知録》及何義門勘本，道光己酉，嗣君蒼雨贈余《校經廎文集》，得讀跋文，遂從蒼雨借本，令炳森録之。明經讀此書，自乾隆丙午至嘉慶乙丑，閲二十年，凡七過，卷末標識歲月，可見者如此。晚年與余相見，談及《困學紀聞》及此書，必言其從祖所教若何，余蓋數聞其緒論云。前輩讀書，謹守師傳，終身不倦，後學所當取法也。咸豐元年二月，炳森重裝此册，將攜之京師，因録明經跋語而識其後。

跋文獻通考詳節示應溥

杜氏《通典》南宋時有爲「詳節」者，《四庫提要》謂略無義例，蓋書坊所爲也。然數百卷大書，寒士不易得，即得之亦驟難卒讀，「詳節」之本，要亦不可少。嚴氏此書，誠足爲讀《通考》者沿流遡源之資。曩從金岱峰借陸瓠尊丈閲本，令應溥點讀，今將攜之京師，蓋欲窮源竟委，則讀《通考》全書，尚須參考諸史及唐宋人文集，區區節鈔，與兔園册何異。若曰亦既從仕，以吏爲師，則此册亦束置之耳。嚴氏有《詩質疑》，不知可訪求否。

跋稽古録校本

朱子在長沙所刻《稽古録》，自謂勝越中本，當即陳直齋所稱潭本也。潭本、越本不可見，世所通行者惟此本，不知何人所刻。諸論各繫於國亡時，似從潭本，而脱誤頗甚，恐亦如趙氏刻《歷年圖》，不免有所增損，而傳寫之不審，則又甚焉。咸豐壬子夏日養疴，假許辛木户曹楣及兄子鬯醇閲本，粗校一過。兩本皆同此刻。又從蔣生沐光煦假昭文張氏《學津討源》本，稍稍是正，張氏本差善。然若漢武帝時脱天漢三年至征和二年事，凡八年，而以征和三年四年事爲天漢三年四年，張氏未及校正。若唐太宗貞觀二十二年遷安西都護於龜兹，兼統于闐、疎勒、□□，此刻空二字。謂之四鎮，張本補「碎葉」二字是矣。而前文云阿史那社爾拔焉耆，虜其王訶黎布失畢，則以龜兹王爲焉耆王，温公元本必兼列焉耆、龜兹二事，而傳寫脱失，張氏亦未及校正。又若漢宣帝地節二年，「二」誤「三」，張氏既改正矣，而立許后子奭爲皇太子乃三年事，今誤繫於二年，而三年乃無事，張氏亦未及校正。他處類此者不可枚舉。老年眼花臂痛，史事不熟，翻閲爲難，尚望同志共爲校讐，以成善本云。七月十一日。

跋吕氏童蒙訓

余求此書數十年不得見，桐城蘇厚子有吾鄉朱先生坤所録本，未及借鈔，時時念之。壬子四月，得此康熙四十四年仿宋本於郡城書肆，即《四庫》所著録，而不知何人所刻。此本幸有刻書人跋，知爲吴江姚紉子搴也。吕氏以訓童蒙，而余年逾六十，始得讀全編，欲補小學工夫，愧無及矣。咸豐癸丑三月三日識。

跋離騷草木疏辨證

《離騷草木疏辨證》四卷，海昌祝芷塘侍御德麟預校《四庫全書》時，以經進宋本吴氏所著書，取《永樂大典》及《五雅》《山海經》《淮南子》《齊民要術》《本草》諸書詳校，并附《考證》。乾隆己亥刻成，有跋。管芷湘於鄉先哲著述寓目甚廣，前纂《備志》「藝文」，僅據祝氏譜傳存此書名，未見傳本也。今見此册，始知辨證詳審，足爲斗南功臣。近地所刻書，且屬親串之家，而余與芷湘皆爲好事者，前此數十年皆未得見，搜訪遺籍，豈易事哉。道光己酉十一月十七日，湖州書估持售，因識數語以示。芷湘所纂《海昌經籍考》，急宜補録跋文，且未竟之緒尚多也。

跋棠陰比事

《四庫》所收《棠陰比事》爲明景泰間吴文恪删定本，上元朱述之郡丞購得宋本重刊，與余姻家許珊林郡守所刊《折獄龜鑑》並行，治獄者可人執一編矣。此爲郡丞所贈初印本，余假宋本，命外孫桐鄉沈善經校對一過，屬郡丞命工脩改。郡丞欲續《比事》，搜采已得數千條，有因屬對難工，欲舍去者。余謂不若用吴文恪之意，以事類排比成之，不必拘於聲韻對偶，致有遺棄也。

跋蘇學士集校本

《蘇子美集》今所通行者，僅有康熙年震澤徐氏刻本，訛字不少。夙聞馬二槎上舍有何義門校本，今年四月蔣生沐乃假得，畀余傳録，惜非義門元本。卷尾署款云「辛酉初秋，韓江寓齋借馬氏所收義門原校本覆審，世鈺」。但署名，不著姓。校改之字塗寫於本字之上，諦審乃能辨其筆畫，義門必不然也。義門從石門吕氏得見吴文定公叢書堂鈔本，乃吕氏校定者。乾道辛卯施元之刻於三衢之本，義門亦未得見，當訪求焉。咸豐辛亥五月既望校，至六月朔畢，令外孫沈師濟録義門從《梁溪漫志》補録《與歐陽永叔書》，及吕氏從舊本録山谷詩施元之跋。老年不能作楷書，有愧先哲多矣。

跋宛陵集

《宛陵集》余舊時但有殘本，失其前四卷，第六十卷僅存八葉，皆古今體詩，非《四庫》所收明姜奇芳本也。此爲康熙壬午震澤徐氏刻本，詩五十九卷，文一卷。記一首，序一首，賦十九首。後附拾遺，僅詩二首，《雙羊山會慶堂記》一篇，與《四庫》本亦不同。辛亥九月，楊柯亭爲余購於吴門。老年得見全帙，亦一快也。十二月既望，得炳森都門書，言於廠肆得道光庚寅宣城知縣梁中孚重刊康熙丁卯宛陵裔孫枝鳳所刻本，爲詩五十九卷，文十首，爲第六十卷，與此本又不同。《宛陵集》屢經傳刻，而余求之數十年不獲覯，乃於數月間南北皆得之。平生購書，往往如此，遇合之有時，不可見耶。

此書與《蘇學士集》同時所刻，紙墨皆精，譌字亦相若，惜不得義門先生以舊本讐校，暇日當略爲校正，讀舊書生又識。

跋司馬文正公集

嘉慶乙丑先府君養痾邸舍，案頭常置者《司馬文正公集》及鈔本陳氏《九朝編年備要》也。及府君疾亟，陳氏書不知何人取藏，衎石兄每與泰吉言之，同深歎惜，《文正集》幸存，乾隆五十五年涂水喬人傑、平陽徐昆、濩澤張德脩補劉氏繩遠所刻之版。咸豐二年夏日重裝，去府君下世已四十八年，欲取《傳家集》舊刻校讀，未能也。

跋劍南詩集

前年兒子應溥得《渭南文集》，今年七月下浣得《劍南詩稿》，九月初桐鄉馮詒齋昌燕贈《家世舊聞》、《老學庵筆記》、《南唐書》，放翁所著略備矣。暇當取竹汀宫詹所纂《年譜》録於詩稿之首，按次考核，庶知放翁感時託詠，亦南宋詩史也。先本生祖考安慶府君劇愛放翁詩，案頭常置者，汲古閣初印《劍南集》也，所閲本不知今歸何人。此本有上虞顧氏及桐鄉錢氏收藏印，硃色圈點，不知爲顧爲錢，於鄙意不甚合也。讀放翁詩，當遵《御選唐宋詩醇》，參以羅澗谷、劉須溪選本，放翁真面不爲流連光景之詞蒙翳晦塞，詩家正脈，庶幾不墜。近人所習見者楊氏大鶴選本，放翁許爲知音與否，我不敢知矣。庚戌十月六日。

跋宋文憲全集

集五十三卷，卷首四卷，嘉慶十五年嚴州知府吴縣嚴氏榮刻。道光庚戌九月，子仁姪攜贈，爲余六十壽。早歲思讀是集不可得，僅從《明文在》中略觀大意。今幸得此，老矣不能尋繹也。繼賢姪與子仁偕來，以陳太夫人寫關帝像畀藏，二十年前見於中錢懷德堂中，今堂已毁矣。老屋不足恃，所賴舊書以延世澤爾。霜降後一日記。

跋歸震川集評本

往歲壬辰，平湖方子春廣文坰示余其所評《震川集》，并録吴江張鱸江評本，余手寫數葉，潘梧君茂才藹人見而喜甚，爲録終卷。未幾子春下世，每一展讀，輒思故人。今年，假沈廉仲小湖侍郎仲子。所藏盛秦川先生録祇平居士評本，梧君下世又有年矣。鮮同嗜者，忍寒録焉。祇平、鱸江文集皆已刊行，若仿詩家《主客圖》之例，其於震川不愧上入室矣。梧君文稿，余亦傳録，惜乎未見其所止也。子春晚歲潛心理學，所作無多，不知尚可收集否。庚戌長至後一日。

跋徐俟齋居易堂集

《居易堂集》二十卷，余得藏刻本三十餘年矣。有海寧陳鱣小像印，及「吴騫讀過」印，蓋仲魚藏書而兔牀曾借閲者。頃見顧千里《思適齋集》跋俟齋與楊潛夫札子，云《居易堂集》失傳於世，并尟知其名者。乃知此集雖俟齋同郡後人好事若千里者亦未見也，則其他所論著，若《通鑑紀事類聚》、《廿一史文彙》、《建元同文録》、《讀史稗語》、《讀史雜鈔》《管見》諸書序文，雖見於集中，世亦不得而見之矣。俟齋高風亮節，不必以詩文傳，而其文峻潔，如其爲人。集首有目次，「凡例」十一則，亦編輯文集者所宜取則也。世尟得見而余見之獨早，藏之有年，又不能力爲之傳，使世之知俟齋者，獨於山水竹石可嘆也已。庚戌七月七日識。

辛亥重午後一日，遇吴門顧湘舟於吴山，言《居易堂集》藏書家多有之，澗蘋專心古籍，於鄉先哲著述轉多未見耳。

跋瀛奎律髓評本

二馮評《瀛奎律髓》，衎石齋有録本極精，未得細讀。查初白選者，向於坊中得過録本，令炳森鈔出全首及摘聯，以便諷誦。紀文達評蘇詩，可爲詩家圭臬，此評於虛谷、二馮閒多持平之論，因以查氏所選標於卷中。兩家雖時有不同，參酌觀之，律詩三昧在是矣。乙巳九月四日記。

昨冬沈廉仲贈《鏡煙堂曉嵐評著十種》，有《删正瀛奎律髓》四卷，僅録所選取者，評語亦有異，不若此刻爲全備也。咸豐辛亥三月五日記。

辛亥八月六日始録初白評於文達刊誤本上，以便覽誦。閱閏月，至九月二日畢。余未有初白評本時，潘伊人翁爲誦梅聖俞《欲雪》詩第二首，謂「初白但圈一句，試揣之以爲第幾句」？余曰，必第七句「都無少年意」也。伊翁曰「然」。此語二十餘年矣，今過録查評漫記之，以見持論趨向，雖各有所指歸，而其大旨自具準的也。

跋古文辭類纂

道光丁亥夏日初至海昌，前東防同知陽湖吕幼心先生榮己罷官，以公事留，余得遊其父子閒。承次飴二兄抱安贈此，十餘年來，時時翻閱，辛丑秋日重裝因記。吴仲倫初至余齋，與銘恕論文事，曰曾見《古文辭類纂》乎？曰，見之。仲倫喜謂余曰，是不愧君家子弟矣。蓋余案頭日置是編，兒曹常見余諷誦，故有以答客問耳。其中精藴，余固未能窺，況若曹耶。然文章體裁，亦略能知之。今仲倫云逝，客來問古文辭者，實鮮其人，書此誌感。癸卯長至後九日。

跋强恕齋詩稿二則

秀水張浦山先生《强恕齋詩鈔》四卷，爲嘉興知縣豐潤魯公克恭選刻，此其稿本也。先生與文端公總角交，稿藏壽萱堂，泰吉於舊櫝中得之有年矣。道光丁未，爲白蟻所蝕，屬管芷湘脩補重裝。芷湘畫山水服膺浦山先生，故不惜日力如此。《詩鈔》、《文鈔》刻本，亦同時所脩補也。魯公選刻《詩鈔》爲乾隆壬申，此稿至乾隆壬戌止，蓋在刻詩前十年，全稿尚夥，不可得見矣。魯公序謂，鈔先生詩與楚攸彭君湘南及己之作，並付梓人。兩家之詩，今亦不得見。《强恕齋文》六卷，則乾隆丁丑吴興太守沔陽李公堂訂鈔付梓。先生年七十有三。

跋彭秋士集

宜興吴仲倫數稱彭秋士文簡質，余求其集不可得。一日與金岱峰會於武林，言「近見長洲彭君詩文集，非時人語也，子知之乎」。余曰「必彭績秋士也」。岱峰曰「然」。乃遣足至臨安學舍，取以贈余。潘梧君藹人借鈔一本，他人不耐卒讀也。道光丁未檢書匵，爲白蟻所蝕，屬管芷湘脩補重裝。仲倫、梧君下世已有年，他日晤岱峰，當共讀之。

跋歸安沈觀察榮昌成志堂集

泰吉已孤，更名世父所命也。表伯歸安沈舫西先生琨，本生祖母太恭人之姪也，嘉慶丁卯來視世父，一日笑語世父曰，我泰安守，當爲泰吉字，因字之曰輔宜。先生官御史時，嘗劾江蘇大吏虐辱生員，直聲振一時。守郡廉，告歸貧甚，以吟詠自適。先府君宰京縣時，先生適爲諫官，往來甚密，故尤愛泰吉云。先生全稿未得見，先生父省堂觀察公《成志堂詩集》十四卷《外集》一卷，先生所手授者，暇日檢讀憶舊事，附識於後。觀察尚有《居官内省録》，衎石兄刻於河南。咸豐壬子首夏。以上咸豐四年刻本《甘泉鄉人稿》卷六。

甘泉鄉人題跋卷四

記孟子讀本

此本墨筆圈點爲宜興吴仲倫德旋讀本，亡兒炳森所録，已將二十年矣。今歲瑞安項几山傅霖手録桐城劉海峰讀本相寄，因以硃色録於卷中。世傳蘇老泉本，嫌其太繁，海峰則卷三以後太簡，參以仲倫，足啟發文境矣。然仁者見仁，智者見智，善悟者各有所見，終未能仰測乾坤之妙用也。此猶以後人之繩尺，裁度周秦之器物，自以爲得當而已。咸豐乙卯十月望日，識於海昌寓齋。炳森亡已逾年，應溥遠在都門，諸孫未解文律，心有所得，無可告語。回思十餘年前，父子團坐燈下讀《孟子》時，可再得耶。

跋詩經疏義刻本

元朱氏公遷《詩經疏義》，附明王氏逢輯録何氏英《增釋》，《四庫》所收爲正統甲子何氏英授書林葉氏刊本，題曰《詩傳義詳釋》，板心標《詩傳會通》。何氏有後序，今見蔣氏所藏兩本，皆失何氏後序。一爲書林安正堂劉氏重刊，每卷標題《詩經疏義會通》。一爲書林克勤堂余氏重刊，每卷標題《詩經疏義淺講》，板心皆刻「疏義」。余氏本似從劉氏本翻雕，皆在葉本之後，訛字不少。如《東山》詩「行枚」，《傳》有「繣結項中」，此朱子用《周禮》「大司馬」注文也。朱本《傳》文「項中」不誤，注云「諸本『項』作『頂』，誤」，兩本皆同。幸所見元刻胡氏《纂疏》本「項」作「頂」，馮柳東見宋本亦作「頂」，乃知朱氏爲辨正「項」字作「頂」之誤。「項作項」，下「項」字當爲「頂」字。又云「頸後曰項」，亦兩本皆同，《説文》「項，頭後也」，「頸」字當爲「頭」字之誤。若此之類，倘得葉氏原本詳細校勘，亦快事也。

跋宋律

乙卯嘉平既望，偕仁和邵位西比部觀蔣氏昆季所藏經籍，如入山陰道上，目不暇給。涉覽稍倦，余方默坐，位西忽於寅昉架上得一書，連稱「至寶至寶」。余驚異，取觀則《宋律》也。位西既跋其尾，屬余亦書數行。余不讀書，亦不讀律，少無杜陵稷契之志，今既衰老，益不能用坡公之言，偶展此册，但驚爲目所未覩而已。東坡生日書於五研齋，屬寅昉多寫數本以廣流傳，庶不負位西鄭重拂拭之意。

跋朱思本九域志不全稿

生沐得此書，屢詢朱思本爲何許人，余瞠目不能答。今質之位西，乃知爲元時道士。羽流而能研究輿地之學，視句曲外史更上一層矣。

跋宋本小字晉書

余先世所藏明周氏翻宋大字本《晉書》，聞里人有宋小字本，思借以校對，秘不肯出。今乃得見寅昉所藏本，位西亦歎爲精美絶倫。「問龍乞水歸洗眼，欲看細字消殘年」，不知寅昉許我否。東坡生日書。

跋晉書評校本

此本評點爲戚氏寶研齋所藏，不知何人之筆。屢引彭羨門先生語，當是康熙以後人。道光戊戌，命炳森過録評語，自閏四月至十月而畢，時炳森從事帖括。列傳四十六「王舒」以後，不暇分句讀，遂爾閣置。炳森初名銘怨，卷末自署名是也。歲甲辰更名，應試得售，屢應會試，考補景山官學教習。咸豐甲寅夏，假歸省余於海昌城東寓齋，十月以疾卒。其所點讀《通鑑紀事本末》《日知録》將傳授諸孫。戊午、己未冬春之交，乃從蔣寅昉假殿本及余舊藏明周氏仿宋大字本點閲，《王舒傳》至《載紀》卷末，粗校一過，以俟他日炳森之子有能讀父書者。炳森爲吾兄學源先生後，秉性淳厚而不永其年，每檢遺墨，彌深慨歎。己未脩稧後二日，六十九翁磨四十年前爲炳森寫《詩經讀本》研，忍淚書此。

跋明周若年仿宋秘閣本晉書

「天禄琳琅」收此本，謂前序缺末葉，不知其名。泰吉先世舊藏本序文幸全，爲萬歷戊寅秋王世貞作，後有俞某叙，紙爛失其名。每葉十八行，行十六字。每卷末附《音義》。失録楊齊宣序。字大頗便老眼，惜正文多誤字，若《載記·李流傳》「皐」字誤分爲二字，賴《音義》可正。《姚興傳》「何故以一方」下脱漏幾及四百字，須以他本校補。《音義》亦當從殿本細校，衰齡疎嬾，未能一一是正也。全部朱、藍二色圈點，不知何人筆。中缺《良吏》、《儒林》二卷，亦是舊鈔，余補録《音義》於卷後。

跋晉書音義

唐何超《晉書音義》，晁、陳兩家皆不著録，《文獻通考》遂失載。毛氏汲古閣本《晉書》未及刻，亦讀《晉書》者一缺事也。何超之音，天寶六年楊齊宣正衡爲之序，胡身之《通鑑注》引《晉書音義》，遂屬之楊正衡，豈讀序文未審，且不及檢《唐志》，故有是誤歟。《唐志》尚有高希嶠注《晉書》，開元二十一年上，在何氏前，不知能勝何氏否。何氏音略備而義多未及，尚有待於後人補苴也。

跋張子簡所鈔汲古閣影宋本酒經

蔣寅昉從鱸頭鎮沈氏假得汲古閣影宋本《北山酒經》三卷，屬海鹽張子簡敬脩影寫，帀月而成，并摹毛氏收藏之印，惟妙惟肖。余至五硯齋，寅昉出兩本並觀，幾不能辨，但紙色新舊異耳。子簡爲余舊友受之長子，童年患疽，一足偏廢，遂棄舉子業，傳受之篆刻之學，已能繼美，今見此本，真大隱翁所謂「心手之用，不傳文字，雖酒人亦不能自知也」。三卷之末附「神仙酒法」，有武陵桃源酒，可以蠲除萬病，令人輕健。子簡倘得而飲之，以愈沈痼，則其才足以用世，豈獨一藝之精，壓其曹偶哉。我於是書卜之矣。

跋吴氏伯與歷代宰相傳

甲寅十月，蔣寅昉以明吴氏所輯《宰相傳》貽我，孫頤仁因謹録《四庫提要》於册首。《提要》謂序文題曰「宰相守令合宙」，今本失序，而亦無守令，不知守令有刻本否。《四庫》目中尚有魏氏顯國《歷代相臣傳》一百六十八卷、《元相臣傳》十二卷，視此當更詳備。數十年來未見流行本，此册亦今始見之爾。《提要》謂其「以李斯爲禮賢尚德」爲乖舛，今《李斯傳》中無此語，乃在《季桓子傳》中。季孫斯、李斯字形相近，想館閣諸公未暇詳審，遂爾涉筆，幸見此書，爲之辨明，亦著書者之一快也。丙辰七月十一日記。

跋蔣氏所藏鈔本草堂詩箋

草堂詩箋五十卷編年詩四十九卷，魯訔編次。逸詩拾遺一卷，蔡夢弼會箋。

外集一卷酬唱附録。海陵卞圜集。

年譜一卷魯訔撰，有序。

年譜一卷趙子櫟撰。

草堂詩話二卷蔡夢弼集録。後附跋，叙杜氏譜系。

宋蔡氏夢弼《草堂詩箋》，《四庫》未著録，近時張氏昂霄博收舊籍，其所編《藏書志》亦未有也。往歲兄子炳森在京師，於袁潄六編脩芳煐〔一〕處見宋刻本，後附我鄉先哲魯氏旹《年譜》，詫爲目所未睹，馳書告余。今寅昉得此舊鈔本，實驚人秘笈也。魯氏《年譜》之後又有趙氏子櫟《年譜》一卷，據《奏三大禮賦表》，謂工部生於癸丑，舊譜謂生於壬子，蓋差次一年，然黄氏鶴《年譜》已辨定實生壬子，趙氏之説存疑可也。《詩箋》惜缺卷二十九、卷三十，袁氏所藏聞亦有缺卷，他日寅昉得與潄六各補所缺，實爲快事。黄氏鶴《分類千家詩注》，生沐收藏舊刻本，余得合觀於五硯齋，亦平生之幸。惜炳森遽爲異物，無此眼福，思之泫然。乙卯二月。

〔一〕煐，錢氏原稿作「燦」。今通作「瑛」。

跋梁氏中孚重刻宛陵集

兄子炳森得此於京師，甲寅夏日攜以歸。未幾，炳森病歿，遂不忍檢視。近從濮陽春泉滂假所藏查梅史揆評閱徐氏刻本，因取以對校。詩文次第，兩本皆同。余舊跋言此本文僅十首，誤也。惟第四卷《得餘干李尉書録示唐人于越亭詩因以寄題》七言古一首爲徐本所無，三十一卷中誤編《新息重修孔子廟記》及《雨賦》，三十二卷誤編《小女稱稱甎銘》，二十一卷誤編《劉原父同梅二十二飲永叔家觀所鈔近事》五律一首，亦兩本所同。此本附宛陵《續金鍼詩格》，前有元張師曾所編《年譜》，後「附録」爲宛陵所作詩文，則梁氏增刻而徐本所無也。梅史評閱，多訂正編輯先後之失次。衰年憚於傳録，誤刻之字以兩本相校，亦略可是正，今亦未暇以爲，益歎炳森在時之能助余爲不可得已。丙辰中秋後六日。

校史記雜識

咸豐六年丙辰二月廿七日，唐端甫茂才仁壽攜示陶書估所持《史記集解索隱》，每葉二十八行，行二十五字，與中統本同而字略大。前有《三皇本紀》、《史記正義序》及《正義諡法解》。第一行俱有「豐城游明大昇校正新增」十字，蓋增中統本也，《正義》惜未能補刊。游明本，王懷祖先生《讀書雜志》及之，亦明刻之佳者。書估以爲元刻，索價甚昂不能得，而細校漫記之。

九月望後，游氏本爲蔣寅昉所得，余假至寓齋。惜補鈔五十餘葉甚惡，書估云有重殘本可更換。後數月以重殘本來，亦未能補全。游明本從中統本出，同邑沈廉仲宗濟亦有中統本，因假以參校，前所未審者，略得審定。七年，爲寅昉校刻《詩集傳》、羅氏《音釋》，秋冬之交，乃得計日校史，又多作輟。八年八月十九日，始畢一過。

蔣寅昉既得游明本《史記集解索隱》，又得兩正德本，卷首皆有《正義論例諡法解》、《列國分野》，與游本同，皆有中統時董浦序。一本董浦序後有「皇明正德仲夏吉日慎獨齋新刊」木記，計十三字，但有年號，無紀年。一本董浦序後有「正德戊寅年重校正刊行」木記十字。有長汀李堅序，所謂「校正」者即慎獨齋之本也。今取以參校，兩本實一本，校正本惟去慎獨齋本之圈隔句讀耳，其脱誤處皆未改。金臺汪諒延柯氏維熊校刻，今人皆稱柯本，亦徒有其名耳。余前後校《史記》幾及二十年，尚未正定，前人倉卒刻書，甫校一過，即付剞劂，安能盡善耶？雖宋本亦不能無誤，職是之故。戊午八月二十二日記，時年六十有八。

《正義·論音例》「惟、維、遺、唯」並音「以隹反」，各本「隹」皆誤「住」，獨正德兩本作「以隹反」不誤，此亦可謂一字千金矣。戊午八月廿六日，以明南雍本校，《論例》「以隹反」與正德本同，亦可喜。「從」字下又音「徂容反」，與所見各本異，餘則大略相同。

舊借汪氏所藏柯本多補鈔之葉。戊午八月，假得蔣生沐所藏，紙墨極精，完好無闕，因補校前所補鈔之葉。柯本大都與《評林》本同，淩氏謂以宋本與汪本即柯本。字字詳對，不誣也。秦藩本多與王本同。

屢見柯本《正義論例》至《列國分野》皆缺，豈柯氏所刻本無歟。俟再訪問。

生沐所藏王本，録葉石君校，卷一尾有「康熙廿年歲辛酉八月二十八日葉石君從宋刻大字本校起」二十四字。

葉校甚略，所見宋本與王本當亦無大異，今録余所未及校者數條。己未四月朔記。

細閲終卷，知葉校但有正文及《集解》，生沐云從杭州諸進士洛過録本録出，其他校改之處，不知何人所校，亦不言據何本。於王氏正文、注文甚誤之字，已改十之八九，今亦録之，凡不著葉校者，皆是也。

生沐自詡所藏王氏本爲真王本，今與家藏王本細細對校實一刻，間有不同者當是脩改。

余初校柯本時，從寅昉假秦藩本參閲。歲甲寅，寅昉重購秦本以贈炳森。未幾炳森下世，不忍取閲。庚申春，發興以秦藩本細校。二月初甫校《正義論例》，即聞省垣告警，急收藏書籍。三月初，移置先塋丙舍中。自此無静定之日，秦本亦不可再見。友人屢勸余纂校勘記，亦嘗有手寫本，所愧學問疏淺，未能正定，時寫時置。今所寫之册亦多棄置，且以爲師資者，嘉定錢氏、高郵王氏、錢塘梁氏之書亦皆棄置，惟手校《評林》本及汲古閣本尚在行篋。衰病眼花，舊時校字，不能審視，此事遂已矣。同治壬戌四月望日，識於江西新建縣鄉，時年七十有二。

日本刻《史記評林》，板心上有「寬文壬子年刻」六字，下有「八尾友春」四字，皆陰文。

每行字旁多細標識，若中國詞曲譜。首册《讀史總評》後，附王弇州所録《短長説》。日本後西院寬文僅二年，靈元代立前十年不改元，明年改元延寶，壬子爲靈元不改元之末年，當大清康熙十一年。咸豐丁巳二月，見蔣生沐藏本，記其大略於别册，擬暇時借校。今生沐書盡爲盜燬，生沐死矣，思之泫然。庚申十二月望於借蔭居。

跋李實盦説文檢部

遵《康熙字典》，以筆畫排次《説文》部首，視胡菊圃翁《字源均表》尤便檢尋。全録洨長之文，則功力十倍矣。實盦新婚帀月，寫成此册，我知閨閣中有鼎臣、楚金家法，乃能不讀《玉臺新詠》，效秦、徐之贈答也。

跋明神宗時秀水縣貧户册

濮陽彝齋滂新得左氏《百川學海》，每帙前後裝褙之紙爲秀水縣貧户册，有秀水縣印，有委官典史江夢熊名。考之志乘，江夢熊，歙縣人，萬歷十二年任，十七年霍邱王悌代之。

是時知縣爲漳浦陳九德、富順郭如川，《府志・官師》皆有傳。郭侯傳云「萬歷十四年知縣事，歲薦饑，加意賑恤，全活以萬計」，則此爲郭侯時册無疑矣。鄉圖之名尚存者，有麟諟鄉陸區伍圖、陸區柒圖，皆云去縣貳拾里。思賢鄉西區拾叁圖、拾伍圖、貳拾貳圖、叁拾壹圖，皆云去縣叁拾伍里。東區下扇玖圖。云去縣貳拾伍里。麟諟，今府志作「麟瑞」，志謂思賢、麟瑞二鄉，其半屬嘉善縣，蓋始於宣德析縣時。此爲萬歷時册，當與今所管同，不知區圖尚有改易否。翳此殘賸之册，得附舊書留之至今，其殆郭侯之仁政，實有愈久不可泯没者，而江君之名存焉，其亦能不負委任者歟。因屬彝齋裝之成册而誌其後，蓋不獨爲吾鄉掌故之一端也。丁巳冬日。

跋濮陽彝齋所藏百川學海

余所藏《百川學海》爲世父户部公所賜，石門吴氏黄葉邨莊藏本，中缺七十餘葉，五十年來所見本皆同，蓋是書之殘闕久矣。今年秋，彝齋得此本，余所缺者皆有之，因得假鈔，實爲晚歲大快事。其前後裝褙之紙，爲明萬歷時秀水縣貧户册，則此書裝訂已閱二百餘年。彝齋用余言，以貧户册别裝，而余爲之跋，將與是書並藏勿失云。以上同治刻《甘泉鄉人餘稿》卷一。

甘泉鄉人題跋卷五

跋宋版華嚴經

元人刻經大都仿趙吴興書法，此本純用晉唐筆，絶不步松雪後塵，雖無刊刻年月，其爲宋刻無疑。紙質堅厚，亦不減吾鄉金粟藏經。六公得此全部供養，無怪玉佛龕中，旃檀香雲，周徧擁護，入其室者，各各歡喜讚歎，不可思議也。咸豐癸丑立秋後七日，六公攜示第五卷，既試所贈金文大歙石硯，爲題卷首，并識於後。文字重障，我與六公皆未解脱，如何如何。

跋元刻蓮華經

周松靄大令曾藏皇慶二年刻本《蓮華經》，其第十四卷爲臨安縣普慶福田寺開經，後列施財銜名，皆鹽官州人。余從大令所纂《海昌勝覽》得其大略，未及見也。今得見六舟所藏至正十一年刻本全部，與宋刻《華嚴經》足稱雙絶。以上咸豐四年刻本《甘泉鄉人稿》卷十一。

記沈氏嗣選南宋文鑑目

道光乙酉五月，得《南宋文鑑爵里考》稿本於集上書肆，不知何人所撰，訪之沈雲泉丈。珏。沈丈云，嘉定張雲章字漢瞻，嘗輯《南宋文鑑》，未脱稿，王西莊光禄續成之。乾隆甲午舉人海寧蔣顯謨，字奏平，亦有《南宋文鑑》，然莫先於吾鄉先哲沈果庵之書也。丁亥四月，吾兄雲壽檢雲泉丈遺書，假得果庵《南宋文鑑》序目二册示余。序作於順治戊戌，「凡例」九條，則康熙改元七月晦前一日也。目凡四十八卷，卷一賦，卷二騷、樂府，卷三至卷八詩，卷九卷十詞，卷十一詔誥，卷十二至卷十九奏疏，卷二十至二十四啟，卷二十五至二十八書，卷二十九、卷三十策，卷三十一至三十三論，卷三十四至卷三十七序，卷三十八跋，卷三十九至卷四十一記，卷四十二議，卷四十三辨，卷四十四説、符命、頌、贊、箴，卷四十五考、答問，卷四十六銘、碑、傳，卷四十七墓銘、墓表、行狀，卷四十八祭文、祝文、策問、樂語、上梁文、雜文。每體各有小序，惜余未及鈔録。今沈丈所藏書扃置虚室，不知何日再覩矣。及來海昌，訪求蔣君遺著，無知之者。嘉定張君之書，亦未見流行本。《潛研堂集·嚴道甫傳》，所著有《南宋文鑑》，而《西沚先生墓誌》不言續成。張氏之書，《西莊始存稿》有《樸村集跋》，亦不言選南宋文。沈丈之言當不悮，惜未得《樸村集》及《西莊晚拙稿》一檢爾。壬辰八月，讀莊芝階孝廉仲方所輯南宋文，因書所聞見以貽莊君，倘存數家姓名於所著序録中，則莊君之書傳，而諸君子撰集之苦心亦與之俱傳矣。果庵，字仁舉，名嗣選，嘉興貢生。乙酉奉母避兵葭川，群盜知爲老孝子，戒勿犯。破産聚書，所著有《儉娱堂集》，卒年七十六，私謚孝貞。

黄梨洲先生嘗輯《續宋文鑑》、《元文鈔》，以補吕、蘇二家之闕，尚未成編而卒，見全謝山所撰《神道碑文》。丙申初夏讀《鮚埼亭集》，因識。

記兩漢書校本

予校兩《漢書》，初從李金瀾廣文遇孫假其大父敬堂先生手録義門何氏評校本，自己丑十一月至辛卯十月畢。壬辰正月，從兄子承志假乾隆四年武英殿刊本《前漢書》謹校一過，蕭氏《音義》、宋氏、三劉氏之《刊誤》、館閣諸公《考證》，悉録簡端，至閏九月而畢。欲續校《後書》，未能也。癸巳春日，於武林汪小米遠孫處，得義門弟小山氏所校兩書。乃先校《後書》，自春涉秋而畢。繼校《前書》，自是年九月至今年甲午六月而畢。夏秋之交，從味根從孫聚仁所，又得諸草廬先生所録義門校《續志》三十卷，李先生録本未備者得補録焉。暇日參以吴氏《兩漢刊誤補遺》、惠氏《後漢書補注》、嘉定錢氏之《考異》，高郵王氏之《雜志》，僅見《前漢》。則於甫里所謂「精實正定可傳」，或庶幾焉。兩何氏皆以汲古閣本爲主，余故亦用汲古本。校既粗竟，因條件何氏所據之本，見前輩校書不以再三爲限，且冀爲《兩漢》之學者，廣求善本，考其異同焉。

漢書

景德本

何煌小山所校。於卷前録牒一道云「中書門下牒。再校勘《前漢書》牒。奉敕，國家治洽承平，政先稽古，顧兹三史，繼彼六經，昔嘗列於學官，今見施於貢舉。淳化中，慎擇儒士，俾之校讐，尋募工徒，已從模印。討論之際雖務研精，刊刻之間猶或差謬。是再加於鉛槧，庶悉辨於魯魚。克正前書，式資素業。牒至準敕，故牒。景德二年七月十八日牒。工部侍郎參知政事馮，兵部侍郎參知政事王，兵部侍郎平章事寇，吏部侍郎平章事畢。」〇按小山校語每稱「北宋本」，疑即景德二年校勘本，故不別列「北宋本」之目。

南宋監本大字本

《王莽傳》下記云「自《異姓諸侯王表》至此，皆以南宋監本大字粗校一過。康熙丙戌十二月二十八日，香案小吏何焯記」。又云「大字本列傳自陳勝至司馬遷皆闕，後從他所別得《杜周傳》一卷校過」。

小字宋殘本

小山校本《陳勝項籍傳》記云「殘宋十行十九字，注二十七字」。《叙傳下》記云「雍正元年癸卯中秋節之後一日，用小字宋殘本校，小字宋殘本闕紀一二，列傳十六、十七、十八，又六十至六十四上其脱失者，更不在此數也」。

九行十六字官本

小山校《地理志》云「凡此本與北宋本異同處，大約此本從九行十六字官本。其的誤者，則校失之也」。又云「小顏題銜，此仿九行十六字官本」。○按九行十六字官本，疑即南宋監本大字本，姑存此目以俟考。

宋末建寧書舖本

小山校《藝文志》云「此卷又得宋末建寧書舖惡本大字者校，卷尾記云『右將監本、越本、杭本及三劉、宋祁諸本參校，其有異同者，附于古注之下』廿八字二行。康熙甲午中秋校，小山四益齋」。又云「書舖建本八行十六字，注廿一字」。又《景十三王傳》、《司馬相如傳下》、《公孫弘卜式兒寬傳》並記『右將監本』云云，與《藝文志》同」。《景十三王傳》云「正文伍阡捌伯叁拾玖字，注文叁阡肆伯柒拾陸字」，《司馬相如傳》下云「正文肆阡柒伯壹拾伍字，注文柒阡玖伯貳拾捌字」，《公孫弘卜式兒寬傳》云「正文肆阡伍伯玖拾玖字，注文計貳阡肆伯陸拾伍字」，並建本所記字數也。○按此本拜經樓吴氏藏十四卷。泰吉别有記。

殘元槧本

小山校本紀六記云「此卷起假畏三弟所得殘本元槧，即命壽南姪兒校。耐辱老人記。雍正元年癸卯夏六月中伏日，爲月之廿五日也」。《諸侯王表》記云「卅日，壽南校完，以下缺列傳。四卷起再校。」《功臣表五》云「七月廿六日，壽南校出一字，功臣表殘元本惟此一卷。」《張耳陳餘傳》云「列傳一二，壽南校，改正注中禮字。元槧本失第三卷。仲子記，七月之望」。《楚元王傳》云「殘元槧本，《韓彭英盧傳》第四起，七夕後二日校完。此三卷凡壽南校出者，以元本二字識」。《季布欒布田叔傳》云「此卷壽南元本校訖無譌」。

元本

《王子侯表》下云「雍正初元癸卯七月二十二日，命壽南用元本覆勘」。《地理志》下云「己亥八月，陸生乾日將元板校一過」。

正統本

小山校《地理志》云「將正統刊本校過」。又《藝文志》云「北宋本、南宋監本、明正統本參校。正統所刊，亦宋之善本也」。

監本

南監脩本

小山校本紀一云「乾隆己未秋半，用監本粗勘，惜監本元刻十不得一，補刊謬譌不勝」。又《刑法》、《食貨》兩志俱云「用南脩本校」。

粤本

汪文盛本

大字補刊本

小山校《地理志》云「初令王源將北宋版校，隨自校一過。又命從子景官用大字補刊本校，容將葉校再閱。甲午冬十月」。〇按此未知即南監脩本否，存此目以俟考。

葉校本

小山校《地理志》云「將葉校改二字，葉改者皆北宋本不誤而粗心失之也」。

劉氏本

小山校本《叙傳下》記云「康熙乙未借蔣西谷所得劉氏本校。孟公」。

後漢書

殘宋本

義門校《本紀》第九卷記云「康熙甲午，心友弟得包山葉氏所藏殘宋本第三卷至此卷之半，以所校正寄，因改正數十處」。「興平四年春三月」條下記云「殘北宋本止此」。

鈔補北宋本

小山校《蔡邕傳》記云「以鈔補北宋本，屬徐尚成校此一卷」。

淳化校定本

小山校第九十卷尾記云「范曄《後漢書》凡九十篇，總一百卷，十帝紀一十二卷，八十列傳八十八卷。右奉淳化五年七月二十五日敕重校定刊正」。

麻沙本

小山校本目録後記云「本宅依監本寫作小板大字鼎新開雕的無隻字舛訛幸天下學士精鑒隆興二祀冬至麻沙劉仲立咨」。第一卷尾及續志《禮樂志》均有「武夷吴驥仲逸校正」八字。

正統本

小山校《蔡邕傳》記云「丙申五月望日，將正統本覆校。正統即北宋所出，惜鈔與刊者俱不免倉卒，安得元本一校也」。

成化補刊本

小山校本每云「成化補刊本」，疑即補刊正統本也。

南監本

小山校

續志

北宋小字殘本

義門校《禮儀志》第六卷記云「自《律曆志》至此卷，康熙癸巳偶得北宋小字殘本，冬日燈下手校一過，版至精好，尤明小學。有『孝友之家鳳來齋』藏書印，不知出於誰氏也」。又《輿服志》下跋云「自二十三卷至此，癸巳冬日得北宋殘本校」。

宋一經堂本

義門校《郡國志四》跋云：「自十九卷至二十二卷，康熙丁酉祇役武英殿，偶見不全宋嘉定戊辰建安蔡琪純父一經堂開雕大字本，心以爲佳，因從典守者乞以校對，則舛誤可爲憤歎。又《律曆志》之前直删去劉宣卿補注本序，每卷平列大字二行云『宋宣城太守范曅撰，唐章懷太子賢注』，竟不知諸志從孫宣公之請，始取司馬紹統《續漢志》，補蔚宗之闕。章懷但注紀傳，淳化所刊止於九十卷爾。其憒憒之貽誤後人，真市賈之下劣者。識之以見宋本亦有不足據信如此，非敢爲訐激也。七月既望，義門老民書。」

汪文盛本

義門校《郡國志五》跋云：「康熙癸未六月，侍八貝勒於南薰殿，架上有汪文盛刊本，因取以校此卷，汪氏亦仍譌襲舛如前書，地理亦憚於互勘。書無善本，豈非苟簡之過哉。」

附録義門跋汲古閣本

初讀此書，嫌其繆訛爲多。及觀劉氏《刊誤》諸條，乃知在北宋即罕善本，緣前人重之不如《班書》故也。嘉靖中南京國子監刊者注經删削，此猶完書，故是一長。其舊本不差，此復滋謬，略爲隨文改正云。康熙辛巳中秋後題於保定行臺西序，焯。

康熙辛巳首夏，於召伯舟中閲完《續漢志》三十卷，毛氏《後漢書》所據之本遠不逮《班書》，舟行又無從假他本互校，姑俟南歸再閲云。焯識。

右二跋及前各本下義門跋語，《讀書記》中均未載。泰吉記。

附録李敬堂先生跋義門校本《後漢書》

乾隆己卯冬日，從海鹽朱子笠亭借得義門先生點定《後漢書》，云從松江陸君子大得之。校閲一過，歎其細意校勘，爲范史功臣。余旋有都門之役，次年六月南還，迺依其刊正及句讀之處點出之。笠亭云，義門《十三經》、《二十一史》俱有勘本，先生聞某處有一宋元雕本，必輾轉假乞，藉以正譌祛謬，嗜好之篤如此。余往時記朱兄香谿云，有義門手勘《漁隱叢話》甚精，惜爲禾中盛氏假去未還。後在虎林孫廣文齋中見《前漢書》青硃二筆，云中有義門手校，後歸魏塘，無緣借閲。今所見者惟此書及《文選》，刻本則《困學紀聞》而已。聞吴門汪君念貽盡得義門書塾善本，蓋先生門人沈丈冠雲下榻汪氏所留遺也。行將從其至契密請之。又余聞前輩云，經史校本以顧亭林先生手定爲第一，惜書歸三晉，不得見云。敬堂集并識。

按，李先生所録義門《前漢書》評校本無跋，不知魏塘之本，抑吴門汪氏之本。此跋所刻《顧學齋集》亦未載。泰吉記。以上咸豐四年刻本《甘泉鄉人稿》卷十四。

藏書述

余年十三四時，從先大夫於大興官舍，六經粗畢，始知好書。先大夫曰，我有書數千卷在吴橋縣，自爾兄殁，不忍視，緘篋置之王氏，當取以畀爾矣。迨先大夫喪歸，過吴橋縣之連兒窩，王氏以書來歸，遂攜以南，籤排甲乙。先宜人顧而喜曰，兒好書，可以畢父兄之志矣。惜吾家耆英堂數萬卷盡屬他姓，否則恣所瀏覽也。已而得外曾王父所刊《讀書敏求記》，始知四部之大略，於是益有意於聚書。歲丁卯，世父得（語）〔浯〕溪吴氏黄葉村莊藏書數百卷，余尋玩竟日不忍釋，世父盡舉以賜。從兄衎石以有用之學相勖，贈以《通典》、《通考》。戊寅，兄自江右攜南昌學新刊《十三經注疏》以贈，從父中丞公又賜以胡氏所刊《通鑑》、《文選》。戚友知所好，亦有以書爲贈遺者。三十年來遇善本，非力所不能得，必購藏焉。今雖不及儲藏家十分之一，而學舍中一堂二内，所以充棟者皆書也。嗚呼，聚吾書而粥諸市，不足充數年之糧，從容玩味，厭飫其大義，則道德之腴，可以飽數世。獨恨三十七歲以前役科舉業，不能專一蓺。自來海昌，以病廢絶干進於有司，乃稍稍誦讀。然昕夕所丹黄點勘，以散壹鬱之疾而爲藥石之助者，班范之史，杜韓蘇之詩爾。《六經》《語》《孟》，則於小兒曹朗誦時，閉目静聽，領其旨趣而已。少嘗有志鄭孔之學，欲辨析名物，自附於通人，今亦已矣，有病其空疎者，笑謝不敏。然則父兄所留貽，友朋所投贈，三十年所，尺寸而積之者，譬諸庖人，山珍海錯，五鼎之烹三牲，魚菽之味，百和之醬，備取悦不知何人之口，而佐饔之勞，儹一臠焉。此則余所以廢書而長嘆者也。以上咸豐四年刻本《甘泉鄉人稿》卷十七。

冷齋勘書圖記

亭林先生述陸文裕之言曰，元時州縣皆有學田，所入謂之學租，以供師生廩膳，餘則刻書。工大者合數處爲之，故讎校刻畫，頗有精者。又謂，宋元刻書皆在書院，山長主之，通儒訂之，學者互相易而傳布之，故書院之刻有三善焉。山長無事而勤於校讎，一也；不惜費而工精，二也；板不藏官而易印行，三也。今讀元西湖書院刻《文類》公文，及慶元路《玉海》指揮，知文裕之言信而有徵矣。宋元書院山長往往以教授兼之，今則院長延士大夫退居者，教官匙兼任，然其職閒無事，不離文字之役則一也。歲丁亥，泰吉始爲海寧州訓導，先世遺書萬餘卷，盡攜之學舍中，取仇山村「官冷身閒可讀書」之句以名其齋。既以病廢，謝絶科舉之業，精神遐漂，不能爲深沈思。因假友朋所藏舊刻，日校數葉，爲静坐養性之助。八九年來，財數百卷，而於《兩漢書》、《元文類》用力稍多。《兩漢書》校本則假之梅里李君遇孫、武林汪君遠孫。李君今司訓括蒼，汪君下世，欲如亭林所謂「互相易而傳布」者，恐不易得，乃寫「冷齋勘書圖」，海昌張君元爲寫照，陳君宗敬補景。陳君又别爲圖一幅，而以所校諸書跋語録於後，傳示同志，冀各出善本相假，俾無事之歲月不至惰棄。且以告我良友之爲院長教官，及久任校讎之職，如劉中壘、顔祕監其人者，并力於一書，當不若明時書帕本祇供餽矚之用也。或曰，學校之官，當講明道德，啟迪生徒，乃爲稱職。否則，融貫經史之大義勒成一書，亦不得行其志者，思所以詔來學也。皆不出此，徒從事於一字一句之間，見其小而忘其大，得其淺而遺其深，坐耗居諸，不亦惜哉。斯言也，余深愧之。道光十有六年秋。以上咸豐四年刻本《甘泉鄉人稿》卷十五。

跋冷齋勘書圖

道光丙申，張君元爲寫勘書照，陳君宗敬補圖，余自爲記，題詠者數十家，别裝成册。五年來，又得同人贈畫十六幅，總憲桐城姚公八分題額一幅。辛丑秋日，付裝潢手，張之於壁，眼前突兀，如有廣厦之庇，亦打頭屋中一快事也。黄長睿嘗見《北齊勘書圖》，考之宋次道書，始知畫者楊子華，而圖中勘書之人則莫得主名。今諸君子之畫必有傳於後，而余目力日衰，學力日减，所校書多未卒業，後之觀此畫者，謂爲不知誰何之人，宜矣。姑署里居名字，聊以自娱。七月既望，嘉禾甘泉鄉人錢泰吉輔宜甫識於海昌學官之可讀書齋。

以上咸豐四年刻本《甘泉鄉人稿》卷十二。

跋史記評林

戊申十月三十日以宋本校《索隱》，宋本無《述贊》。

道光二十二年，歲次壬寅，十月五日，以柯本校畢。柯本與殿本及此本異同處参校王本，於王本尚未能字字核對也。泰吉謹記。

五月初七日校至三十一葉第五行止。初八日重校。

此次校中統本，兼參毛刻《集解》本，即世所謂汲古閣本也。余所藏是初印，以明監本易之於沈雪門洛。《集解》單刻不知尚能見舊本否。【錢印／泰吉】白方

道光二十五年，歲次乙巳，二月初旬，始以中統本校本紀。十月初，校完世家。計自二十年四月始校殿本，至此已六年矣，譌字猶未盡正。史公神妙之處，不能窺見萬一，日月易過，徒勞無功，如何如何。甘泉鄉人記。【泰吉】白長方

戊申（道光二十八年）夏日，從劉燕庭方伯喜海假所藏百衲宋本，每卷皆有《集解》。已校汲古本一過，亦快事也。十月三十日。泰吉識。《索隱》則校於此本。

劉方伯所藏百衲宋本，實四本。余詳記之，刻入《甘泉鄉人稿》。己未四月廿二日記。

咸豐六年九月，始假得蔣寅昉所得明游明刻本校，游明本從中統本出。同邑沈廉仲亦有中統本，因假以參校。前所未審者，略得審定。七年爲寅昉校刻《詩集傳》羅氏音釋。秋冬之交，乃得計日校史，又多作輟。八年八月十九日始畢一過。泰吉記於海昌寓齋。時年六十有六。【泰】白方　【吉】朱方

太史公之紀事與《左氏傳》相亞，蓋史學之原委也，左氏則據例發義，以定褒貶。司馬氏則據詩録實，録實則褒貶亦見矣。故《史記》自黄帝終於天漢，年世緜遠，傳聞異辭，其論上古唐虞之道德，三代秦漢之隆替，其事悉，其辭文，學者取據以引用，不可不務也。《索隱史記》近代號爲奇書，比之杭本，多述贊一百三十篇，注字幾十五萬言。小司馬氏之學亦謂勤矣。慮習者未究目爲贅辭欸，宜其熟讀《左氏》、《系本》、《國語》、《戰國策》、諸子之説，然後知《索隱》之學不妄也。始以三十世家明之，諸家注説有所不通，皆没而不論。《索隱》必以《左氏》表襮，證據四出，搜抉無隱，如冰之釋，如泉之達，深於左氏者，其知之矣。

今國家方鄉文學縉紳之士，猶無是書，以備觀覽，況其下乎。平陽道參幕段君子成喜儲書，懇求到《索隱》善本，募工刊行，將令學者證其違而治其闕，習其舊而知其新。史乎，史乎，愈於妄闕者，信乎。中統二年□沈藏中統本存「季」字之半。春望日校理董蒲題。辛丑十二月十四日録。

九月望後，游氏本爲蔣寅昉所得，余借至寓齋，惜補鈔之葉甚惡，書估云未有重本，可更换。警石記。

蔣藏柯本亦缺，戊午八月廿二日以正德兩本校。

蔣寅昉既得游明本《史記集解索隱》，又得兩正德本，皆無《正義》，而卷首皆有《正義論例》《謚法解》《列國分野》，與游本同。皆有中統時董蒲序。一本董蒲序後有「皇明正德仲夏吉日慎獨齋新刊」木記。計十三字，作二行，但有年號，無紀年。一本董蒲序後有「正德戊寅年重校正刊行」木記，十字。有長汀李堅序，所謂校正者即校慎獨齋之本也。今取校此篇，兩本實一本，校正本惟去慎獨齋本之圈隔句讀耳。其脱誤處皆未改，金臺汪諒延柯氏維熊校刻，今人皆稱柯本，亦徒有其名耳。余前後校《史記》幾及二十年，尚未正定。前人倉促刻書，甫校一過，即付剞劂，安能盡善耶。雖宋本亦不能無誤，職是之故。戊午八月二十二日泰吉記，時年六十有八。【泰吉】朱長方。

「惟、維、遺、唯」（並音「以隹反」）各本「隹」字皆誤，獨正德兩本作「以隹反」，不誤。此亦可謂一字千金矣。警石記。

戊午八月廿六日，又以南雍本校。「以隹反」與正德本同，亦可喜。「從」字下又音徂容反，與所見各本異。餘則文略相同。

己未四月朔，又以蔣生沐所藏王本校。

庚申二月四日，又以秦藩本校。【錢印／泰吉】白方　【甘泉／鄉人】白方　【手校／三史】白方。

王本目録後有此圖記，朱立齋所假本及衎石齋藏本俱已割去。戊申正月廿六日，借上元朱述之明府緒曾本摹寫於此。甘泉鄉人。【錢／泰吉】白方。輯自《上海圖書館善本題跋真跡》

跋史記集解

昨接金岱峰衍宗自臨安寄書，云近想急校《史記》，然勤奮中亦宜少休，人生止此精力也。良友規諷，愛我殊甚，附記於此。甘泉鄉人。【錢印／泰吉】白方【由拳／錢四】白方

輯自嚴寶善《販書經眼録》

跋漢書

此爲十行本，或謂宋刻，然殷、敬等字皆不避缺，當是元刻明修耳。注文不删，勝明監本多矣。惟修板多訛字，暇當校正之。

是書爲我師特齋先生（諱爾琳，道光辛巳秀水縣恩貢生，於泰吉爲族孫）所藏，卷中圈點，先生筆也。先生下世未十年，而此書流轉書肆，可慨已。往歲嘗從先生假至海昌。先生下世後，時憶此書。偶至故里，購得之，如見先生口講指畫時也。先生評點《資治通鑑》今在硤石蔣吟舫處。庚戌九月下浣，泰吉識於海昌學舍。【嘉興／錢泰／吉印】白方

重刻舊本書遇有缺葉，以流俗本羼補，柯氏、王氏刻《史記》皆不免此病。此本多空格

脩，亦可見重脩者之審慎不苟也。警石又記。【泰吉】朱長方

硤石蔣氏於特齋師情義甚厚，詳見余所撰墓表。寅昉慎藏遺硯，余亦爲之銘。今以此書歸寅昉，與《通鑑》評點本同藏五硯齋，我師有知當亦心許。咸豐戊午暮春之初，泰吉識於海昌寓舍。【甘泉/鄉人】白方

此書缺葉已從唐端甫借本補全，余手鈔《五行志》二葉，眼花不能多寫，自《藝文志》一下皆倩李實盦依式精寫。【錢/泰吉】白方

咸豐乙卯冬月，唐茂才仁壽得舊本，與此刻同，既屬梅會里李兄實菴文杏鈔補缺葉，并摹此刻書圖記。嘉平既望，嘉興錢泰吉識於海昌寓齋。【錢/泰吉】白方

嘉靖丁酉冬月廣
東崇正書院重脩

咸豐乙卯冬月，嘉興錢泰吉屬李實菴文杏從唐鏡香仁壽藏本摹補。【泰】【吉】連珠朱方

輯自中國國家圖書館藏明嘉靖重修本《漢書》，索書號09331

跋西漢會要

道光乙未閏六月十七日校畢一過。甘泉鄉人錢泰吉記於海昌學舍之可讀書齋。輯自《上海圖書館善本題跋真跡》

跋杜工部草堂詩箋

宋蔡氏夢弼《草堂詩箋》，四庫未著録。近時張氏愛日精廬博收舊籍，其所編《藏書志》亦未有也。往歲兄子炳森在京師，於袁漱六編脩芳燦處見宋刻本，後附我鄉先哲魯氏訔《年譜》，詫爲目所未睹，馳書告余。今寅昉得此舊鈔本，實驚人秘笈也。魯氏《年譜》之後又有趙氏子櫟《年譜》一卷，據《奏三大禮賦表》，謂工部生於癸丑；舊譜謂生於壬子，蓋差次一年。然黄氏鶴《年譜》嘗辨定實生壬子，趙氏之譜，存疑可也。《詩箋》惜缺卷二十九、卷三十，且小有缺葉。袁氏所藏，聞亦不全。他日寅昉得與漱六各補所缺，亦大快事。黄氏鶴《千家注》生沐藏舊刻本，余得合觀於五硯齋，實平生之幸。炳森遽爲異物，無此眼福，思之泫然。咸豐乙卯四月廿九日，甘泉鄉人錢泰吉識。【錢印／泰吉】白方、【警石】朱方輯自中國國家圖書館藏《杜工部草堂詩箋》，索書號09408

跋昌黎先生集

余初至海昌，從梅里李氏介評本屬徐庚笙茂才鼎過録，庚笙方在可讀書齋課兩兒也。咸豐壬子夏日重裝因記。深廬。【錢印／泰吉】白方輯自《上海圖書館善本題跋真跡》

跋處清彭齋琴趣

古來以詩人而爲詞人難，以學人而爲此人尤難。柳東學有根柢，以其餘事兼工詩詞。此卷其大略也。懷古則鐵板銅琶，寫景則晚風殘月，目爲詞人誠不愧，而孰知柳東固學人耶。吾願知柳東者勿以詞人目之。嘉慶壬申五月，警石弟錢泰吉題。【警／石】白方。輯自《上海圖書館善本題跋真跡》

跋陳鱣《經籍跋文》

每篇接寫，能分句讀，俾讀者心目了然爲妙。中間雖經芷湘比對原稿，改正數處，恐尚有譌字。仍祈引樹、香子兩先生細校。泰吉附白。

芷湘跋一首，頗簡淨，乞附刻卷後。此書得存，實由芷湘搜訪之功，不可没也。録自中國國家圖書館藏清錢泰吉跋清鈔本《經籍跋文》

跋錢樟《吟簫偶存》

族曾祖魚山先生有《耕菖堂詩集》（無卷數）、《灌花詞》三卷，失傳久矣。歲庚辰，族孫詔檢舊篋得此二卷，俾泰吉抄其副，謹藏焉。泰吉謹識。

道光癸未，又得《灌花長客詞》四卷於詔（字黼璜）處。先生手寫本也。黼璜録其副以贈，欣喜無量。録自中國國家圖書館藏清嘉慶二十五年錢泰吉家鈔本《吟簫偶存》

跋樊謝山房集

道光戊戌冬，修川朱子藍水曹蔚假此本傳録。己亥三月子藍下世，易簀之際，屬家人拎還此書。四月下旬，余往弔焉，攜以歸。數年來，子藍與余談詩頗相合。子藍謂「讀此評本，有證悟處」，惜無由細論其曲折，而子藍遽作古人。雨牕感舊，漫記於此。甘泉鄉人錢泰吉。録自中國國家圖書館藏汪氏振綺堂本《樊榭山房集》

甘泉鄉人題跋卷六

史記校本題記

五帝本紀第一

宋本此卷每葉二十八行，行二十四字，或二十五六字不等。注文每行三十二字不等。版心高約六寸，闊約八寸。敬字、殷字避缺。慎字不避，當是南渡以前本。○隔水上有「第一册本紀一」六字。每葉皆然。後凡與此本同者不悉著。○宋本此卷共九葉。

莫本有「道光戊申六月初十日以劉燕庭方伯所藏百衲宋本校」一行。

夏本紀第二

宋本此卷葉數接前卷，自十至十七，凡八葉。○版心「第一册本紀二」六字。每葉皆然。

殷本紀第三

宋本此卷葉數接前卷，自十八至二十二，凡五葉。板心「第一册本紀三」六字。○鄭康成之名，此卷皆避缺，與前卷不同。○「有炮格之法」、「以請除炮格之刑」兩「格」字，可謂一字千金。高郵王氏《雜誌》詳辨之。然未嘗言宋本作「格」，則所見宋本亦與流俗同也。

周本紀第四

宋本此卷每葉數接前。自二十三至三十六，凡十四葉。○版心「第一册本紀四」六字。

秦本紀第五

宋本此卷版心「第二册本紀五」，凡六字。卷數一至十三。○九、十兩葉是别本，行款同。

十三，莫本作「十七」。莫本有「十五日校」「辛丑日餔更過此卷」兩行。

秦始皇本紀第六

宋本此卷葉數接前卷。自十四至三十三，凡二十葉。○版心「第一册本紀六」六字。

項羽本紀第七

此卷宋本每葉二十四行，行二十四字，或二十四字。○板心「史記七」三字。共二十葉。高約五寸，每半板闊四寸。○桓字、慎字避缺，當是南宋本。○此卷有《索隱》，以「索隱曰」三字標起，上加「○」。○每葉板心下有姓名，兩字者若「施昌」「高用」。用一字者，若「憲」若「文」，當是寫刻之工。

高祖本紀第八

此卷宋本與《項羽本紀》同。〇《索隱》校在湖本。

吕太后本紀第九

此卷宋本與《項羽本紀》同。〇《索隱》校在湖本。

孝文本紀第十

此卷宋本每葉二十行，每行正文十九字，注文二十五字，或二十六字。每板高約六寸，闊約八寸。〇板心「史本紀十」四字。共十七葉。流水下有刻書姓名，若郭士良、沈明、王友、余翌、范敏、陳彦、曹允、王仲之屬。

孝景本紀第十一

此卷宋本與前卷同。〇刻書姓名伍祥、詹允、魏正。〇凡五葉。

孝武本紀第十二

此卷宋本與前卷同。○凡二十葉。○刻書姓名，魏正、吴超、范云、吴永年、趙宗義、郭敦、王仲、劉道、楊宗、郭士良、范敏、曹允、陳邦直。○卷中桓字不避缺。郭、敦不避光宗嫌名，亦當是北宋刻。

三代世表第一

此卷宋本與前數卷同。凡十葉。○刻書姓名，范云、俞文。四葉以後但有「文」字。

十二諸侯年表第二

此卷宋本與前卷同。共四十一頁。表中紀年之字居中。紀事之文兩邊分寫，字大小同，往往眉目不分，頗費循覽。不若此本大書細書爲分明也。○刻書人姓名，劉山、吴富、范云、吴永年（亦有吴永）、魏正、范敏（亦有敏）、王友、曹允（亦有曹）、詹允。

六國年表第三

此卷宋本與前卷同。共二十葉。○刻書姓名亦多見前卷。

秦楚之際月表第四

此卷宋本每葉二十四行，行二十二字，小字行二十八字。有《集解》，有《索隱》。《索隱》有述贊。《索隱》校在湖本。舊有校刻兩行，字畫清朗，與張氏《愛日精廬藏書志》所言合。○卷前有季滄葦名字印二，「曾藏白門張氏古照堂」印。

建安蔡夢弼傅卿謹案京

蜀諸本校理賔梓於東塾

漢興以來諸侯王年表第五

此卷宋本與前卷同。

建安蔡夢弼傅卿謹案京

蜀諸本校理寘梓於東塾（依宋本摹）

〇中統本卷十三之十七鈔補未校。

高祖功臣侯者年表第六

此卷宋本與前卷同。〇無圖記。

惠景閒侯者年表第七

此卷宋本與《五帝本紀》以下數卷同。〇板心六册史表七凡五字。〇葉數自三十八至五十二，凡十五葉。

建元以來侯者年表第八

此卷宋本與前卷同。〇板心第七册史表八，凡六字。〇葉數自一至十六，凡十六葉。第九葉後缺一葉，仍以十數接寫，蓋刊板時不知有缺也。

建元已來王子侯者年表第九

此卷宋本與前卷同。板心「第七册史表九」，凡六字。葉數自十七至三十七，凡二十一葉。

漢興以來將相名臣年表第十

此卷宋本與《秦楚之際月表》同。○凡十五葉。○板心「史表十」，凡三字。

禮書第一

此卷宋本與《五帝本紀》一下數卷同。○板心「第□册書一」，凡五字。（第二字脱爛。葉數自一至四凡四葉，以下卷計之，當是第八册。）

樂書第二

此卷宋本與前卷同。○板心「第八册書二」，凡五字。○葉數自五至十六，凡十二葉。

律書第三

此卷宋本與前卷同。○板心「第八册書三」，凡五字。○葉數自十七至二十，凡四葉。○殷字失避。

曆書第四

此卷宋本與前卷同。○板心「第八册書四」，凡五字。○葉數自二十一至二十八，凡八葉。○殷字失避。

天官書第五

此卷宋板行數、字數與《孝文本紀》同。○板心「史官書五」四字，共二十四葉。○姓名若劉山、范云、魏正、詹九、楊宗、曹允、郭士良、郭敦、余翌、劉振、陳彦、翁（一字）、沈明、毛、茅、文（□□□□□）、何通之屬多與前數卷同，避諱與前稍異。

封禪書第六

此卷宋本與前卷同。○板心「史禪書六」四字，共三十一葉。○姓名□（不清）、三繆、稱、鄉珍、曹允、何（一字）、趙宗義、楊宗、允（一字）、王仲、蔣益、何通、沈貴、章著、貴（一字）、魏三、高桂、方元、伍之、范云、陸文、范堅、大元范敏、吴富。○字諱獨一敬字避缺。

河渠書第七

此卷宋本與前卷同。○板心「史渠書七」，凡四字，共六葉。○姓名潘用、劉山、余翌、楊宗。第二葉無姓名。紙墨俱佳。

平準書第八

此卷宋本與前卷同。○板心「史平準書八」，五字，共十七葉。○姓名趙宗、□□□□□□□、郭敦、吴超、余（一字）、文榮、吴富、范云、詹九、伍祥、余翌、黄（一字）、高□。○此天官書以下數卷紙墨不及《孝文本紀》以下諸卷，疑多宋以後補板，故遇宋諱字皆失避。

板心間有紀字數者，亦前卷所無也。

吴太伯世家第一

此卷宋本與《五帝本紀》以下同。○板心「第□(空一字)册世家一」，凡六字。共七葉。葉數一至七。

齊太公世家第二

此卷宋本與前卷同。○板心「第□册世家二」，凡六字。葉數自八至十八，凡十一葉。

魯周公世家第三

此卷宋本與前卷同。○板心「第□册世家三」，凡六字。葉數自十九至二十八，凡十葉。

燕召公世家第四

此卷宋本與《秦楚之際月表》同。○無圖記。○《索隱》校在湖本。○宋本凡七葉。

管蔡世家第五

此卷宋本與前卷同。○共六葉。○此兩卷「殷」字俱挖補描改，他應避之字皆不避，疑是元臣後摹本。

陳杞世家第六

此卷宋本與前卷同。○共七葉。○惟第一葉「殷」字、「慎」字避缺。

衛康叔世家第七

此卷宋本與前卷同。○獨避缺「貞」字「慎」字。○共九葉。

宋微子世家第八

此卷宋本與前卷同。○共十二葉。

晉世家第九

此卷宋本與《五帝本紀》以下同。○板心「第一册【史世家九」。（凡六字，「家」中隔【○】）○葉數自一至十八，凡十八葉。

楚世家第十

此卷宋本與前卷同。○板心「第十册世家十」，凡六字。○葉數自十九至三十四，凡十六葉。

越王句踐世家第十一

此卷宋本與前卷同。○板心「第十册世家十一」，凡七字。○葉數自三十五至四十，凡六葉。

鄭世家第十二

此卷宋本與前卷同。○板心「第十册世家十二」，凡七字。○葉數自四十一至四十七，凡七葉。

趙世家第十三

此卷宋本與前卷同。○板心「第十一册世家十三」，凡八字。○葉數自一至十七，凡十七葉。

魏世家第十四

此卷宋本與前卷同。○板心「第十一册世家十四」，凡八字。○葉數自一至九，凡九葉。

韓世家第十五

此卷宋本與前卷同。○板心「第十一册世家十五」，凡八字。○葉數自一至四，凡四葉。

田敬仲完世家第十六

此卷宋本與前卷同。○板心「第十一册世家十六」，凡八字。○葉數自一至九，凡九葉。

孔子世家第十七

此卷宋本與前卷同。○板心「第十一册世家十七」，凡八字。○葉數自一至十三，凡十三葉。

陳涉世家第十八

此卷宋本與前卷同。○板心「第十一册世家十八」，凡八字。○葉數自一至五，凡五葉。

外戚世家第十九

此卷宋本與前卷同。○板心「第十二册世家十九」，凡九字。○葉數自一至六，凡六葉。

楚元王世家第二十

此卷宋本與前卷同。○板心「第十二册世家二十」，凡八字。○葉數自七至八，凡二葉。

荆燕世家第二十一

此卷宋本與前卷同。○板心「第十二册史世家二十一」，凡十字。○葉數自九、十，凡二葉。

齊悼惠王世家第二十二

此卷宋本與前卷同。○板心「第十二册世家二十二」，凡九字。○葉數自十一至十五，凡五葉。

蕭相國世家第二十三

此卷宋本與前卷同。○板心「第十二册史世家二十三」，凡十字。○葉數自十六至十八，凡三葉。

曹相國世家第二十四

此卷宋本與前卷同。○板心「第十二册史世家二十四」。○葉數自十九至二十一，凡三葉。

留侯世家第一一十五

此卷宋本與前卷同。○板心「第十二册史世家二十五」。○葉數自二十二至二十七，凡六葉。

陳丞相世家第二十六

此卷宋本與前卷同。○板心「第十二册史世家二十六」，凡十字。○葉數自二十八至三十三，凡六葉。

絳侯周勃世家第二十七

此卷宋本與前卷同。○板心「第十二册世家二十七」，凡九字。○葉數自三十四至三十八，凡五葉。

梁孝王世家第二十八

此卷宋本與前卷同。○板心「第□（脱爛）册【世家二十八」。○葉數自三十九至四十三，凡五葉。

五宗世家第二十九

此卷宋本與前卷同。○板心「第十二册世家二十九」，凡九字。○葉數自四十四至四十七，凡四葉。

三王世家第三十

此卷宋本與前卷同。○板心「第十二册世家三十」，凡八字。○葉數自四十八至五十三，凡六葉。

伯夷列傳第一

此卷宋本行款與《秦楚之際月表》同，亦是蔡夢弼本，但無圖記耳。○凡三葉。

管晏列傳第二

此卷宋本與《孝文本紀》同。凡三葉。一葉范云，二、三葉楊宗。

老子韓非列傳第三

此卷宋本與前卷同。凡七葉。趙宗義、郭士良、陳彦、魏正、永年、吴永年、所記姓名也。

司馬穰苴列傳第四

此卷宋本與前卷同。○凡三葉。一、二葉陳彦，三葉吴。

孫子吴起列傳第五

此卷宋本與前卷同。○凡七葉。○伍祥、范云、范敏、曹、姓名如此。

伍子胥列傳第六

此卷宋本與前卷同。○貞字避諱。凡九葉。○姓名，陳彦、詹允、楊宗、郭敦、劉昭。

仲尼弟子列傳第七

此卷宋本與前卷同。○凡十八葉。○姓名，劉昭、魏正、趙宗義、吴超、沈明、張丙、余翌、張立、王友、陳邦直、吴永年。

商君列傳第八

此卷宋本與前卷同。○凡八葉。○吴永年、譚謙、劉山、陳允仁、郭士良。

蘇秦列傳第九

此卷宋本與前卷同。○凡二十一葉。○姓名，王仲、楊宗、曹允、范敏、劉山、吴富、俞文、范云、魏正、張立、郭敦。

張儀列傳第十

此卷宋本與前卷同。○凡十九葉。○姓名，伍祥、詹允、吴永年、王友、譚謙、劉榣、劉山、余翌、沈明、陳邦直、吴超。

樗里子甘茂列傳第十一

此卷宋本與《五帝本紀》同。○版心「史傳十一」。○葉數一至五，凡五葉。

穰侯列傳第十二

此卷宋本與前卷同。○版心「史傳十二」。○葉數自六至八，凡三葉。

白起王翦列傳第十三

此卷宋本與前卷同。○版心「史傳十三」。○葉數自九至十二，凡四葉。

孟子荀卿列傳第十四

此卷宋本與前卷同。○版心「史傳十四」。

孟嘗君列傳第十五

此卷宋本與前卷同。○版心「史傳十五」。十四。○葉數自十六至二十一，凡六葉。

平原君虞卿列傳第十六

此卷宋本與前卷同。○版心「史傳十六」。十四。○葉數自二十二至二十六，凡五葉。下又記數，自七至十，凡四葉。末葉字脱，不知何故。

信陵君列傳第十七

此卷宋本與前卷同。○版心「史傳十七」。十四。○葉數自二十七至三十，凡四葉。

春申君列傳第十八

此卷宋本與前卷同。○版心「第十八册史傳十八」。又有「十四」二字。第三十四葉如此，餘不全。○葉數三十一至三十五，凡五葉。

范雎蔡澤列傳第十九

此卷宋本與前卷同。○版心「史傳十九」。十四。○葉數三十六至四十六，凡十一葉。

樂毅列傳第二十

此卷宋本與前卷同。○版心「史傳二十」。十四。○葉數四十七至五十，凡四葉。

廉頗藺相如列傳第二十一

此卷宋本與《秦楚之際月表》同，當亦是蔡夢弼刻本。○凡八葉。○版心「史傳二十」。十四。○葉數四十七至五十，凡四葉。

田單列傳第二十二

此卷宋本與前卷同。○凡三葉。○「貞」字避。

魯仲連鄒陽列傳第二十三

此卷宋本與前卷同。○十一葉。○「殷」字、「讓」字避缺。「匡」字、「桓」字不避。

屈原賈生列傳第二十四

此卷宋本與前卷同。○凡十葉。○「殷」「玄」「恒」「慎」四字避缺。「竟」字一處避，「讓」字亦避。

吕不韋列傳第二十五

此卷宋本與前卷同。○凡五葉。

刺客列傳第二十六

此卷宋本與前卷同。○凡十四葉。○「讓」字避缺。「敦」「桓」「竟」不避。○「高漸離」，《索隱》後有「王義音子廉反」六字，「王義」爲「正義」之訛。可見當時隨單刻《索隱》《集解》，而所見本已有並刻《正義》者，故誤增此六字也。

李斯列傳第二十七

此卷宋本與前卷同。○凡十六葉。○「匡」「讓」「樹」三字避缺。「慎」「桓」「敬」不避。

蒙恬列傳第二十八

此卷宋本與前卷同。○凡四葉。

張耳陳餘列傳第二十九

此卷宋本與前卷同。○凡十葉。

魏豹彭越列傳第三十

此卷宋本與《五帝本紀》同。○板心紙脱補，但有十六二字。○葉數一、二、三，凡三葉。

黥布列傳第三十一

此卷宋本與前卷同。○板心「史傳三十一」，十六。○葉數四至七，凡四葉。

淮陰侯列傳第三十二

此卷宋本與前卷同。○板心「史傳三十二」，十六。○葉數自八至十七，凡十葉。

韓信盧綰列傳第三十三

此卷宋本與前卷同。○板心「史傳三十三」，十六。○葉數惟第一葉三、九可見。凡五葉。

田儋列傳第三十四

此卷宋本與前卷同。○板心「史傳三十四」，十六。○葉數二十三、二十四、二十五，凡三葉。與前卷不相接屬。

樊酈滕灌列傳第三十五

此卷宋本與前卷同。○板心「史傳三十五」。○葉數自二十六至三十三，凡八葉。

張丞相列傳第三十六

此卷宋本與前卷同。○板心「史傳三十六」。○葉數自三十四至三十九，凡六葉。

酈生陸賈列傳第三十七

此卷宋本與前卷同。○板心「史傳三十七」。○葉數自四十至四十五，凡六葉。

傅靳蒯成列傳第三十八

此卷宋本與前卷同。○板心「史傳三十八」，十六。○葉數自四十六至四十七，凡二葉。

劉敬叔孫通列傳第三十九

此卷宋本與前卷同。○板心紙爛脱。○葉數自四十八至五十二，凡五葉。

季布欒布列傳第四十

此卷宋本與前卷同。○板心「史傳四十」，十七。○葉數自一、二、三，凡三葉。

袁盎晁錯列傳第四十一

此卷宋本與前卷同。○板心「史傳四十一」，十七。○葉數自四至八，凡五葉。

張釋之馮唐列傳第四十二

此卷宋本與前卷同。○板心「史傳四十二、十七」。○葉數九至十二，凡四葉。

萬石張叔列傳第四十三

此卷宋本與前卷同。○板心「史傳四十三、十七」。○葉數自十三至十六，凡四葉。

田叔列傳第四十四

此卷宋本與前卷同。○板心「史傳四十四、十七」。○葉數自十七至二十，凡四葉。

扁鵲倉公列傳第四十五

此卷宋本與前卷同。○板心「史傳四十五、十七」。○葉數自二十一至三十一，凡十一葉。

吴王濞列傳第四十六

此卷宋本與前卷同。○板心「史傳四十六、十七」。○葉數自三十二至三十八，凡七葉。

魏其武安侯列傳第四十七

此卷宋本與前卷同。○板心「史傳四十七、十七」。○葉數自三十九至四十四，凡六葉。

韓長孺列傳第四十八

此卷宋本與前卷同。○板心「史傳四十七、十七」。○葉數自四十五至四十八，凡四葉。

李將軍列傳第四十九

此卷宋本與前卷同。○板心「史傳四十八、十八」。○葉數自一至五，凡五葉。

匈奴列傳第五十

此卷宋本與前卷同。○板心「史傳五十、十八」。○葉數自六至十八，凡十三葉。

衛將軍驃騎列傳第五十一

此卷宋本與前卷同。○板心「史傳五十一、十八」。○葉數自十九至二十七，凡九葉。

平津侯主父列傳第五十二

此卷宋本與前卷同。○板心「史傳五十二、十八」。○葉數自二十八至三十五，凡八葉。

南越尉佗列傳第五十三

此卷宋本與前卷同。○板心「第二十二册（惟一葉有）。史傳五十三、十六」。○葉數自三十六至三十九，凡四葉。

東越列傳第五十四

此卷宋本與前卷同。○板心「史傳五十四、十八」。○葉數自四十、四十一，凡二葉。

朝鮮列傳第五十五

此卷宋本與前卷同。○板心「史傳五十五、十八」。○葉數自四十二、四十三，凡兩葉。

西南夷列傳第五十六

此卷宋本與前卷同。○板心「史傳五十六、十八」。○葉數自四十四至四十六，凡三葉。

司馬相如列傳第五十七

此卷宋本與《秦楚之際月表》同，是蔡夢弼刻，但無圖記耳。○板心「史傳五十七」。○凡三十葉。

淮南衡山列傳第五十八

此卷宋本與前卷同。○板心「史別五十六」，或作「五十八」，或作「列五十八」。○凡十五葉。

循吏列傳第五十九

此卷宋本與前卷同。○板心「史列傳五十九」。○凡三葉。

汲鄭列傳第六十

此卷宋本與前卷同。○板心「史傳六十」。○凡六葉。

儒林列傳第六十一

此卷宋本與前卷同。○板心「史記列傳六十一」，或作「史列六十一」。○凡八葉。

酷吏列傳第六十二

此卷宋本與前卷同。○板心「史傳六十二」。○凡十四葉。

大宛列傳第六十三

此卷宋本與前卷同。○板心「史記列傳六十三」，或無「列」字，「記」或作「己」。○凡十三葉。

遊俠列傳第六十四

此卷宋本與《項羽本紀》同。○板心「史傳六十四」。○凡五葉。○刻書人，劉文、宋端、高秀、郎松、章珍。

佞幸列傳第六十五

此卷宋本與前卷同。○凡二葉。○刻書人，董暉、陳説、王椿。

滑稽列傳第六十六

此卷宋本與前卷同。〇凡十葉。〇刻工，宋昌、政（一字）、昌彦、中、施、包彦、章宇。

日者列傳第六十七

此卷宋本與前卷同。〇刻工，昌（一字）、餘（一字）、昌彦、俊。

龜策列傳第六十八

此卷宋本與前卷同。〇凡十七葉。〇刻工，高（一字）、章珍、餘（一字）、昌（一字）、中（一字）、包彦、俊（一字）、宇（一字）、昌彦。

貨殖列傳第六十九

此卷宋本與前卷同。〇凡十一葉。〇刻工，張明、元、吴仲、高彦、丘大成、洪新、朱信、信。〇此卷多誤字，亦潦草，似是翻刻。

太史公自序第七十

此卷宋本與前卷同。〇凡十七葉。〇刻書人，丘、李證、朱文貴、章珍、宋昌、李益、憲、陳説、胡寔、朱宥、昌彦。

（録自中國國家圖書館藏清錢泰吉校跋汲古閣刻本《史記》）

附録

可讀書齋校書譜

海昌唐兆榴編

道光七年丁亥

是年先生三十七歲。五月始至海昌，攜所藏書數十匱，大半寓目涉筆者。偶讀仇山村《金淵集》，有「官冷身閒可讀書」之句，曰先得我心矣，乃名學廨之室曰「可讀書齋」。是秋病甚，旋愈。

八年戊子

始編次所纂《清芬世守録》。

九年己丑

春日病後，讀《近思録》葉氏采注本。○先生受業師嘉興李介石徵君轂、秀水錢特齋明經爾琳（先生族孫）謂，先生讀書好爲深沈之思，恐耗心氣，不若校讐舊籍，可以定性養心。先生謹受教。十一月，始從梅會里李金瀾廣文遇孫假所藏傳録何義門評校《前》《後漢書》。十一日，始校録《漢書》於汲古閣本。

十年庚寅

五月二十四日，録《漢書》畢。始以所藏元翠巖精舍刻本《元文類》，校脩德堂本。○十月《清芬世守録》成，有序。○十二月十日，校《元文類》畢，有跋。

十一年辛卯

正月初十日，始校《後漢書》，十月二十五日畢。

十二年壬辰

正月，以武英殿本《漢書》，校汲古閣本，并録《考證》。閏九月二十六日畢。○八月，至杭州。於艮山門寓舍，假秀水莊芝階舍人仲方所藏西湖書院本《元文類》，校翠巖本所缺四十一卷「軍制」以下之文。

十三年癸巳

前步橋許春畦翁洪鈞有梅會里朱氏潛采堂家塾評點《詩經》，相傳爲稼翁録竹垞先生筆，先生從兄衎石給諫諱儀吉少時嘗傳録焉。三月，先生從許氏借本，合給諫所録本互校疑誤，手録一過，坊本正文、注文誤字亦多改正。往歲庚辰、辛巳之交，先生家居時，依岳本手寫小序及正文，以授長君子方師（初名銘恕，甲辰鄉試榜名炳森），多正坊本之訛，戚友争仿寫以授子弟。此所録朱氏評本，學徒亦多傳寫者。○春日，從錢塘汪小米舍人遠孫，假義門弟小山所校《兩漢書》，先校《後書》。至六月十三日畢。○八月，從汪舍人假所藏明人鈔本《東漢會要》第三十七、三十八兩卷，及三十六、三十九卷之半，各本俱缺者獨完備，固以《范書》校正闕訛，屬鈔胥補於南城吴森刻本。又手校一過，有跋。○九月初三日，始校《前漢書》。

十四年甲午

春夏之交，先生從從孫味根明府聚仁，假所藏諸草廬宫贊録義門校《後漢續志》，四月十一日録畢。六月朔，録小山校《漢書》畢，有《記兩漢書校本》。冬，校曹楝亭所刻《隸續》。○是春，博考明以來禾郡人官海昌學博者遺事遺文，爲《海昌學職禾人考》，以示景仰鄉先哲之意。○學使新城陳石士侍郎用光，甚愛重先生古文詞，莅浙踰年，每有所作，多相商質，并撰《清芬世守録序》，手寫卷端。侍郎欲求吾州祝人齋先生遺著，先生爲助搜輯。人齋有《張北湖傳略》，侍郎讀而心慕，先生因據《北湖年譜》撰事狀。北湖、人齋服膺楊園之學，皆得之於范蜀山。侍郎與先生欲合刻蜀山、北湖、人齋三先生遺著，不可得。人齋集，侍郎於是年刻成，凡四卷。

十五年乙未

正月二十八日，校《隸續》畢，有跋。○先生舊藏鈔本《西漢會要》，暇日以聚珍本校讀，自庚寅六月始，至是年閏六月，凡閱五年始畢一過。○七月，從汪君小米假所録嚴厚民校宋本《集韻》，及汪君以《釋文》手校之本，過録兩家所校，皆至第五卷止。

十六年丙申

春日，假蔣生沐廣文光煦所藏西湖書院本《元文類》，七月十八日校畢，有跋。○秋日，從徐晴江廣文開業假所録歸震川評《史記》，録於汲古閣本。自《樊、酈、滕、灌列傳》後，病後畏冷，不能伏案。長君子方師爲續録，并録震川評點例意於卷首。十二月初九日畢。○冬，假莊芝階舍人所藏明初刻本《歐陽圭齋集》，校《元文類》所録各篇。○是秋，繪「冷齋勘書圖」，自爲記。○前歲自次所爲詩古文詞十二卷，是秋，衎石給諫自大梁書院撰序以寄。

十七年丁酉

春日，刻《冷齋勘書圖記》及《讀書題跋》一卷，《海昌學職禾人考》一卷，名曰《甘泉鄉人邇言》。○三月，從莊舍人假明宏治本《劉静脩集》，校《元文類》所録各篇。○陳侍郎督學吾浙時，宜興吴仲倫先生德旋助閲文字之暇，侍郎屬選《全唐文》，因用姚惜抱《古文詞類纂》例，爲《廣古文詞類纂》。至是來訪，與先生談文，甚相得。潘梧君丈藹人喜讀唐文，屬鈔其目。其目以人爲次，欲分類重編，未暇也。○六月，評校《衎石齋記事稿》。○假秀水金岱峰先生衍宗所藏明天啟年羅朗刻《羅鄂州小集》，校程哲刊本，七月六日畢。又假録所藏查他山、何義門評陶詩於拜經樓刻本。八月既望，至岱峰先生臨安學舍，攜所校書共讀於新建應奎樓。○九月從文瀾閣鈔《西漢年紀》，二十日始校，十一月二十七日畢。詳《曝書雜記》。○先生嘗從秀水沈雲泉先生珏齋中見鄉先哲沈果庵明經《南宋文鑑》目，未及傳録。是冬從沈小湖侍郎維鐈假鈔，又從侍郎假盛匏庵《高士竹林唱和詩》四卷、《瓣香庵唱和詩》四卷，校寫舊時所録廉江府君（先生高祖諱綸）光遺詩。又得張氏慶燾所刻《瓣香詩匯》，沈氏鴻所輯《瓣香詩鈔》中有偕廉江府君吟咏之作，亦傳録焉，均有跋。

十八年戊戌

夏初，蔣生沐廣文贈《乾道臨安志》《淳祐臨安志》，乃假蔣君所藏陸香圃三間草堂鈔本、吴氏拜經樓本校一過，學使桐城姚伯昂總憲元之索贈，先生有跋語，詳《曝書雜記》。○五月，遇金匱錢梅溪先生泳於杭州，出其所著《寫經樓金石目》，屬先生校閲。○夏秋之交，從吴氏拜經樓假所藏宋槧殘本《漢書》十四卷，録《考異》一册，七月二十六日畢。○八月，録吴兔牀先生所校《佩觿》、《字鑑》，有跋。○秋日，購得新印《五禮通考》、《讀禮通考》，多缺葉及斷爛之字，先生手補斷爛字，子方師補缺葉。○是歲，撰《曝書雜記》二卷。

十九年己亥

春，蔣生沐廣文爲刻《曝書雜記》成，先生手自校字。○秋日，從錢塘邵蕙西孝廉懿辰，假明刻《尚書蔡氏傳》，屬潘稻孫丈詒穀鈔鄒氏季友《音釋》，手校誤字。

二十年庚子

春，校鄒氏《蔡傳音釋》畢。又校《書經》正文及《蔡傳》通行本與明刻異文，均有跋。○四月，始以殿本《史記》校《評林》本。○七月，依文瀾閣本校《正義》。八月三日畢。知閣本《正義》從震澤王氏本鈔録，未見單行《正義》本也。閣本《正義》，海鹽陳琴齋先生其泰爲假得者。

二十一年辛丑

五月初八日，校殿本《史記》畢。録《四庫全書考證》於簡端。殿本《考證》屬潘梧君丈別録於册。〇杭府廣文長興朱立齋先生紫貴爲假得明震澤王氏刻本《史記》。十三日，校《集解》序於螺子峰法華寺寓樓，并録王氏延喆刻書跋。數年來，先生送試至杭，常與金岱峰先生同寓。是日，金先生讀樊榭詩，先生校《史記》，静對湖山，大饒清興。〇六月，始從汪氏振綺堂假明莆田柯氏本《史記》，録小米舍人及吴子撰明經春照所校各條并手校，仍寫於《評林》本，且以王本參校。〇冬十一月，大雪盈丈，寒甚。時海口戒嚴，先生佐州刺史苑平許伯壎先生發和防禦之暇，校史不輟。十二月十一日，校《河渠書》畢。欲向汪氏假柯本「世家」、「列傳」，杭城多遷徙者，不能得。乃摩挲城闕古甎，與長君、次君各賦長篇，并跋所藏唐人墓誌十種，爲消寒之課。

二十二年壬寅

正月至四月，以臨帖遣日，并編定明許同生太守遺稿，有雜識。先生初莅任，即勤求吾州文獻，編次先哲遺文。若祝虚齋、許雲村、查近川、張待軒、談孺木、朱近修、盧日堂、周耕厓諸先生集，皆詳校傳録，相助訪求。編輯者爲葛滓南丈繼常、管芷湘丈庭芬、潘梧君丈藹人。同生太守集則許氏寶綸堂所藏也。〇五月，長洲陳碩甫先生奂始從汪氏檢得柯本《史記》「世家」、「列傳」以寄。六月以後，日校《史記》。十月五日畢。〇是冬，爲許伯壎先生校定《梯學堂記事》。

二十三年癸卯

前歲，州學正瑞安方雪齋先生成珪，從先生傳録《史記》校本，未畢，方先生擢任寧波府學教授去。是春，先生手録「列傳」校語，以寄四明。〇辛丑、壬寅冬春之交，從吴氏拜經樓假元中統本《史記》，欲校未暇，旋以海警，懼失其本，歸之。是秋重借至學舍，始校「列傳」。〇是歲，編次大興府君（先生考，諱復）、沈太宜人（先生妣）、學源先生（先生兄，諱友泗，子方師嗣考）詩文雜著爲《頤和室合稿》四卷，手校授梓。衡州常文烈公大淳時官鹺使，爲之序。

二十四年甲辰

重五後五日，校中統本「列傳」畢。〇七月十七日，始校《五帝本紀》。〇是年，勸脩學宫。七月，脩學成，詳《存信録跋》。〇八月，至杭州送鄉試，學使吴縣吴晴舫侍郎鍾駿，欲從先生假録所校《前》《後漢書》，先生乃假録學使所校《集韻》，重陽後一日畢。○鄉試榜發，子方師中式。是歲少暇日，校史遜往歲之密。

二十五年乙巳

是歲，以脩學餘資，延應笠湖丈時良、鍾署香師繼芸、管芷湘丈庭芬、曹杏庭丈錦堂、潘稻孫丈詒穀，及先生姊子嘉善程淡如丈菊孫，集孝子祠，分脩州志，先生總其成。正月二十四日，定脩志條約，傳録嘉靖蔡志、趙氏《寧志備考》、談氏《外志》、范氏驤《海寧志稿》、周氏春《海昌勝覽》、周氏廣業《寧志餘聞》，并屬管芷湘丈以金志校戰志。先生排日校閲，抽暇仍校中統本《史記》，十月二日始校「世家」畢。○許季覺氏楹，先生族高祖紫雲先生(諱汝霖)之弟子也。所著《罔極録》，論喪葬之事，先生嘗借祝翁富明鈔本讀之。是年，從許氏寶綸堂借本傳録，又從蔣氏録范蜀山《灰隔葬法》，將合刻焉。○夏日，與仁和勞君季言格遇於吴山書肆，言嘗見惠半農學士松厓徵君所校《漢書》，季言仿《後漢書補注》，摘録成卷。逾月，季言令其從子桃叔頫攜借，因屬鍾署香師、潘稻孫丈傳録，先生手自校字。十月畢。

二十六年丙午

是年，偕同人采訪志事，時放棹鄉鎮。夏秋，校寫東防同知武陵王石喬先生德寬所輯

《續海塘新志》開雕，并助芷湘丈編《藝文志稿》。○八月，《備志》開雕。○十月以後，又至鄉鎮，有《采訪日記》四卷。○先生乘暇撰「列傳」，虛心商酌，屬稿寄大梁，請正於衍石給諫，屢易而後定。金石跋文，則考證必詳核。○湖州教授會稽許齍生先生正綬，彙刻兩浙校官詩，屬先生相助搜輯，先生因録吾州朱兹泉、張荔園諸先生之作，及先生從兄學山（諱希憲）、雲壽（諱棫）兩先生遺稿以寄，且助刻資。

二十七年丁未

四月，撰《備志發凡》。○六月，刻《備志》五十二卷附録二卷成，學使昆明趙蓉舫侍郎光手寫所撰序文梓行。○冬日，從吴惺園明經昂駒，假拜經樓所藏舊鈔《陳后山集》何義門校本過録，有跋。謂適有適許氏季女之戚，向以校書爲養性者，今藉以忘憂矣。

二十八年戊申

三月，手録《史記校勘記》，自正月至五月，録至《秦本紀》。先生與汪君小米嘗有分撰《十七史校勘記》之約，先生於三史既精校數過，《三國志》《晉書》皆有傳校之本，惜汪君下世，同志無人，不能偏及諸史。先生所校三史，若録《校勘記》成，亦可以匹儀徵之校經也。○夏初，諸城劉燕亭方伯喜海行部至海昌，與先生談及校史，因假所藏彙集宋本《史記》。六月十日始校，至十月二十九日畢。所集宋本凡四種，有單刻《集解》本，有兼刻《索隱》本，款式詳《雜識》。方伯尚有兼刻《正義》舊本，明年春方伯奉召至京，不及借校。〇八月，脩戰氏州志版，并刻署知州上元朱述之先生緒曾序文。述之先生與先生文字知好有年，前秋來權州事，日夕過從。先生手校《元文類》《集韻》諸書，多傳録以藏。先生亦就假所鈔文瀾閣宋元人集，時時展閲。〇靖安舒厚庵先生恭受來訪，見《拜經樓題跋記》，知有其遠祖《雙峰猥稿》足本，先生爲借鈔手校以贈。厚庵先生爲吾浙循吏，與先生未識面時，聞州刺史長沙李曉村先生象昺稱道先生文，即思訂交。及權守寧波，遇夷難，飲藥以殉，家人救之不死，被議羈留杭州。癸卯，先生送試至杭，始得相見。是冬，以手評《曝書雜記》寄先生，謂秋録届期，行將訣别，屬先生訂正評語，欲寄示家之子弟也，先生録評語藏篋中。歲甲辰，大府以其治行聞，得免議，自是與先生時以文字相質。《雙峰稿》刻成未踰年，卒於寧波。先生謂，平生未相見即相知者，當首數厚庵先生。故詳誌之。〇十餘年來，長君、次君日課之暇，先生每於燈下講究經史義理，并論述先世遺著，寒暑無間。子方師既得鄉舉，是秋子密世丈應溥得選拔，人皆謂先生教子有成。先生則謂，父子一燈，共讀之樂，自此難得矣，益當以校書自娱爾。

二十九年己酉

是春，重次文十六卷，詩六卷，爲《甘泉鄉人稿》。長君、次君與同人分寫清本，兆榴寫第九卷。○往歲癸卯，徽州程君木庵洪溥讀先生《曝書雜記》，心折焉，介吾州六舟上人，以《通志堂經解》全部寄贈訂交。先生有詩記事，屬汪道士憩雲畫「贈書圖」以報。程君旋下世，未及相見。先生感程君之意，思校勘《經解》，力有未暇。是歲始校讀衛氏《禮記集説》，正文及注、疏以南昌《正義》本校，并校改《正義》誤字。坊本陳氏《集説》正文之誤，亦多校正。○補刻衎石給諫《海昌備志》序。○是秋，聞杭州設局籌辦守節婦女請旌，先生録《備志》所載年例相符之節婦、烈婦、孝婦、烈女、貞女、孝女，及續采諸婦女凡七百二十八人，商之學正永康董鑑西先生長庚，附入總局，造册彙請。先生手校册籍，不憚心力，其勞倍於校書。○是歲大水，先生佐刺史古田甘小滄先生鴻籌荒政，撫恤士民，心力頗勞，暇則讀《禮記》不輟。

三十年庚戌

是年，先生六十歲。○十月，校讀衛氏《禮記集説》畢，有跋。○先生夙嗜歸太僕文。歲壬辰，從平湖方子春廣文垌，假其所録《震川集》評本，及吴江張鱸江先生士元評，屬潘梧君丈傳録。是冬，從嘉興沈君廉仲宗濟，得鄉先哲王宋賢先生元啟評本，忍寒手録焉。

咸豐元年辛亥

是春，續纂《曝書雜記》。○二月，録查初白評《瀛奎律髓》於紀文達評本。先生謂，兩家所評皆足救虚谷之偏，若合二馮評以參觀，律詩三昧在是矣。○從蔣君生沐假何義門校《蘇子美集》，五月既望校録，六月朔畢，有跋。○夏秋之交，校録衎石給諫所纂《廬江錢氏年譜》六卷《續譜》二卷。○前年所請旌表婦女既得允准，先生謂志中年例已合旌表不少，且舊志所載列女未旌者多，會慈溪葉君仁、遂安洪君自含重開省局，乃取《州志》《備志》悉心標注，統計應旌一千二百二十八人，又采訪二百四十七人，并《州志》《備志》所載孝子四十五人，各造清册，細心校字，以達於大府，爲吏胥所閣置。先生校字之勞，自秋及冬，未嘗稍息。又於《備志》中録年例未合旌典諸節婦、貞女一百十九人，請學使吴晴舫侍郎給額以表其閭，册籍校字，未嘗分任也。

二年壬子

春初，大病旬餘。始愈，手次庚戌以後詩文，名曰《深廬寤言》，自爲序。先生女夫陳穎樓茂才澤曾、外孫沈伯彦茂才師濟各寫一本。○大興府君深好《老子》，先生思先人所嗜而家藏未有善本，二月朔，乃手寫《老子》，至三月朔日畢。寫用世德堂所刻河上公注本。四月，以聚珍本王弼注校，又摘取嚴氏可均《鐵橋漫稿》所校龍興本異文，録於簡端。○司馬温公《稽古録》評論列朝得失，先生奉爲讀史準的。所藏刻本多訛字，乃假許辛木丈楣及先生從子子侑孝廉巴醇閲本校正，又假蔣君生沐所藏張氏刻本細校。自夏及秋，多所是正，有跋。○秋日，又造前年所録列女、孝子清册，悉心校核，以上大府。校核又逾月，事詳曹杏庭丈所撰《節孝祠編跋》。○冬日，從蔣君生沐假所録段懋堂大令校《集韻》，手録一過。○先生中歲自號甘泉鄉人，甘泉鄉在海鹽縣十四都。明初，先生始祖居焉。後遷秦溪。先生家居時，編輯先世傳誌文字爲《秦溪淵源録》，凡若干卷。是冬，重定體例，易「秦溪」爲「甘泉」，從朔也。謂行將乞閒，當悉心校寫，以傳示於後。

三年癸丑

是春，始校録衎石給諫所輯《錢氏詩匯》。○三月，具文引退。四月三十日，移寓州城東張氏宅。州人士請主講安瀾書院。

《可讀書齋校書譜》者，譜嘉興錢警石先生官海昌後校書之歲月也，類及他事，亦不離乎文字也。先生家富藏書，夙推劬學。秉鐸吾州凡二十七年，與學徒講貫輒亹亹忘倦，及門多所成就。暇則以校書自娱，遇人有善本，必假而校録焉，於《史記》、《兩漢書》尤極精詳。撰《海昌備志》，悉心采訪，其有功於吾州更非淺鮮。兆榴從子方師遊，夙聞緒論，今又館先生寓齋，得見所校書籍，丹黄粲然，積成數匱。每書册尾多記校勘歲月，因排次成譜，以示同學。先生年逾周甲，猶日手一編不輟，此後所校正者當更不少。兆榴願與〔一〕先生家居時所校各籍重次成譜，并録校正各條，以匹盧抱經老人《群書拾補》，蓋無愧云。咸豐癸丑嘉平既望，唐兆榴謹識。

（録自清咸豐四年刻本《甘泉鄉人稿》附録。）

〔一〕與，疑爲「舉」之誤。